致青春 123

折月亮

（上）

竹已　著

高寶書版集團

目錄
CONTENTS

第一章　南蕪雨　005
第二章　EAW科技城　037
第三章　再遇月亮　068
第四章　小舅舅　101
第五章　球賽　130
第六章　實習　166
第七章　機器人　199
第八章　搭訕　242
第九章　左耳　272
第十章　拒絕　302

第一章　南蕪雨

夜已昏睡，雷打不醒。

闌風伏雨之下，南蕪機場內安若泰山，通明亮堂。猶如一個巨大的盒子，裝著下了班的白晝。

此時剛過淩晨兩點，人流卻不見少。

旅客南來北往，雲厘獨自停留原地，時不時看向手機。

這是雲厘第二次來南蕪。

上次是今年開春，她過來參加南蕪理工大學的研究生複試，待沒幾天就返程了。而這次主要原因，是受到ＥＡＷ虛擬實境科技城的邀請。

ＥＡＷ是優聖科技推出的第一家ＶＲ體驗館，開業時間定在下個月月底。

前段時間試業了三天，效果不理想，便邀請了多個網紅和自媒體前來探店體驗，為正式開業做預熱宣傳。

雲厘便是其中之一。

透過郵件，雲厘添加了與她接洽的何小姐的好友。

機票和食宿由主辦方承包，何小姐也表示在她落地後會安排接機。

不料天氣多變，雲厘的航班延誤三小時。

得知她新的落地時間，何小姐表示會另外安排人來接她。下飛機後，雲厘再次詢問。對方聲稱司機已經出發，讓她耐心等待。

但至今不見人影，何小姐也沒再回過訊息。

再過三分鐘，雲厘就正好等了一小時。

雲厘曲腿支地，靠坐在行李箱上，繃著臉打字回覆訊息。敲完後從頭到尾檢查了一遍措辭。

可以。

沒髒話；闡述了對方的失責；語氣平和，卻不失氣勢。

雖是如此，盯著螢幕半晌，雲厘還是沒狠下心按下傳送鍵。

唉。

好像有點凶。

正糾結著要不要再改得柔和些，思緒忽然被人打斷。「──妳好？」

循聲望去，雲厘猝不及防對上一雙陌生的眼睛。

來人長相俊秀，身形修長，像個還沒畢業的大學生。似是不太擅長做這種事情，男生表情靦腆：「妳是來這裡旅遊的還是？」

這已經是今晚第六個跟她搭話的人了。

前五個來的意毫無例外，都是問她要不要坐車住酒店。

雲厘自動將他剩下的話想像完，拘束地擺擺手：「不用了……」

男生頓了下：「啊？」

雲厘：「我等人，不打算住酒店。」

場面靜滯。

兩人四目相對。

持續約莫三秒，男生抬手撓了撓頭髮：「不是。」

他輕咳了聲：「我是想問一下，能跟妳加個好友嗎？」

「……」

雲厘呆愣。

男生嗓音清亮，此時低了幾分：「可以嗎？」

「啊。」意識到自己誤會了，雲厘神色發窘，「……好的。」

「謝謝啊。」男生拿出手機，笑著說，「那我掃妳？」

雲厘點頭，再度點亮螢幕，她剛剛寫的那一長段文字又顯現出來。她立刻返回，點開好友條碼遞給他。

男生彎下腰，邊添加邊禮貌自我介紹：「我叫傅正初，以後有空可以……」

通訊錄亮起紅點。

瞧見他大頭照的標誌，雲厘隱隱感覺不對勁，剛被否定的猜測又浮現起來。

果不其然。

下一秒，暱稱上的六個字映入眼簾。

——偷閒把酒民宿。

「……」

現在拉客都到這種程度了嗎？

然而傅正初完全沒察覺自己的帳號用錯了，表情帶有一種蒙混過關的感覺。隨即，他還關心似的隨意問了句：「妳接下來是要去ＥＡＷ嗎？」

雲厘看他。

傅正初：「那個ＶＲ體驗館？」

雲厘警覺地問：「你怎麼知道？」

「我剛剛不小心看到妳的聊天室了，還有備註。抱歉，我不是故意的。」傅正初說，「這個開在我學校附近，我就猜了一下。」

雲厘給何小姐的備註，只標明是ＥＡＷ，並沒有明說是ＶＲ體驗館。

這個解釋算合理。

她點了下頭。

傅正初：「不過妳怎麼現在就過來了？現在好像還沒開業，要等到月底。」

資訊一一對上，加上想不到該怎麼回答，雲厘只能老實說：「呃，我是受邀過來的。」

「受邀？」傅正初似乎不懂，卻也沒對此多問，「所以妳在等他們的人來接妳？」

「嗯。」

「我看妳等挺久了，」遲疑了一下，傅正初沒被她的冷漠逼退，又問，「妳要去哪？要不然我帶妳一程？」

聞言，雲厘的防備重新升起，搖頭：「不用了，謝謝你。」

傅正初：「沒事，這也算跟我有點關係。」

雲厘更覺疑惑：「嗯？」

「噢。」傅正初想起來解釋了，雲淡風輕道，「因為ＥＡＷ是我哥開的。」

雲厘：「……」

你怎麼不乾脆說是你開的？

片刻的無言過後，雲厘再一想，這人一連串的舉動十分怪異。

謊話連篇，還莫名邀請她同行。像是什麼詐騙犯罪團體，專挑獨身女性下手。這念頭一起來，她的心中逐漸升起不安。

即便是在公共場合。

大半夜，且人生地不熟。

不想表露太明顯，雲厘含糊地找了個托詞，打算藉故離開這塊區域。

似是察覺自己的話不僅有騙人的嫌疑，還略顯不懷好意，傅正初慌忙解釋。可惜用處不大，他也感覺越描越黑，很快便離開了。

出於謹慎，雲厘沒留在原地。

在機場內七折八拐，直到確定男生沒跟上來，她才放鬆了些。

因這段小插曲，雲厘不想在這裡久留，重新點亮手機。

螢幕仍停留在聊天畫面。

何小姐還沒回覆，但雲厘因鬱氣帶來的衝動已消散大半。盯著那段鋒利的話，她嘆息了聲，最後還是一字一字刪掉。

在原地繼續漫無盡頭地等待，還不如她自己想辦法。雲厘往上滑，找到何小姐傳給她的酒店名字，搜了下大概位置。

就在南蕪理工大學附近。

不等她想好，失蹤許久的何小姐突然回了訊息。

可能是她先前接連傳的十幾則訊息發揮了作用，何小姐不停道歉，說是不小心睡著了，沒看到司機說無法過去，以及新找人去接她了。

是ＥＡＷ的工作人員，剛好在那附近。

這次何小姐說得十分清晰。

不但傳了車牌號碼，還明確地說十分鐘內就能到。

雖不算及時，但總歸是幫雲厘解決了問題。

沒心情再指責她，加上時間匆忙，雲厘只回了個『好的』。拉上行李箱往外走。在室內未發覺，出來才感受到潮而密布的涼意。

五分鐘後。

雲厘手機響起，來電顯示是南蕪的陌生電話。見到這一幕，她反射性掛斷。按下的同時反應過來，應該是EAW那邊打來的。

她動作一滯，盯著這通未接來電，不太敢打回去。

又怕對方會等得不耐煩。

猶豫再三。

雲厘咬著手指指節，鼓起勇氣打回去。

『嘟——』

只響了一聲，對方就接了起來。

卻是不發半言。

雲厘主動解釋：「不好意思⋯⋯我不小心掛了。」她不知道該怎麼稱呼他，生澀地說：「您是EAW的嗎？」

間隔短暫幾秒。

男人『嗯』了聲。他的嗓音冷倦，低低淡淡，像妖蠱幻象下蟄伏的鉤子，不帶情感卻能攝人魂魄：『妳出來，過馬路，能看到一個停車場——』

雲厘慢一拍地打斷：「啊？」

男人停頓，解釋：『出口不能停車。』

「哦哦，好的。」雲厘說，「我現在過去。」

男人：『帶傘了？』

雲厘下意識看了包一眼：「帶了。」

『在停車場門口等我。』

話落，電話掛斷。

整個通話不超過一分鐘。

雲厘一頭霧水，從包裡翻出傘。

按照男人的話，雲厘剛到停車場，便看到一輛車緩緩駛來。對了遍何小姐傳來的車牌號碼，才確定下來。隔著副駕駛座，她彎下腰：「您好，能開一下後行李廂嗎？」

枯木將路燈切割，光線零碎。

車內晦昧，雲厘只能望見他白到病態的下巴。

男人偏了下頭，似是朝她這邊看了一眼。他沒作聲，將外套帽子戴上，直接下車走來。

雲厘怔住，忙道：「那個，不用了……我自己來就……」

少女聲音細細的，雨聲倏然，將之吞噬。男人像是沒聽見，到她面前，接過她手中的行李箱。她只好把剩下的話吞回去，改口：「……謝謝您。」

雨滴疏落，啪嗒清洗城市。

雲厘打量著陌生的環境，視線一抬，驀地停住。很稀奇的場景。蒼茫碧落，她看到了難得一見的，雨天的月亮。

男人將後行李廂掀起，頭也稍微抬了些。燈光闌珊，有幾縷光不受控地落到他身上。像是減緩衝擊。

時間被強制放慢。他的模樣徐徐地，逐漸變得清晰。

雲厘的呼吸莫名停了幾秒。

男人的眼窩很深，薄唇緊閉，神色透露著疏離。髮絲和眼睫沾了水珠，稍顯羸弱，卻沒弱化半點攻擊性。

好看到讓人挪不開眼。

又像帶了荊刺，讓人不敢輕易靠近與觸碰。

看到他將行李箱抬起，雲厘才回過神。走近幾步，把傘遮到他身上。

傘面不大，不靠近的話很難容下兩個人。雲厘不好意思湊太近，保持著安全距離，自己淋著雨。

後行李廂裡的東西出乎意料的多。

男人將零散物品隨意堆成一摞，勉強將行李箱放進去。沒多久，他用餘光留意到旁邊的雲厘，側過頭。

他生得高大，穿著深色薄外套，面上無任何表情，帶了些壓迫感。此刻，也不知是被冒犯了還是什麼緣由，眼眸輕抬，墨黑色的瞳仁靜靜凝視著她。

雲厘咽了咽口水，有點忐忑。

下一刻。

雲厘看到男人舉起手，朝她的方向伸來。

她僵在原地。

在此情況下，雲厘還能注意到，男人修長的手指被水打濕。經過她的手背，繼續上抬，慢慢地，抵住漆黑傘骨，輕推。

傘骨從她的髮梢、耳際，以及脖頸邊擦過。

雲厘整個人再度被傘面覆蓋。

全程不過三四秒。

而後，男人回過身，把後行李廂關上。聲響沉悶，淹沒在清脆雨聲當中。伴隨著無起伏的兩個字。

「不用。」

準備上車時，雲厘在副駕駛座和後座間猶豫半晌。

何小姐沒說太清楚，只說這人是工作人員。可能是幫忙來接她的，坐後面把他當司機的話，感覺不太禮貌。

她只能硬著頭皮選了前者。

燈雨交錯，從高處嘩嘩下砸，窗上載滿了星星。

雲厘繫上安全帶，從包裡抽出張面紙，粗略擦掉身上大顆的水珠。

車內悄無聲息。

以往她上計程車都坐後頭裝死，頂多在準備下車時問一句價格。難得坐在陌生人的副駕駛座，不自在又不知所措，不說話總感覺尷尬。

絞盡腦汁想了想，雲厘出聲搭話：「不好意思，麻煩您過來接我了。」

過了幾秒，男人語氣淡淡：「嗯。」

又陷入沉默。

雲厘實在想不到還能說什麼，只好假裝有事做。拿出手機，反覆翻著幾個常用軟體。

開了一段路，男人突然問：「送妳到哪？」

「啊，」雲厘坐直，忙道，「陽金酒店。」

「嗯。」

之後男人沒再出聲。

他絲毫沒有交談的欲望，除了必要問的問題，其餘時候都不發一言。

十分自覺地把自己當成了司機。

她今晚遇到的兩人，在性格上真是兩個極端。

一個熱情過甚，一個過分冷淡。模樣倒是都生得出眾養眼。

想到這，雲厘又偷偷往他的方向瞅。

從這個角度能看到男人大半張側臉，部分被陰影覆蓋。帽子摘了下來，下顎弧線硬朗。額前碎髮濕潤，遮了幾分眉眼。

唇色仍然發白。

這個天氣還穿了外套。

而且，看起來好像還是覺得冷。

收回視線，又假藉看風景，忍不住再看兩眼。

單說長相，男人是她喜歡的類型。

氣質冷漠寡情，顯得無世俗的欲望與弱點。看似虛弱，又莫名透出一絲陰狠。

像是路邊撿回的，奄奄一息，卻隨時會反咬自己一口的野狼。

直至到達酒店，安靜一路的氣氛才被打破。

門口有玻璃雨棚，男人把車停下，丟下「到了」兩字就下了車。雲厘應了聲好，倉促拿上東西，緊跟在他的後頭。

替她將行李箱拎到門前的臺階上，他朝裡頭抬了抬下巴：「進去就是了。」

雲厘：「好的，謝謝您。」

男人點頭，沒再應話。他轉身，重新走向駕駛座。

雨不見小，雲厘盯著男人的背影，腦海裡浮現他那像是隨時要倒下的臉色。她鬼使神差地往前走了一步：「那、那個！」

男人腳步一停，回頭。

雲厘心臟砰砰直跳，把傘遞給他：「雨應該沒那麼快停。」

他沒動。

「我明天會去ＥＡＷ一趟，」對上他的眼，雲厘無端緊張，聲音有些發顫，「你到時候放在前檯，我去拿就好了。」

怕剛剛撐傘被拒時的場景重演，雲厘有一瞬間的退怯。

她索性把傘放到車前蓋上，飛快地說：「謝謝您今天送我過來。」

不等男人再出聲，雲厘拉上行李箱往裡走。

往前幾公尺，快走到酒店門口，雲厘才敢回頭看。

原本放傘的位置水洗空蕩。

車子往前開，將雨幕撞得失了節奏。白線在空中飛舞，引導他駛向黑暗。

雲厘這才放下心，輕吐了口氣。

回到房間，雲厘洗完澡倒頭就睡。但在陌生的環境，她的睡眠品質很差，中途被鬼壓床了一回，意識昏沉又清醒。

最後還做了個夢，回顧了今晚的情景。

所有一切照常，但上了男人的車後，發生的事情卻有了不同的走向。

男人沒把她載到酒店，而是到了荒郊野嶺。

在那裡，雲厘還見到了機場那個男生。他倡狂大笑，罵她愚蠢，宣告男人就是他們這個犯罪團體的頭目。

男人看她的眼神，也變得像在看籠中的獵物，冷血又殘忍。

她惶惶不安，想跑。

剛轉身就被男人用她今晚借給他的傘捅穿心臟——

然後雲厘就醒了。

「……」

夢中的驚恐還延存著，她不自覺摸了摸胸口。在床上緩了幾分鐘，意識回籠，她才反應過來這個夢有多荒誕。

良久，雲厘拿起手機看時間。

何小姐把她拉到一個群組裡，統一通知大家下午三點在酒店大廳集合。

雲厘沒再磨蹭，起身洗漱收拾。

她提前十分鐘出門。

到那裡看到沙發坐著兩男一女，只有女人正對她。餘光瞥見她，女人立刻起身，朝她打招呼：「妳是閒雲滴答醬老師嗎？」

雲厘點頭。

閒雲滴答醬是她在E站註冊的帳號名。

E站全稱Endless Sharing，是一個影視創作分享平臺。前身是個小型的交流平臺，後來開拓了影音區塊，線上使用者漸漸多了起來，網站也逐漸壯大。

大二開學前的那個暑假，雲厘閒著無聊便在E站發表影片。

一開始只是拍著玩的，沒想過會有人看。內容很雜，主打美食，但只要有感興趣的題材，她都會隨心所欲錄製。

發展到現在，雖不算很紅，但也有了幾十萬粉。

女生就是何小姐，全名何佳夢。兩個男人也是E站小有名氣的影音網紅，一個叫知不了，另一個叫費水。

之後一行人上了車。

安排過來的是一輛七人座的SUV，雲厘跟何佳夢坐在中間那排，其餘二人坐在她們後頭。一路上你一句我一句聊天。

手機震動了下。

雲厘點開，是朋友鄧初琦傳來的訊息。

鄧初琦：『妳到南蕪了？』

雲厘答非所問：『我剛剛差點死了。』

鄧初琦：『？』

雲厘：『夢裡。』

過了一下。

鄧初琦：『我今天差點拿到一份年薪百萬的工作。』

雲厘：『？』

鄧初琦：『可惜他們不要我。』

「……」

雲厘忍不住笑了聲。

隨即，也不知是不是她的心理作用，嘈雜的背景音靜了些。她側頭看過去，恰好對上了何佳夢的笑顏。

「閒雲老師，妳也覺得好笑吧。」

「嗯？」雲厘完全沒聽，心虛道，「嗯…是挺好笑的。」

可能是察覺到她的敷衍搪塞，他們沒把話題持續在這上面，沒多久就聊起別的事情。

雲厘精神放鬆，卻又有些鬱悶。

覺得自己是個冷場王。

ＥＡＷ科技城開在一個大型商場裡，名為海天商都。離酒店並不遠，過去大約十五分鐘的車程。

這附近很熱鬧，沿途兩側都是商業街，還會路過南蕪理工大學。趕巧今天是七夕，路上的行人成雙成對，熙熙攘攘，充滿煙火氣息。

順著窗戶望去，雲厘看到一個巨大的摩天輪立在商場樓頂。

ＥＡＷ的入口在一樓。

今天不是正式拍攝日，只是提前來探勘，讓大家熟悉一下環境，之後好規劃拍攝流程。並不硬性要求過來，看每個人的意願自行選擇。

雲厘怕落了進度，到時候不知道該做什麼，所以並未拒絕。

除了他們，現場已經到了幾人。雲厘都不認識。

過去打了聲招呼，何佳夢便帶著他們往裡走。

進去之後是前檯和檢票口，順著手扶梯向下，ＥＡＷ的玩樂設施占據了上面三層樓的部分區域。與商場內的其他店面劃分開。

因為還未開業，店內沒什麼人，設備也還沒開啟，何佳夢只大致跟他們介紹了每層樓的設施。

介紹得差不多了，才讓他們自由參觀。

雲厘單獨行動，看到感興趣的東西，就在備忘錄裡標記一下。完事後，她思考著，又開始撰寫文案。與此同時，手機彈出低電量提醒。

往包裡翻了翻，雲厘沒找到行動電源。

沒帶嗎？

往四周看了看，看到何佳夢坐在同層走廊的休息椅上，雲厘走過去：「佳夢，你們這裡有充電器嗎？」

何佳夢抬頭：「沒有欸，但休息室有。」

雲厘：「那算……」

「沒事，我們休息室很近的，我帶妳過去。」何佳夢看了眼時間，「我們可能還要再待一個小時，妳可以在那休息一下，順便充個電。」

手機沒電也不方便，雲厘沒拒絕：「好，謝謝妳。」

從ＥＡＷ出來，再走出通往最近的消防通道，樓梯往下走到地下一樓。從旁邊的門進去是一段長走廊，能看到幾扇單開的玻璃門，其中一個牌子上寫著「ＥＡＷ科技城」。

下邊標明：閒人勿入。

何佳夢刷卡進去。

裡頭前方和左側有兩扇門，分別是辦公室和員工休息室。

兩人進了休息室，把燈打開。

左側一整面都是儲物櫃，旁邊有兩個小的更衣室，中間是兩張長方形的桌子和小型吧檯。

空間不小，何佳夢只開了這一側的燈，裡頭有些昏暗。但也能看清，最裡有三張沙發，拼成U型，周圍擺著好幾個懶人椅。

何佳夢拿起空調遙控器，嘀咕道：「空調怎麼開著，還三十度……」

雲厘：「是有人在嗎？」

「可能之前有人下來過。今天有幾個人過來了，現在都在店裡。」何佳夢調低幾度，翻出充電器給她，指著其中一張桌子，「妳想在這裡充或到沙發那邊都可以。」

「好。」

本想陪她坐一下，但看了手機一眼，何佳夢猛地從包裡拿出粉餅補妝。

雲厘眨眼：「怎麼了？」

「老闆過來了，現在就在店裡。」何佳夢興奮道，「我老闆巨帥巨多金巨溫柔！閒雲老師，妳也補個口紅吧！」

巨帥？

聽到這個關鍵字，雲厘問：「是昨天來接我的人嗎？」

「不是。昨天老闆打電話給我，先是溫柔地苛責了我一頓，」何佳夢捧心，「然後說找人去接妳了，我也不知道是誰。我猜應該是我同事吧。」

「……」

苛責還能有溫柔的？

「我們老闆很少過來的，試營運那幾天他也只來了一次，我當時沒見著。」何佳夢說，「今天七夕他還有空，應該是單身。」說完，她笑咪咪地邀請，「妳要不要現在跟我一起上去看看？」

雲厘被她逗笑：「不了，我先充一下電吧。」

何佳夢沒勉強：「妳等等上去他應該還沒走，那我先回店裡啦。」

「好。」

桌子這裡有個插座，雲厘不打算待太久，沒挪到沙發那邊，想充到半滿就離開。

半晌。

鄧初琦傳來一則語音：『所以妳昨天做了什麼夢？』

雲厘打字，簡單描述一遍夢的內容。

鄧初琦：『傘還能捅死人？』

鄧初琦：『這夢真晦氣，借的傘還成奪命刀了。妳記得把傘拿回來，不然這「凶器」被「凶手」拿在手裡，總感覺不太踏實。』

「……」

這話不無道理。

雲厘有點迷信。

以往做的夢她醒來就忘，但這次像是真實發生過一樣，她還能憶起眼前噴濺的血。

拿回來也算是及時抽身吧？

昨天讓那男人放在前檯了，不知道他今天有沒有過來。

等等問問何佳夢吧。

念及此，雲厘也沒心思再充電，收拾東西起身。恰在此時，她聽到沙發處傳來輕微的動靜聲，不輕不重。

雲厘停住，遲疑地往那個方向走。

走近了她才發現，沙發上躺著一個人。

方才這個位置被椅背擋住了，加上光線昏暗又隔了一段距離，雲厘沒細看，所以完全沒注意到。

男人生得高，這沙發根本塞不下他，束手束腳。身上蓋著條薄薄的毯子，眉頭微皺著，看不出是睡是醒。

雲厘一眼認出，是來接她的那個男人。

「……」

她的呼吸頓住。

想到剛剛擴音出來的語音，雲厘不太確定男人是否聽見了。大腦空空之際，更糟糕的事情接踵而來。

——她看到男人睜開了眼。

眉眼清明，不知醒了多長時間。

周圍靜滯，連呼吸聲都清晰了幾分。

下一秒，男人收回眼坐了起來，動作不疾不徐，從沙發一側拿起她的傘。他沒有遞給她，而是放在面前的茶几上。

「妳的傘。」

彷若上課被老師抓到玩手機，雲厘在原地定了三秒，才過去拿。

男人平靜說：「謝謝。」

雲厘不敢看他，只是「嗯」了聲。

見他沒有再說話的意圖，雲厘無法忍受這尷尬的氣氛。她咽了咽口水，支吾著說：「那我先上去了。」

腳步還未挪動，男人再度出聲。聲音很輕，如同隨口提醒。

「妳這是折疊傘，沒辦法殺人。」

雲厘僵住，偏頭，與他的雙眼再度對上，像是重回夢中的那個雨夜。冰冷、潮濕的雨絲，順著他接下來的話，毫不留情往她胸口鑽。

「直傘還有可能。」

「……」

由於問心有愧，雲厘只能從這話裡聽出威脅和冷意，威懾力無異於——

我現在準備殺妳了，但我手裡的刀不夠鋒利。

不過沒關係，我還有槍。

什麼叫直傘還有可能。

他怎麼知道？

他難不成試過嗎……

各種細思極恐的念頭不斷湧起，與此同時，男人詭異地起身，朝她的方向走來。雲厘不知緣由，不自覺後退一步。

男人卻沒看她，路過她身旁，繼續往前，拿起辦公桌上的遙控器。

將空調調回三十度。

而後放下，走到吧檯旁裝水。

發現自己又浮想聯翩了，雲厘想儘快說點什麼來緩解氣氛，卻來不及過腦：「那直傘，大概要買什麼樣的，才能殺……」

雲厘卡住，察覺到這話的不對勁。

男人眼沒抬，安靜喝水。

「呃……」雲厘改口，「大概是什麼樣的，我避著買……」

聞言，男人看向她，視線下滑，停在她細瘦的手腕上。宛若一個無情緒機器，對著一堆數據，讀出了最直觀的結果：「妳的力氣不夠。」

「買什麼都一樣。」

「嗯？」

回到俱樂部，雲厘還停留在剛剛的狀況。

這麼一想，他們的對話好像過於驚悚了。

像剛入門的新手不懼後果，明目張膽地請教慣犯，什麼樣的傘威力足以殺人。

一個敢問。

另一個也敢教。

再想到臨走之前，還十分傻地來了句「多謝指教」，她就恨不得連夜坐飛機離開南蕪。

夏日燥熱，隨風燒上耳尖，冷氣也降不了溫。雲厘捂了捂臉，卻連手都是滾燙的，像在反覆提醒她剛剛的丟人時刻。

不遠處的何夢佳發現她，喊道：「閒雲老師。」

雲厘從思緒中抽離。

才發現原本分散的人，這時都聚集在二樓中央一個開放式小型休息區。長弧形沙發，一群人坐在上面聊天，還有幾人站在旁邊。

整體氣氛極佳。

走過去後，何佳夢問她：「怎麼這麼快就上來了，充好電了嗎？」

「差不多了。」想了想，雲厘又道，「休息室有人在睡覺。」

「誰啊？我剛剛跟妳一起去的時候沒看到呀。」

「昨天接我的人。」

「啊？」何佳夢轉頭，「老闆，你昨天找誰去接人啊？」

雲厘順著她的視線望去。

沙發的正中心，坐著一個陌生又搶眼的男人。

身穿淡色印花襯衫，下搭休閒長褲。眼含笑意，翹著二郎腿後靠。斯文又溫和，連氣質都寫著「貴公子」三字。

貴公子挑眉，似是才想起來意：「我下去一趟。」

跟其他人客套幾句，他起身離開。路過雲厘旁邊時，停步，彬彬有禮朝她伸手：「初次見面，我是徐青宋。」

雲厘愣了下，也抬手：「您好。」

徐青宋虛握半秒，鬆開：「昨日招待不周，還請見諒。」

雲厘乾巴巴道：「沒關係。」

像是來開粉絲見面會的，隨著徐青宋離開，其餘人也作鳥獸散。

來時的四人團體湊在一起，何佳夢的興致半分未減。三句不離徐青宋，程度接近被洗腦透澈的傳銷分子。

之後不等徐青宋回來，一行人返程。

快到酒店時，何佳夢跟雲厘提起回程機票的事情。本來應該是直接訂往返機票的，但先前雲厘用打算在南蕪多玩幾天為藉口，說晚點再給她日期和航班號碼。一拖就拖到了現在。

不過何佳夢也沒催她，只讓她確定下來之後說一聲就行。

提及這事，雲厘的心情沉重起來。

她這次從西伏過來，說好聽點是為了工作，其實更大的原因是她跟父親雲永昌吵了一架。導火線是，她瞞著雲永昌考上了南理工的研究所。

不知從什麼時候起，雲永昌就特別反對雲厘到另一個城市讀大學。

考大學填志願時，他說一不二，硬是讓她全部都填本地的大學。雲厘反抗幾次未果後，只好口頭應下，背地裡第一志願還是寫了理想的南理工。

那時雲厘想得天真，覺得正式被錄取了，雲永昌總不會不讓她去。現在看他現在這個態度，當初自己如果真的被錄取了，他肯定也會同樣狠心會讓她重考。

所以也不知道該說算運氣好還是運氣差。

差一分她就考上了。

最後雲厘如雲永昌所願，留在了西伏。

本就一直遺憾當初落榜，所以考研究所的目標院校，她一開始就定在了南理工。

而雲永昌的態度也跟四年前一樣。

說她從小在他們眼前，一個女孩子去那麼遠，他們根本放不下心。

老一輩對這些沒什麼概念，只覺得西伏也不是沒好人學，想讀又能考上的話，報考本地的也一樣。

雲匣只能用跟當時同樣的方式，假意備考本校的研究生，打算來個先斬後奏。考過了之後一直不敢告訴雲永昌，每次話到嘴邊又開不了口。

母親楊芳和弟弟雲野都清楚情況，也不摻和，看戲似的旁觀。

報到時間一天天逼近，心裡揣著這個事，雲厘每日都備受煎熬。

偶爾也會覺得火大，心想著自己都二十好幾了，去外地讀個研究所還跟三歲小孩一樣，今天能不能多吃顆糖都被父母管著。

前段時間收到ＥＡＷ的邀約時，因為地點在南蕪，雲厘便去找在南蕪待了四年的鄧初琦，問她知不知道這個ＶＲ館。

恰好鄧初琦的室友有親戚在ＥＡＷ工作，清楚狀況後，雲厘覺得這事應該還算可靠。加上對方給的條件很好，她本想直接回絕的態度開始動搖。

下不了決心，後來雲厘在飯桌上隨口提了一嘴。當時見雲永昌反應不大，她感覺時機到了，借著這契機小心翼翼坦白。

然而雲永昌聽到這話立刻變臉，大發雷霆，不容她任何解釋，當機立斷讓她死了這個心。還說要麼直接去找工作，要麼重新報名本地的研究所。

雲厘的心虛全因他專制的態度而化為雲煙，堆積已久的情緒因此爆發。

她不能理解，委屈又憤怒，忍不住回了句嘴：「這是我的事情，我想怎麼做我自己會決定。」

戰火一點即燃。

雲厘也因為一時氣在頭上，沒再考慮，乾脆地給ＥＡＷ回了郵件。

接下了這個工作。

被鈴聲打斷回憶，雲厘進房間，瞥了來電顯示一眼。是雲野。她接起來轉擴音，把手機扔到床上。端著姐姐的架子，搶先開口：「先表明身分。」

少年愣了一下：『什麼？』

「你是傳話筒還是我弟。」

沉默幾秒，雲野有些無語：『妳弟。』

雲厘：「哦，那說吧。」

『妳什麼時候回家？順便帶點南蕪的特產給我。』

「你要什麼，我寄過去給你。」

『妳幹什麼，離家出走啊？雲厘妳幼不幼稚。』雲野說，『都一把年紀了，跟父母吵個架就離家出走，說出去妳不嫌丟人？』

雲厘不吃他這套：「你不說誰知道。」

家裡持續了幾天的低氣壓，雲野無端成了兩邊的出氣筒。他不想淌這灘渾水了，無奈問：『那妳什麼時候回來？』

距離開學報到還有大半個月，短時間內雲厘不太想回去，免得一遇上雲永昌又吵起來。

雲厘實話實說：「可能不回了。」

雲野：『啊？』

「反正也快開學了，我懶得來回跑，就當先過來適應一段時間。」雲厘開始扯理由，「而且鄧初琦也在這邊，我到時候還能順便找她玩兩天。」

『妳認真的？』

「當然，」越說，雲厘越覺得沒有回去的必要，「好，不是可能。我確定不回了。」

雲野不敢相信：『妳不怕被爸打死？』

「說什麼呢。」雲厘讓他認清局勢，「我這時候回去才會被打死。」

『……』

想明白後，因為不用回家跟雲永昌吵架，雲厘的心情瞬間豁然開朗。

雲厘一夜好眠，隔天一早就出發。

今天所有人的狀態明顯跟昨日不同，在酒店大廳就舉著相機，時不時拍一段。雲厘不太好意思在別人面前拍攝，但知不了和費水主動過來對著她的鏡頭打招呼。

見狀，雲厘少了幾分拘謹，彎了彎唇。

進去前，幾人找了個能拍到海天商都的位置，旁若無人的開始拍攝。

雲厘依樣畫葫蘆，在離人群遠點的地方迅速念完文案。

比起體驗館，ＥＡＷ更像是個小型的主題樂園。

入口裝潢風格酷炫，帶著割裂感。流著星河的背景板上，被一道道的白光切開，向天花板蔓延。彷彿能順著縫隙進入這個虛幻的世界。

頂上還寫了科技城的全稱：Enjoy Another World.

不同於昨日的冷清與昏暗。

館內設備全數開啟，璀璨絢麗的畫面爭先恐後，讓人沉浸其中。

設施有多種類型，驚悚刺激、體驗感受、益智解謎以及連線對戰等。

ＥＡＷ邀請了將近二十人，入場之後，導玩員先是安排他們一起體驗幾項多人參與的設施，諸如室內虛擬雲霄飛車、５Ｄ電影以及其他各種沉浸感受類設施。

空間的工作人員都被臨時拉來，物盡其用地被當成跟拍。戴上ＶＲ眼鏡前，雲厘看到旁邊還有幾架無人機，由一旁的人操作拍攝。

她頭一次嘗試戶外拍攝，第一次看到這麼大的陣仗。

結束這些設施，一行人回到二樓。

這一樓是單人或幾人的設施，太空艙、暗黑戰車、動態捕捉遊戲等等。還有一半的區域是不開放的包廂，提供給想要安靜體驗遊戲的玩家。

還沒想好先玩哪個，雲厘就聽到後頭傳來熱情的招呼聲。

雲厘抬頭，是徐青宋。

以及，前兩天都見到了的那個男人。

儘管他戴了口罩，但還是能讓人輕易認出來。

昨天那短短的時間裡，徐青宋就跟許多人打好了關係，此時已經有人主動去與他攀談打招呼。

不可避免的，雲厘又想起在休息室的尷尬，也不想跟男人正面碰上。恰好看到旁邊是她標記在備忘錄裡的設施，名為極限高空彈跳。

她轉頭走了過去。

設施名和樣式看起來比其他的刺激許多，但旁邊沒有導玩員。雲厘看了看說明，也不好隨便碰，打算等個工作人員過來。

閒著沒事幹，雲厘乾脆搭了個三腳架，把相機放上去，調整位置和光圈。

這設施看起來像是個鞦韆，卻是升降式的，需要把一套安全設備套到身上。最大限度模擬高空彈跳的感覺。

通常是工作人員幫忙穿戴安全繩。

幾分鐘過去了，雲厘也沒見有穿著制服的人經過。正當她思索著要不要換個設施時，身後傳來徐青宋的聲音：「怎麼了？」

雲厘回頭。

不知不覺間，這兩人已經走到這邊來了。

雲厘有些無所適從，下意識答：「我想試一下這個設施。」

徐青宋輕挑眉，拍了拍旁邊的男人的肩膀：「該幹活了。」

男人眉眼怠倦，沒立刻有動靜。

徐青宋聳肩，解釋：「缺人手。」

「……」

真是怕什麼來什麼。

過了須臾，男人走過來，拿起掛在架子上的安全繩，低頭檢查著。他沒有像其他工作人員一樣穿統一的制服，而是穿著簡單的T恤和休閒長褲。

雲厘也拿不準他是什麼身分。

因此，有了另一個擔憂——她不確定他會不會操作。

男人拎著安全繩，站到她面前。因為個頭高稍微彎了點腰，淡聲指導著：「腳穿進黑色的圈裡。」

這個距離靠得很近。

雲厘難免覺得緊張，沒來得及問話，只是照著他的話做。

左右腳都穿過去後，男人把繩子往上收，讓雲厘把雙手也穿進相應的圈裡。就著她的體型收緊，而後讓她坐上設備。

站在地上時感受不深，但一坐上來，就有種不受控的不安感。雲厘盯著男人的舉動，他正把她身上的安全繩扣到相應的位置，慢條斯理檢查著。

在這個時候，旁邊的徐青宋參與進來，笑著說——

「挺好，第一次上手就游刃有餘了。」

第二章 EAW科技城

聞言，雲厘本因為他得心應手的舉動而鬆弛的情緒又緊繃起來。

什麼叫第一次上手？

雲厘沒聽懂他的話，猶疑地問：「你之前沒幫別人綁過嗎？」

男人：「嗯。」

「……」

被他理所當然的回應梗住。

雲厘甚至想反思是不是自己過於大驚小怪了。

雖然這個設施的高度看起來只有兩公尺左右，但還是有一定的危險性。這時雲厘顧慮不上別的，不得不再次搭話，以求心裡安慰：「那你上班前有培訓嗎？」

男人眼未抬：「什麼培訓。」

「就比如，」雲厘想不到別的，這種時候也委婉不起來，針對性很強，「這個安全繩要怎麼綁才最安全，才能將危險系數降到最低。」

男人聽她說完，才道：「沒有。」

「……」

這瞬間，雲厘的感覺堪比去真實高空彈跳，工作人員跟她說，這繩子可能會斷，但不一定會斷，妳可以先試試。

雲厘整個人僵住了：「那安全繩沒綁好會被甩出去嗎？」

男人瞥了她一眼，似是思考了一下：「我不清楚。」

見這兩人都是一臉輕鬆，雲厘抿唇，想著不要自己嚇自己時，男人忽然輕點了點安全繩上的卡釦，漫不經心地說：「妳想試試嗎？」

雲厘：「……」

雲厘：？

眼前的人說的話如同惡魔低語。

不過男人只是這麼提了一句，說完就收回手，沒有多餘的動作。雲厘甚至又小人之心起來，有種他因她先前的話懷恨在心，所以借此恐嚇她的感覺。

雲厘背脊僵直，垂頭摸了摸卡釦的位置，檢查有沒有鬆開。

與此同時，遠處有人喊徐青宋過去。

臨走前，徐青宋低笑了聲，出聲安撫：「他只是跟妳開個玩笑，妳別當真。」隨即，轉頭提醒男人：「你幹什麼呢，盡責點，別亂說話嚇人。」

男人還頂著一副「敷衍營業」的模樣，卻也因此對雲厘說了句人話：「放心，都檢查過了。」之後他指了指旁邊繩子：「等一下怕的話就抓住這裡。」

雲厘點頭，猶豫了下，才慢慢把手挪開。

男人從旁邊拿起VR眼鏡，幫她戴上：「後面有個鈕，自己調整一下鬆緊。」

雲厘眼前的畫面變成一行遠距離的字，還做了被火燒的特效。

男人：「清楚嗎？」

雲厘瞇了下眼：「有點糊。」

話音剛落，她能感覺到，男人的手抵著她的眼鏡，向下一扣。視野隨之清晰了些，雲厘抬手，自己微調到一個舒適的角度。

因為這個設施會上下移動，光是這麼戴著，眼鏡很容易掉。所以加了兩條帶子，扣在下巴處，像頭盔的戴法。

戴上VR後，眼前與現實世界脫節。

雲厘不知道周圍發生了什麼，有些緊張，只聽見男人預告般的說了句「開始了」，場景隨之變化。

高不見底的懸崖，遠處是山嵐雲霧。

遊戲不是一開始就往下跳，還有個緩衝。眼前的NPC嘴巴一張一合，像是在說話。之後雲厘的視角便是，主人公想跳又不敢跳，磨蹭了許久。

在她沒反應過來的期間，猛地一躍而下。

身下的吊椅也開始運作。

墜落到最底，還因為彈力繩而反覆上下。失重感強烈，深邃的大海近在咫尺，隨即猛然上升。

雲厘有一瞬間被嚇得閉了眼，又強迫自己睜開。

她屬於那種又怕又愛玩的類型。每次去遊樂園，看到那些高空刺激設施都很感興趣，到入口時，卻又沒有上去玩的勇氣。

而這種ＶＲ體驗設施，雲厘知道是虛擬的，實際並不那麼嚇人，就想都嘗試一遍。

簡而言之，她的勇氣只存在於虛擬世界。

一回到現實就全數清零。

設施時間不長，但因為過於真實的感覺，雲厘仍然覺得度秒如年。「劫後餘生」後，她又覺得神清氣爽，興奮又刺激。

雲厘摘下ＶＲ眼鏡。

男人接過來，替她解開卡釦。

雲厘重回地面。她側頭，瞧見旁邊有個螢幕，同步投送她剛剛所見的場景。也就是她剛剛看到的，其他人也都能看到。

聽何佳夢說，為了製作的影片能呈現出更好的效果，之後這些畫面會統一傳給對應的人。

雲厘道了聲謝，想了想，提出了個疑問：「這個遊戲沒有聲音嗎？」

男人抬眼。

雲厘解釋：「我看到人物張嘴了，但沒聽到聲音。」

男人也不太清楚，乾脆自己戴上。過了一下，他摘下，把ＶＲ拿在手裡瞧：「有聲音，不過右聲道好像壞了。」

說完，他又確認道：「妳什麼都沒聽見嗎？」

「……」

雲匣呼吸一頓。

這恰好撞到她天生的缺陷上。

右聲道壞了，相當於只有左聲道有聲音。

但她的左耳天生聽不見。

所以什麼都沒聽到。

「啊，是嗎？」雲匣乾巴巴道，「那可能是我剛剛太緊張了，所以沒聽清楚。」

「嗯。」

男人沒在意。結束了雲匣這個「任務」，他又恢復「任何事都不關己」的態度，注意力放到設備上，安靜測試起來。

之後雲匣去玩別的設施，再路過這裡時，已經見不到男人的人影了。排除了部分設施，等她把感興趣的嘗試了一遍，也過了大半天的時間。

她算是來的人裡精力較充沛的了。

有些人長時間玩會頭暈，早已結束戰鬥，此時正在休息區聊天。

找了一個沒人的角落，雲匣邊飛快檢查著剛剛拍出來的片段，邊在腦海裡過了遍到時候該怎麼剪輯。

沒多久，何佳夢找到她，通知一個消息。

作為東道主，徐青宋想請大家吃頓飯，順帶跟他們正式認識以及送行。聽說其他人已經欣然應下，雲厘只好咽回本想拒絕的話，選擇隨波逐流。

聚餐地點在南蕪一家挺出名的酒樓。

EAW定了個大包廂，裡頭左右擺放了兩張大圓桌。雲厘坐到靠裡的位子，左右分別是何佳夢和知不了。

有些人在來之前就互相認識，也有些人一天下來相談甚歡。飯桌上格外熱鬧，大多意猶未盡，談論著各個設施的玩後感受。

雲厘最怕這種場合，一進來就假裝玩手機。

最後到的是徐青宋和那個男人。

只剩裡桌有兩個空位，兩人走過來。何佳夢眨眼，看到這人，顏狗屬性又冒起：「閒雲老師，妳今天看到這帥哥口罩下的樣子了嗎？」

今天？

雲厘實話實說：「今天沒見到。」

頓了下，她思考著要不要補一句：但之前見到過。

沒來得及說，徐青宋喊了聲：「小何。」

何佳夢：「啊？」

「妳願意換個位嗎？」徐青宋觀察了下座位，拍了拍男人的肩膀，「他這幾天感冒了，這裡是空調風口，讓他坐裡面。」

何佳夢立刻起身，連聲說：「當然沒問題。」

在雲厘還沒反應過來的時候，他們就莫名其妙地坐到了一起。

本就對這種多人場合避之不及，旁邊又換成了一個見過好幾次面的陌生人，雲厘不知要不要打招呼，更加坐立不安。

她沒看過去，低頭喝水。

徐青宋沒有介紹這個男人的意思。桌上有人跟男人搭話，他靜默須臾才回答，似是在確定對方是否跟他說話，但回話都很簡短。

像是橫空又出現了個話題終結者。

雲厘感同身受，想看看他是不是也覺得懊惱，卻又不敢看過去。

沒多久，話題的重心到徐青宋身上。

雲厘也偏過頭去。

腦子卻不合時宜地想到，大家好像忘了問男人的名字。

沒多久，男人摘下口罩。

前幾次見面，不是光線不佳，就是角度偏差沒看清，再不然就是她沒認真看。這時近距離看，雲厘才發現他的髮色有些淺，不知是染了還是天生如此。

往下，依然是挑不出毛病的五官，長相偏混血。

硬體條件十分優越。

雲厘突然覺得有點眼熟。

好像在哪見過……

沒來得及深想，服務生開始上菜。

桌上的菜品各式各樣，照顧到了每個人的口味。

不知是胃口不好還是過於挑剔，雲厘用餘光能看見，男人一頓下來沒吃什麼東西。單獨要的一份粥只吃了小半。

飯局結束後，有人提議下一場去附近的ＫＴＶ唱歌。

徐青宋笑著應下。

這頓飯花了不少錢，其餘人沒有讓他再買單的打算。提出玩一個小遊戲，兩桌分別為兩組，輸的那組買單。

在一堆遊戲裡你推我拉，最後選了簡單又快捷的傳話遊戲，叫「交頭接耳」。

規則是，每組派一人跟對面組的第一人說一句話，三十字以內，越拗口越好。之後順著傳下去，聲音要輕，不能讓第三人聽見。

最後一人說出正確字最多的那組，就是勝利方。

雲厘心裡咯噔一聲。

隨後，又聽到更大的噩耗：「那就逆時針傳過去吧。」

逆時針，從左往右傳。

也就是左邊的男人傳話給她。

那她是不是要湊左耳過去……

每組的句子很快商量完，從一端開始傳話。

他們這桌是徐青宋起頭，到雲厘這中間還隔了四人。傳話的速度很快，隨著距離拉近，她的焦慮跟著湧起。

雖然左耳失聰對雲厘的生活沒有多大影響，她也不太在意。

儘管如此，她並不想把這個缺陷公布於眾。

雲厘糾結了下，看向男人：「那個……」

男人側頭。

她張了張嘴，想說「我等等能用右耳聽嗎」，又覺得過於刻意了，沒說完就泄下氣：「算了，沒事。」

不知不覺就輪到男人了。

看著他隔壁的人傳話給他，雲厘不太明顯地側著身子偷聽，卻一個字都沒聽見。

耳語結束，男人看向她。

雲厘與他對視，硬著頭皮湊過去。

定格幾秒。

男人沒動，忽然說：「過來點。」

雲厘愣住：「啊？」

這話不夾雜情緒，含義卻惹人曲解。飯桌上有人忍不住打趣幾聲。

男人恍若未聞，手肘搭桌，懶散支頤。宛如洞悉了她的顧慮，視線挪到她右耳上，不鹹不淡地重複了一遍。

「靠過來點。」

耳邊還能聽到小小的起鬨聲，雲厘最怕這種陣仗。倉皇抬眼，瞅見他的視線，下意識抬手碰觸了下對應的位置。

她忽然明白過來，卻又不大肯定。

但從這眼神，雲厘能察覺到，他並未存有別的心思。

雲厘身子偏了偏，試探性地將另一側往他的方向湊。

男人同時靠近，距離她耳際大約三公分時停下。氣息若即若離，音量壓得極低：「觀自在菩薩，行深般若波羅蜜多時，照見五蘊皆空，度一切苦厄。」

「……」

也許是想讓她聽清楚，他的語速不疾不徐。

然而辜負這好意了。

雲厘一句都沒聽懂。

說得再嚴重點。

雲厘覺得目前這狀況，跟聽不見也沒什麼差別。

這是什麼！玩意！！！！

是佛經嗎？

雲厘愣在原地。

旁邊等著傳話的知不了忍不住笑：「妳這是什麼表情？」

她沒回答，也不敢再拖。在記憶模糊之前，雲厘半猜測半背誦，拚湊出一個勉強說得通的句子。

對上知不了一臉迷惑的表情，她的心理平衡了些。

應該沒拖後腿吧。

緊張感過去後，雲厘才有心思看別人玩遊戲。此時她發現，有些人也是用右耳聽的。因為這個方向聽別人講話，臉不用朝向眾人。

雲厘太在意，所以會覺得用右耳聽顯得很刻意。但對不在意這事情的人來說，他們並不會關注其他人是用哪個耳朵聽。

就像她也不會關注別人走路是先邁哪隻腳。

思及此，雲厘悄悄看了男人一眼。

所以今天玩那個虛擬高空彈跳設施的時候，他就已經發現她的左耳聽不見了嗎？

但當時留了情面，沒有直接戳穿。

男人沒注意到她的視線，正低著頭，意興闌珊，單手玩遊戲打發時間。

是一個單機遊戲，叫二〇四八。

目前最大數字已經合成到一〇二四了。

這個時候，話也傳到尾了。

最後一人是何佳夢。她在眾目睽睽之下，信心滿滿地報出答案：「觀音菩薩想吃菠蘿蜜。」

「……」

包廂內安靜一瞬，又哄堂大笑。

何佳夢撓頭：「怎麼了？不是嗎？」

「當然不是，小何妳怎麼回事，這麼神聖的句子妳傳成這樣。」費水樂了，「不過我還挺奇怪，前面怎麼傳這麼快？害得我以為對面出了個短句子，聽到時我都傻眼了。」

徐青宋低笑出聲，慚愧又坦然：「抱歉，我實在記不住。直接傳『《心經》第一段，能背的背一下』。」

他之後的幾人憋笑半天：「加一。」

接龍止於男人。

確定目標，話題沒持續太久。大家只當他涉獵廣，況且《心經》不長，背下第一段不足為奇。過不久，對面桌也結束傳話，以一字之差險勝。

眾人調侃幾句，收拾東西準備離開。

雲厘糾結再三，鼓起勇氣跟男人搭話：「那個……」

男人停頓，抬眸。

他的睫毛細長，眼窩深邃。雙眼皮薄，眼尾天生上揚，勾勒出冷漠而凌厲的輪廓。不帶情緒時，帶了難以捉摸的震懾力。

「你剛剛叫我靠近點……」雲厘有點後悔了，又不得不繼續，「是知道……」

——是知道我左耳聽不見嗎？

接著說就等於報答案，她及時剎住，看著他。

男人沒有回答。

雲厘訥訥：「你怎麼不說話？」

男人看她，平靜說：「妳沒說完。」

「……」

雲厘換了個問法：「就、就是，你剛剛為什麼讓我靠近點？」

四目對視。

周遭人影紛擾，嘈雜又顯得沉寂。就在雲厘覺得他下一秒就要點破時，男人把手機放回口袋裡，隨意道：「規則，不能讓第三人聽見。」

這附近有家ＫＴＶ。

徐青宋是這裡的ＶＩＰ，不用提前預訂，進去就被服務生帶到派對包廂。空間很大，三步臺階將其分成上下兩個錯層，再容納十人都綽綽有餘。

酒水小吃和果盤陸續送上。

幾個放得開的已經拿著麥克風開始嘶吼，點歌檯接連被人占據。其餘人分成幾堆，要麼打牌，要麼玩骰子。

還有些跟雲厘一樣，坐在一旁聊天聽歌。

這桌坐了七八個人，好幾個雲厘叫不出名字。中間位子是徐青宋，正笑著跟人碰杯。剛剛跟他一起來的男人已經不見蹤影。

她低看了手機一眼，又有意無意地往周圍掃了一圈。

恰在這時，有個女人半開玩笑：「徐總，你剛剛帶的那個帥哥去哪啦？怎麼輸了還不過來買單？」

雲厘的注意被轉移。

徐青宋無奈：「人家身體不適，放他一馬吧。」

女人名叫杜格菲，聽何佳夢說是某平臺的女主播，今天幾乎把在場所有男人的聊天帳號都要遍了。她托著腮，繼續打探：「是不是女朋友查崗呀？」

徐青宋不置可否。

杜格菲：「沒來得及加個好友呢。」

彷若沒聽懂這言外之意，徐青宋嘆惋：「那可惜了。」

「……」

杜格菲明顯梗住。

桌上有人噗嗤笑了聲。

雲厘壓著唇角，也有點想笑。但過後，心情又平白低落下來。

這情緒不知從何而來，像棵被暴曬的含羞草，垂頭喪氣，喪失精氣神。又像是想投入許願池的硬幣落空。

過了一陣子，何佳夢湊到她旁邊，小聲問：「閒雲老師，妳想去廁所嗎？我不太想用包廂的。」

雲厘回神：「有點，我跟妳一起去吧。」

從包廂出來，走廊的燈光昏暗，燈彷彿被糊了一層布。沒幾步就有個公共洗手間，進入之後，布隨之被掀開。

解決完，雲厘出來洗手。

何佳夢已經在外頭了，突然問：「妳的耳朵怎麼這麼紅？」

聞言，雲厘看向鏡子。

何夢佳打量了下，又道：「而且只有右邊紅。」

「……」雲厘也才發現，「我不知道。」

「是不是，」何佳夢嘿嘿笑，「剛剛那帥哥傳話離妳太近了？」

雲厘忙否認：「不是。」

何佳夢根本不信，繼續道：「那帥哥像個冰山似的，妳看別人跟他搭話都聊不了幾句，沒想到還會主動撩妹。」

雲厘招架不來，只好扯開話題：「妳不認識他嗎？」

「不認識，可能是我之前一直在總部，沒怎麼過來。」何佳夢說，「我剛剛聽同事說，今天早上在店裡也看到他了。」

「嗯？」

「好像是老闆的朋友，前幾天就過來幫忙了，之後也會在ＥＡＷ工作。」何佳夢樂顛顛道，「我有眼福了。剛剛看到他摘下口罩，我旁邊還坐著我老闆，恍惚間以為自己身處在天堂。」

「……」

「不過說實話，我又有點擔心。」

「什麼？」

「妳不覺得這帥哥看起來挺難相處的嗎？這種『關係戶』，也不會好好工作。」何佳夢補充，「而且蠻陰沉的，有點嚇人。」

雲厘不自覺替他說話：「徐總不是說他身體不舒服嗎？可能只是不太想說話。」

何佳夢：「對哦，我忘了。」

大多數人的航班都在明天，所以第二場沒持續太久。

回到酒店，雲厘洗完澡出來才剛過十二點。她疲倦地躺到床上，滿足地抱住被子，只想這麼睡到天昏地暗。

果然還是覺得社交好累。

也不知道她怎麼會跟著去ＫＴＶ。

良久，雲厘睜眼，盯著白花花的天花板，忽地抬手摸了下自己的右耳。不燙了。

隔天醒來，雲厘跟何佳夢說了自己短時間內不回西伏的事情，讓她不用訂機票了。何佳夢表示明白，而後幫她續了一週的房間。

雲厘今天沒什麼事情做，磨磨蹭蹭起床，點了份外送。想了想，傳訊息給鄧初琦，問她什麼時候有空一起吃個飯。

下一秒，鄧初琦打了個電話過來：『我在吃飯，懶得打字就直接打電話給妳了。妳幾號回西伏呀？』

「我應該不回了。」

『啊？為什麼？』鄧初琦愣住，『妳不是月底才報到嗎？』

離家出走這詞確實丟人，雲厘不好意思說出口：「反正回去也沒什麼事幹，不如先過來熟悉一下環境。」

『哦哦，那妳要不要來跟我一起住？』鄧初琦說，『我室友人很好的，只是我的房間有點點小。』

雲厘：「不用，我酒店的房間還有一週才到期。而且我打算先租間房子，我這兩天看了下租房網，有一間感覺還挺好的。妳到時候陪我去看看？」
鄧初琦：『好呀！週末可以嗎？我週末都沒事。』
雲厘彎唇：「行。」
鄧初琦又問：『不過妳不住宿舍嗎？』
雲厘：「住，但我偶爾要拍影片，要找個地方。不然會影響到室友。」
兩人聊了一陣子，掛電話後，雲厘邊吃飯邊看一部老劇。
一看就是一下午。太陽剛落山，雲厘收到何佳夢的訊息。說把她昨日試玩的設施所對應的影片寄到她的信箱了。
雲厘回了個：『好的。』
如果要租房子的話，接下來應該挺忙的。
雲厘想先把影片剪出來。她把相機的ＳＤ卡拔出，跟電腦連上。粗略翻看自己之前拍的片段，看到ＶＲ高空彈跳那段時停下。
當時設施結束後，雲厘把安在三腳架上的相機忘在那了，走到半路才記起來。這段影片還把她離開後的一段場景錄進來了——
杜格菲過來跟他搭話：『我也想試一下這個遊戲，怎麼玩呀？』
男人這次連敷衍都懶，盯著手裡的ＶＲ，無波無瀾道：『找工作人員。』
隨即就是雲厘回來拿相機，杜格菲也沒多言，直接走了。
「……」

這確實對應上何佳夢所說的，關係戶不會好好工作。

不知出於什麼心思，雲厘拉到前面，又看了遍男人幫他綁安全繩的那一段。雖然知道男人應該是沒耐心了，但她莫名還是有種被差別對待的感覺。

接著，她才故作鎮定又不在意地打開信箱，將何佳夢寄來的壓縮包下載下來。

等了段時間，解壓打開。

這些片段，每個標注出了設施名，方便她貼到對應的影片上。瞥見其中一個影片的縮圖，雲厘頓了下。

不知道是不是何佳夢手抖放進去了，這並不是她所玩的設施片段。

而是她剛剛盯著看了許久的男人的面容。

沒有戴口罩的。

雲厘舔了下唇，點開。

他似乎是不小心按到了錄製鍵，沒看鏡頭。手裡拿著遙控，看起來像是在調整，又像是漫不經心地把玩。

畫面忽高忽低。

一下子移到幾公尺高的位置，貼近天花板，能清晰看到周圍的遊戲設施；又一下子降到底，只能看到地板的紋路。

雲厘突然反應過來。

這好像是今天俱樂部看到的無人機。

影片的最後，似乎旁邊有人喊他，男人突然停住動作。幾秒後，視角從半空降回地上。片段也到此為止。

因為這個舉動，男人的模樣越發眼熟，在腦海裡的印象愈加清晰。

回想到某個一閃而過的點，雲厘豁然開朗，猛地打開E站，翻到自己很久以前收藏的一個影片。

這最早是上傳在E站的交流論壇裡，後被人搬運到影片區。

是之前的一屆全國大學生機器人大賽。

影片是剪輯過的，將其中一人的鏡頭提煉出來。

少年俊朗高瘦，穿著黑色隊服，袖子上扣了個月亮的徽章。後背印有西伏科技大學的校徽，以及隊名：Unique。

他手握遙控，專注地操控眼前的機器人。

宣布勝利時，旁邊幾人跳起來歡呼。

少年生得極好，卻不苟言笑，沉著站在一旁。氣質溫潤清朗，不似現在這般陰沉。而後，其中一人用力抱住他，他皺眉掙扎了幾下，最後不受控地笑起來。

是輕狂熱烈、不需要掩飾情緒的年紀。

跟剛剛影片裡的男人，重合在一起。

是同個人。

又不像是同個人。

這個影片當初在網路上小範圍紅了一番。後來，少年被人發現是跳級上大學，參加比賽的時候才十五歲。

開掛一樣的人生。

當時影片底下有各種留言。其中最紅的一則，是因少年戴的月亮徽章，延伸出的一句戲言——原來人間也有月亮。

看到這個影片時，雲厘十五歲，剛上高一。

那時她的成績中等，卻意外壓線考上西伏最好的高中。內向寡言，努力卻又能力有限，被同班同學的優秀壓得喘不過氣。

也渴望身懷天賦，落於不凡。

少年在這個時候入了鏡。

成為她年少時，短暫崇拜敬仰過，且迫切想成為的存在。

時隔多年，網路熱度曇花一現，痕跡卻還殘留。

將這些資訊敲入搜尋欄，雲厘還能找到當初升學考成績出來後，少年接受的採訪。旁邊配著一張隨手拍攝的照片。

少年看向鏡頭，眉目青澀。擁有凡世俗塵皆打不敗的意氣風發。

下方標注了串文字——

南蕪市〇八年理科狀元，傅識則。

連著幾日小雨過後，八月下旬，許久不見的晴天總算露了面。豔陽高掛，世界被陽光鍍了層金，柏油路彷彿要燒起來。眼前時不時有小蟲子飛過，蟬聲嘶啞連綿，了無止境。

雲厘覺得自己要被曬到融化了。

跟鄧初琦碰面後，她們沒心思挑店，直奔隔壁的海天商都。

兩人隨意進了個餛飩店。

「這個破天氣，就是要把人活生生烤了。」吹到空調，鄧初琦才感覺活過來了，「我真的待不下去了，還是西伏好，在西伏我沒感覺有這麼熱。」

雲厘否定：「那是因為妳太久沒回去了，西伏也這麼熱。」

「是嗎？好吧。」鄧初琦說，「唉，真希望南蕪能下一個夏天的雨，前幾天的氣溫就非常Nice。」

「那南蕪會被淹了。」

「不然就一直別出太陽！」

「妳怎麼還見不得光。」

「……」鄧初琦受不了了，探身去掐她的臉，「雲厘，妳說妳這人多愛抬槓！我今天過來就應該帶根針，把妳的嘴縫上！」

雲厘吃痛地後躲，笑著求饒：「我錯了我錯了。」

鄧初琦這才勉強收手。吵鬧過後，盯著雲厘的臉，她不由感嘆：「我記得最開始對妳的印象是，這女生雖然長得好看，但怎麼這麼高冷，是不是在跟我裝。」

雲厘瞥她：「說話注意點。」

鄧初琦：「結果熟了才發現，妳之前話少可能只是一種保護自己的手段。」

「嗯？」

「以免得罪多方，被人暗殺。」

「……」

服務生正巧端了兩碗餛飩上來。

鄧初琦倒了一勺辣椒，突然想起來，指了指上面：「對了，那個ＶＲ體驗館好玩嗎？之前試業我打算去的，但忙到忘了。」

「我還挺喜歡的。」雲厘如實說，「本來接了還有點後悔，但去了之後覺得挺賺。又有錢收又能玩。」

鄧初琦好奇：「除了妳，他們還邀請了誰啊？」

絞盡腦汁想了半晌，雲厘報出還記得的幾個名字。其中一個鄧初琦聽過，她立馬激動地說起之前看過的關於這人的八卦。

雲厘聽得津津有味，並評論：「感覺是假的。」

過了一下，鄧初琦又問：「就這幾個嗎？還有嗎？」

雲厘思考了下，實在想不起來了。對著鄧初琦期待的表情，腦海倏地冒起前天在網頁上搜出來的「傅識則」三字。

她動了動唇，猶豫著問：「妳記得我們高中時，有個影片在E站紅過嗎？」

鄧初琦：「什麼？」

「就是那個什麼，」雲厘不好直接提名字，憋半天才憋出句，「……人間的月亮。」

「月亮？」鄧初琦一臉茫然。

「就是西伏科大那個……」

「噢！是西伏科大那個天才嗎？」提到關鍵字，鄧初琦立刻反應過來，「我想起來了，我高中第一次去妳家的時候，看到妳像供奉似的，把他的照片貼在牆上——」

「……」

忘了還有這麼一件事。

年少時做的糗事被提及，雲厘雙頰發燙，打斷她的話：「行了行了，吃飯吧。」

鄧初琦樂不可支：「怎麼突然提起這人？我都忘了他長什麼樣了。」

雲厘稍頓，過了幾秒後才回答：「我好像見到他了。」

「啊？」

「但我不太確定，是不是同一個人。」

這其實跟她這次去EAW，見到幾個之前只在螢幕上見過的網紅的事差不多。但相較起來，遇見傅識則所帶來的的情緒，肯定更為強烈些。

畢竟是她崇拜過的人。

雲厘只是心裡略微覺得有些怪異。

怪異在哪裡，她也說不清。

是沒把人認出來；還是因為始料未及地，見到了，本以為自己這輩子都不會遇見的人。

算起來也過了七年了。

少年又高了一截，五官也長開了些，增添了些時間堆砌出來的、無法偽裝的成熟。模樣跟從前沒什麼差別，最截然不同的，應該是他展現出來的氣質。

跟她想像中的，有很大的偏差。

這幾次見面，他的表現都有些孤僻不合群。

她本以為這樣的人，應該要是人群中的焦點，是眾星圍繞的月亮。有風度也懂分寸，對待人與事游刃有餘，知世故而不世故。執著又堅不可摧，強大且百折不撓。

不該是像現在這般。

光芒像是被蒙了層灰，與黑夜融為一體。

沉默而枯朽。

雲厘分神片刻，無端想起他躺在沙發上睡覺的畫面。男人微微蜷縮，身材瘦削，隔著衣服能看到蝴蝶骨凸起的輪廓。

頹殘、脆弱，又不堪一擊。

「那可能真的不是同一個人，說不定只是長得像。」鄧初琦沒放在心上，「我記得這個天才好像跟我們一樣大吧？過了好幾年了，也不一定還長得跟影片裡一樣。」

雲厘反應過來，笑了起來：「說的也是。」

這麼一想，她想像得似乎有些過頭。

就算真的是同一個人。

他也可能只是因為這幾天感冒了，才無精打采。

附近社區不少，新舊皆有。雲厘手頭不太差錢，選擇了鄰近環境治安最好的七里香都。對面就是海天商都，距離南理工不到十分鐘的路程。

飯後，雲厘再次跟仲介聯絡，確定了時間便拉著鄧初琦一起過去。

房子一室一廳，家具齊全，環境打掃得乾乾淨淨。

鄧初琦剛簽過租房合約，經驗稍多點，全程都是她在跟仲介溝通。房東的要求是必須住夠一年，交三個月押金。

雲厘覺得不算不能接受。

很快就訂下，約定好第二天簽租房合約。

鄧初琦回家後，雲厘上網找了個清潔工幫房子大掃除。

又陸續在網路上買了不少生活必需品、拍攝設備和小東西等填補空間。

在酒店房間到期前一天，雲厘正式搬了進去。

等雲厘把房子收拾好，天都已經暗了。她後知後覺地感覺到餓，想起上次過來複試時，她在南理工旁的一條小吃街隨意打包的一個炒粉條，味道意外的十分不錯。

後來回西伏，吃了幾家店總覺得差點意思。

想到這，雲厘翻了圈外送APP，卻沒找著。

應該是這家店沒有外送服務。

雲厘看了掛鐘一眼，十點出頭。

順著窗戶往外，還能看到燈火通明的海天商都。

時間不算晚，加上饞蟲冒起，雲厘激起了一種今日吃不到不甘休的感覺。乾脆回房間換身衣服，拿上錢包出門。

憑著粗淺的記憶，雲厘出社區，過馬路，順著海天商都一直往前走。路上，她看到幾次有人在馬路旁燒紙。

雲厘疑惑又不安，拿出手機看了一眼。

才發現今天是中元節。

「……」

雲厘頭皮發麻，瞬間後悔出門。

但已經走了大半的路程，也不好無功而返。

雲厘繼續走，穿過一個廣場，再過條馬路，就到了那條熟悉的小吃街。

路燈亮堂，往來行人也不少。她隨之鬆了口氣。

先前雲厘是為了一家網紅奶茶店過來的，出來沒幾步就能看到那家炒粉條店。此時她不太記得具體位置了，只記得還挺偏僻的。

雲厘打開導航。

順著往前一百多公尺，不知是不是延遲，接下來導航上的路線歪歪扭扭的。提醒的方向，是讓她穿過一條巷子。

裡頭漆黑，地也濕漉漉的。十幾公尺就是個轉角。

從這裡過去，右轉再左轉，就是另一條街道。

路程也不遠，雲厘鼓起勇氣走了進去，剛轉彎，就聽到前面傳來男人們嬉笑打諢的聲音。抬頭的同時，聞到了鋪天蓋地的酒味。

視野裡出現兩個男人。

一個染著淺藍色頭髮，鎖骨處刺青著一串含義不明的英文字母；另一個穿著背心，露出手臂上大塊的肌肉。

昏暗又偏僻的巷子。

這個場面，雲厘不免害怕。不敢跟他們對視，鎮定自若地繼續往前。沒走幾步就被藍毛堵住：「咦，小妹妹妳好啊。」

雲厘警惕後退。

另一側的大塊頭調侃道：「大豐，你耍什麼流氓啊。」

「我哪裡耍流氓了？」藍毛醉醺醺的，大著舌頭說，「我、我就打個招呼！」

雲厘想繞開他們，但巷子窄，被兩人堵得無出路。怕顯得太膽怯會讓對方更加過分，她輕聲說：「您能讓一下嗎？我想過去那邊。」

藍毛死皮賴臉：「行啊，我讓妳過去，妳等一下陪我去吃個宵夜。」

「……」

「行不行啊，小妹妹。」

「……好。」怕惹惱他，雲厘不敢拒絕，只能扯理由拖延時間，「你先讓我過去可以嗎？我要去買個東西。」

藍毛聳肩，側身騰了個地方。

巷子旁的幾家店都已經關門了，左側空蕩蕩的，像進入了無人之境。另一邊，幾公尺外昏暗的路燈下，有個男人站在旁邊，低著頭抽菸。

他背著光，面容蒼白無血色，看起來陰沉又詭譎。

像個借助鬼門，在深夜進入人間的異域孤鬼。

雲厘心臟一跳，立刻看清他的臉。

是傅識則。

本來以為不會再見面了。

在這個時候，他也聽到動靜，抬頭看了過來。

不知道後面兩人會做出什麼事情來，雲厘不想貿然出聲激怒他們。她抿著唇，眼裡帶了點求助的意味。

兩人目光對上不過一秒。

傅識則別開眼，像沒看到似的，吐了口雲霧。

雲厘僵在原地。

一時間不敢相信，他的舉動所表達的含義。

——他並沒有打算幫她。

後面的藍毛開始催促，沒什麼耐心地嚷嚷：「讓妳過來了，去吃宵夜啊妹妹，怎麼不動？出爾反爾——」

雲厘聲音發顫，忍不住喊：「傅、傅識則！」

話音落下，空氣彷若凝固住。

連藍毛的架勢都像是虛了幾分，隨之安靜下來。

似漫長卻又短暫的沉默過後，傅識則偏頭，懶散地招招手。雲厘燃起了希望，以為是朝她做的手勢，正打算過去。

哪知下一秒，一旁的藍毛走了過去，納悶道：「哥，你認識啊？」

「……」

雲厘大腦一片空白。

前幾天做的那個已經模糊了不少的夢，在這一瞬間又變得無比清晰。

機場的那個男生嗤笑著，在她耳邊吼的話再次迴盪：「傻了吧！沒想到吧！他是我們組織的頭目！」

傅識則不置可否：「你幹什麼。」

藍毛表情理所當然：「我讓她陪我去吃個宵夜，什麼也沒幹啊。」

「陪你吃宵夜……」他漫不經心地重複了遍，而後看向雲厘，「妳願意去嗎。」

天高星遠，風乾燥綿長，吹過許久還留有餘熱。

那一刻。

雲厘也不知道哪來的勇氣，搖了搖頭。

傅識則輕「嗯」了聲，替她轉告：「她不想去。」

藍毛的酒似乎還沒醒，聞言想說說理。沒來得及出聲，就被傅識則推了下肩膀。他踉蹌兩步，險些摔倒，回頭。

「你嚇到人了，」傅識則輕描淡寫地說，「過去道個歉。」

第三章　再遇月亮

「我道你媽——」藍毛想發作，對上他的神色後消了氣焰，「我道、道……道歉就道歉嘛，哥你推我幹什麼……」

他不甘又不願，看都沒看雲厘，語速飛快：「不好意思囉。」

像是生怕被人聽清。

傅識則沒讓他蒙混過關：「再說一遍。」

藍毛只好一字一頓說：「不好意思。」

傅識則低哂：「道個歉不好意思什麼？」

「……」藍毛唇線逐漸繃直，盯著他，「對不起。」

「眼睛長我身上了？」

「我……」藍毛深吸了口氣，不想沒完沒了道歉，老老實實對雲厘說，「對不起，我腦子不太清醒，也不知道為什麼會做出這種事情。妳別往心裡去。」

雲厘心有餘悸，含糊地應了聲。

「則哥，你怎麼還沒回去。」大塊頭出來打圓場，「你別抽菸了，感冒不是還沒好嗎？」

「嗯。」

大塊頭又道：「這小子只是喝醉了，等他酒醒了就知道錯了。」

藍毛不悅：「我哪裡喝醉了？」

傅識則沒搭理：「回去吧。」

覺得全世界都與自己為敵，藍毛委屈地碎碎念：「本來就是這女的剛剛說，我讓她過來就——」

沒說完，嘴巴被大塊頭捂住，只能發出唔唔的怪叫。大塊頭輕而易舉拖著他，重回小巷裡：「哥，那我們就先走了哈。我帶他去醒酒。」

這兩人走後，本就偏僻的位置更顯冷清。

雲厘想問他跟他們是什麼關係，卻又覺得過於冒昧。站了頃刻，她握緊袋子，主動說：「謝謝你。」

沒得到回應，雲厘進退兩難，躊躇著要不要道個別。

傅識則忽然問：「妳剛剛喊我什麼？」

「啊？」不明其意，雲厘也不敢不回答，「傅識折？」

「則。」

「什麼？」

「傅識則。」

「……」雲厘還是沒懂，跟著念，「呃，傅識折。」

傅識則把菸輾滅：「把舌頭捋直了說一遍。」

雲厘猛地明白過來，漲紅了臉。

西伏人平翹舌不分，雲厘的影片常被粉絲指出這點。後來她刻意調整過，但有些字眼總是分不清楚，甚至聽都聽不出差別。

她的嘴巴動了動，聲若蚊蚋地開了個頭，不好意思說下去。

不過傅識則只是提出她的錯誤，並不像對待藍毛那般揪著不放。而後，他若有所思地問：「妳怎麼知道我叫什麼名字？」

「……」被這話點醒，雲厘在短短幾秒內，腦子裡搜刮完全，萬分之一萬肯定，前幾次見面他都沒有自我介紹。

雲厘不可能照實說，我特地在網上搜過你，透過這得來的消息。

這不是他媽變態嗎？

她磕絆解釋：「我聽、聽ＥＡＷ的人說的，說你是他們的新同事。」

這個理由合情合理，傅識則點頭。瞥了眼時間，他隨意道：「過來這邊幹什麼？」

雲厘小聲：「想買個炒粉條。」

傅識則沒多問：「嗯。」

「不過算了，」雖然方才沒出什麼事，但雲厘此時還是有些不安，「好像有點偏僻，我還是回去叫個外送吧。」

默了兩秒，傅識則問：「在哪？」

雲厘下意識指了個方向。

傅識則：「走吧。」

「……」

說完，也不等她回應，他抬腳往前走。

看著傅識則的背影，雲厘心跳速度莫名加快。頓了一下，小跑著跟上去。

炒粉條店開在其中一條小巷子裡。

位置雖偏僻，但到這個時間，顧客依然很多，看起來像是附近的大學生。飲料店還開著，一時的熱度過後，門前生意已不如前。

他們的話都不多，等待的期間沒有多餘的交談。

十分鐘後，雲厘接過打包袋。

兩人走了出去。

沿著這條街道，一路往前，直到馬路旁。對面是雲厘來時的廣場，此刻還有人在跳廣場舞、玩滑板，沒半點冷清的氣息。

傅識則停在這，說：「早點回家。」

「啊？」雲厘慢一拍，「……哦，好。那我先回去了。」

走了幾步，雲厘忍不住回頭。

他還站在原來的地方。

男人眉目漆黑，膚色蒼白，透著股冷意。人長得高，套了件白色短袖。身材瘦削，像棵卓立的孤松，卻又不顯得單薄。

一時間，有什麼東西衝破了牢籠。

有朵遲遲不願意發芽的花，在無人察覺的地方破土而出。膽怯又渺小，卻仍受到月光的引誘，選擇踏上人間，一窺究竟。

雲厘忘了自己懼怕社交，忘了自己向來對生人抱著避猶不及的態度。這一刻，她的腦子裡只有一個念頭。

如果現在她不往前一步。

這可能就會是他們之間的最後一面。

可她希望。

還能有下一次見面。

雲厘咽了咽口水，掌心慢慢收攏：「那個，我，我能跟你要個聯絡方式嗎？」

傅識則抬眼。

頭一次做這種事情，雲厘手足無措解釋：「我聽他們說你感冒，我知道一個牌子的感冒藥還挺有效的，想推薦給你……」

他沒立刻回答，似是在等她說完。

片刻後，傅識則平淡地說：「謝謝，不用了。」而後，他沉吟須臾，又補充，「忘了說，希望我朋友的行為不會影響到妳。」

很簡單的一句話，瞬間將雲厘的遐想與曲解打破。

她不需要深想，就能理解他的言外之意。

他先前的舉動，並不是對她存有別的想法。

僅僅只是因為，他的朋友今晚做了冒犯她的事情。既然道了歉，就該是有作用的道歉。

他不希望因此影響到她本來的計畫。

漫長無垠的夜晚，繁華又荒涼的街道，馬路將世界切割成兩半。耳邊彷若與周遭斷了線，有尖銳的鳴叫，接連坍塌。

無法控制的難堪湧上心頭。

雲厘勉強地笑了下，低聲說：「沒事，那算了……希望你感冒早點好。」

扔下這句，雲厘連道別都忘了說，只想快些離開這個地方。轉頭的一剎那，她鼻子泛酸，看了來車方向一眼，快步穿過馬路。

回到家，雲厘踢開鞋子，把袋子扔到餐桌上。三步併作兩步走到客廳，渾身卸力地躺到沙發，整個人往下陷。

想當沒發生過任何事情，眼前又反覆地迴旋著傅識則的神色。

從始至終沒有一絲波動。

就好像，今晚因他而生的的莽撞與退卻，都僅僅只與她有關。就連拒絕時，他都不會因可能傷害到她，而抱有任何的歉意。

因為完全不在乎。

用抱枕蓋住臉，雲厘用力地抿了下唇。

好丟臉。

好狼狽。

她為什麼要做這種事情。

雲厘急需找人傾訴，急需有人能與她共情，但又不想跟任何人提及。良久，她拿起手機，打開網頁開始搜尋——「跟人要聯絡方式被拒絕了」。

很多人有同樣的經歷。

看起來是一件司空見慣、不足掛齒、無須在意的小事。

但不論怎樣，大部分的人都還是會因對方連進一步瞭解的興趣都沒有，而懷疑自己是不是真的有那麼差。

用很長時間翻看其他人的故事，雲厘才堪堪恢復。沒再傷春悲秋，她垂頭喪氣地坐到餐桌旁，打開那份被她擱置許久的炒粉條。

她咬了一口。

已經涼透了。

雲厘咽下，沮喪地嘀咕：「我的心都沒你這麼涼。」

把飯盒拿到微波爐加熱，等待的時間裡，雲厘打開E站。這段時間事情太多，她之前請了個假，已經幾個星期沒更新影片了。

底下的留言都是嗷嗷待哺，懇求失蹤人口回歸，還有人幫她取了綽號。

雲厘被幾則留言逗笑，想了想，敲字發了則動態。

閒雲滴答醬：『別再喊我鹹魚滴答醬了，跪謝大家。週六晚上更新。』

剛上傳，就有上百則留言。

雲厘翻了翻，發現除了催她更新之外，還有提醒她拖欠的五十萬粉福利還沒給。先前徵求了一些意見，讓她拍各種主題的影片，五花八門到眼花繚亂。

但呼聲最高的，是讓她直播。

雲厘直播的次數很少，第一次是覺得新奇，播了幾分鐘就匆匆下線。感覺自己的臨場反應很差，直播效果顯得無聊，所以一直不太願意玩這個。

僅有的幾次都是被粉絲慫恿。

但不知為什麼，他們好像很喜歡。

注意到時間已晚，人應該不多。而且雲厘這時情緒不佳，也想跟人說說話。猶豫著，她回到客廳沙發，對著鏡頭觀察穿著和角度，確認無誤後，點開直播。

下一秒，用戶一湧而入。

雲厘調整好狀態，打了聲招呼。盯著螢幕，開始念留言並回答：「怎麼突然直播了——哦，這算是百萬粉的福利之一，我提前彩個排。」

「背景怎麼換了？」雲厘打開飯盒，乾脆搞起吃播，邊吃炒粉條邊說，「我搬家了，還沒整理好。之後再弄個好看點的背景。」

「吃什麼——炒粉條。」

「好無聊啊，搞個才藝表演表演唄，不然直什麼播。」雲厘也不在意，淡淡說，「沒有，你換個直播間吧。」

「怎麼感覺鹹魚今天很自閉——你感覺錯了。」

這話一出，留言又成群結隊玩梗：『是自閉，不是至閉。』

「……」雲厘立刻聯想到今天傅識則的糾正，深吸口氣，十分肯定她不至於這個詞都平翹不分，「你們不要顛倒黑白，我說的沒有錯。」

接下來，留言傳了詞語、繞口令等給她，彷彿要幫雲厘的發音做一次魔鬼訓練。

可能是想陪粉絲鬧著玩，也可能是想為自己爭口氣，雲厘每個詞都好好念了一遍。有的詞語還會臨時起意、即興發揮，造一些無厘頭的句子。

就這麼過了十幾分鐘。

雲厘吃完炒粉條，一掃螢幕，在源源不斷的留言中抓取到一個詞語。

——實則。

從甜品店出來，傅識則口袋裡的手機響起。

拿出來，他瞥了來電顯示一眼，按下接聽。那頭傳來徐青宋的聲音：『人呢，我車都開出來了。』

傅識則：「出來了。」

『行，過來車站這裡。』

「嗯。」

傅識則掛斷電話，拎著袋子，再次走出街道。找到徐青宋的車，上副駕駛座，把袋子擱到一旁。

徐青宋邊開車邊瞧：「這是買給誰的？」

「我爸。」

「這時間老爺子還沒睡呢？」徐青宋隨口道，「那你現在回北山楓林？還是跟我去個地方？」

傅識則垂著眼，模樣睏極了：「不去。」

徐青宋搖頭，嘆息：「你這性子，居然還挺招女孩子喜歡。這幾天我收到好幾則訊息，都是找我要加你好友的。」

傅識則像沒聽見似的。

見他懨懨不振，徐青宋沒再多言，伸手把手機導航關掉。與此同時，螢幕頂部彈出E站的通知：『您關注的@聞雲滴答醬於十五分鐘前開啟直播。』

徐青宋手滑點到。

他沒察覺，直至密閉而沉靜的空間倏忽多了些雜音，徐青宋不自覺看向手機，才發現螢幕顯現了個有點眼熟的女生。

先前為EAW做宣傳的人選，何佳夢讓徐青宋過了一遍，還給了他一個帳號，關注列表都是這次到來的網紅。

為彰顯負責，徐青宋登上了帳號。卻又懶得看，只掃了幾眼。然而這軟體時不時有通知，他這段時間已經誤點幾次了。

徐青宋剛想關掉，一頓，突然發現：「阿則，這不是那天坐你隔壁的那個女生嗎？」

聽到動靜，傅識則掀了掀眼皮。

看到前不久才見過的女生，此時出現在徐青宋的手機螢幕裡。她坐在沙發上，還穿著剛剛的衣服，臉小膚白，上鏡跟現實沒多大差別。

女生眼睛大而明亮，直視鏡頭，比起在他面前少了些拘束感。

隨即，女生出聲，不明其意地重複著一個詞：『實則、實則……』

三更半夜，鬼節，冷靜空曠的街道，錯手不經意點進的直播間，以及耳邊還迴盪著，一進直播間，主播就叫魂般反覆念著與同行人名字同音的詞。

「……」

這場面略顯詭異。

徐青宋默了下：「她怎麼像在喊你名字？」

不等傅識則回話，女生結束了她的「複讀機」模式。而後，她盯著鏡頭，飛快地說：『他看似是一匹狼。』

停頓，慢吞吞地又憋了幾字：『——實則是一條狗。』

車內陷入沉默。

三秒後，徐青宋反應過來。他只聽清後半句，側頭問：「你被罵了？」

傅識則不懂：「什麼？」

「她說你是一條狗。」

「……」

說完這句話，雲厘也意識到不妥。

本來是因為今天一直沒讀對這個詞，練習的時候也不確定自己發音準不準確，所以多念了幾次。後來的造句也是因為先前都走了這流程，就順水推舟。

沒料到會說出這句話。

粉絲不會感覺到不對勁，但她做賊心虛，總覺得這話暗諷的意味十分明顯。

畢竟傅識則無論同意或是拒絕，都是他的選擇，無人能指責。

而她這行為就顯得小肚雞腸又氣急敗壞。

雲厘很慚愧，欲蓋彌彰地補充：「這話沒什麼含義，我只是造個句。」

隨後又播了幾分鐘，就匆忙地下了線。

房間內很靜，只有空調呼啦響著。

這小插曲過後，雲厘難免為這背地裡「罵人」的事情惶恐，卻只是一陣子。很快她就想通了，高掛的心臟也落了地。

因為雲厘確信。

一個明顯對她不感興趣的人，不太可能有閒暇功夫去看她的直播。

勉強算是受了「情傷」，雲厘一連幾日都提不起勁。直至收到何佳夢的訊息，她才反應過來今天EAW正式開業了。

這段時間，雲厘唯一做的正事就是兌現了承諾的更新，也就是把探店EAW俱樂部的影片更新出去。從何佳夢的反應來看，影片宣傳的效果很好。

她的心情也因此好了不少。

聊著聊著，何佳夢還傳了幾張開業儀式的照片給她。

前幾天何佳夢邀請過雲厘，但她不太想去，便找了個理由推脫了。

雲厘滑著看，發現其中混了一張傳識則的。

他穿著EAW的黑色襯衫制服，坐在其中一張辦公桌前，靠著椅背閉目養神。看起來應該是偷拍，有些模糊。

何佳夢：『有張手抖傳出去了qvq。』

何佳夢：『他真的好帥！』

何佳夢：『不過看起來好拽好陰沉好冷漠，我也不敢找他說話。』

提到這人就會聯想起那日的事情，雲厘在憂鬱到來前扯開話題：『那你們今天是不是很忙呀？』

何佳夢：『是的，現在還很多人在排隊。』

何佳夢：『我快累死了！剛剛被拉到樓下幫忙！！』

沒說幾句，何佳夢就繼續工作了。

雲厘百無聊賴，看別人這麼努力，也不想再這麼渾噩下去。想到過兩天就要去學校報到了，她想在那之前把下週的影片拍出來。

恰好看到了毛巾捲蛋糕，看起來令人垂涎欲滴，雲厘當機立斷把主題定為毛巾捲盛宴。廚房材料齊全，她沒拖延，直接爬起來幹活。

就著教學，按自己的口味調整配方，架起攝影機，雲厘開始製作。

她很喜歡烹飪的過程，以往出過不少期美食影片。雖然耗時耗力，但成品出來的時候，會讓人異常有成就感。

這一折騰就是數個小時。

直到弄出自認為完美的味道和外形，雲厘才覺得算完成。側頭一看窗外，天都快亮了。把成品收拾進冰箱，她草草收拾一下廚房，倉促洗了個澡便入睡。

翌日，雲厘剛睡醒就接到了鄧初琦的電話。

今天週五，她跟合租室友來ＥＡＷ科技城玩。這時剛結束，因為平常不怎麼來通西區這邊，乾脆邀請雲厘一起吃晚飯。

有陌生人在，雲厘不太想去，但又耐不過鄧初琦軟磨硬泡。

雲厘起身洗漱，快速化了個妝。想起昨晚做的毛巾捲，她每個口味只留了一個，其餘全塞進裝有乾冰的保溫袋，打算帶去給鄧初琦和她室友嚐嚐。

而後便出了門。

晚飯的地方定在海天商都的一家連鎖火鍋店，生意格外火爆。雲厘到那時，門口還排著長隊。

雲厘：『我到了，你們在哪一桌？』

鄧初琦：『這麼快？我們剛拿到號碼進來。妳等等，我出去接妳。』

不到半分鐘，鄧初琦從裡頭出來：「姐們！」

雲厘好笑：「才幾步路，怎麼特地出來。」

「我就是出來跟妳提前預警。」鄧初琦雙手合掌，覺得對不起她，又覺得太對得起她了，「我知道如果在電話裡就跟妳說，妳絕對不會過來的。」

「啊？」

「我室友有兩個親戚！都巨你媽的帥！」鄧初琦激動又仗義，「雲厘，妳是我最好的姐妹！有這種好事我他媽怎麼可能忘記妳！」

「……」

雲厘寒毛直豎：「裡面很多人？」

鄧初琦：「沒有很多人！加上我就四個！」

雲厘抗拒：「不行，我走了。我們下次約。」

「妳不看會後悔的，真的帥！」鄧初琦硬拽著她，往裡走，「妳不想說話就當是去賞花！我還能讓妳尷尬嗎！而且萬一碰上妳感興趣的呢！」

「怎麼可能！」

「怎麼不可能！」

「……」

雲厘擰不過，只能跟著進去。

算了。

也就三個人，比上次ＥＡＷ聚會的人少多了。

反正不認識，裝死吃個飯就走。

店內煙霧繚繞，香氣瀰漫。位子全數坐滿，無一例外。

從門口走進去的這小段距離，鄧初琦跟她說明情況：「我今天跟我室友，還有我室友他弟一起玩的。」

雲厘沒心思聽，敷衍點頭。

鄧初琦：「我室友她舅舅剛好在ＥＡＷ工作，好像是什麼設備工程師。他們後來就把她舅喊來……」

還沒說完，已經走到他們的位子旁。

火鍋店安排的是個大桌。Ｕ形的沙發座，在店內的一個角落，顯得安靜不少。從這個方向過去，雲厘只能看到一個很漂亮的女人正笑著說話。

另兩人被座椅擋住了。

鄧初琦停下話，拉著雲厘從另一側入座：「我帶著我的寶貝來了！」

女人轉頭，目光放在她身上，彎眼笑：「是厘厘吧？我經常聽初琦提起妳。」

雲厘很靦腆，正想打聲招呼，目光一掃，瞥見對面二人的模樣。停住，又看過去，笑容就這麼僵在臉上。

「……」

誰能。

告訴她。

現在是什麼情況。

機場見遇到的那個男生，為什麼，也，出現在這？

傅識則先另說。

傅正初瞪大眼，也愣住了。

鄧初琦沒察覺到不對，只當她是怕生，主動介紹：「厘厘，這是我室友兼學姐同事，夏從聲。」

「我靠！」傅正初神志歸位，不可思議地看著雲厘，「妳還認得我吧？還認得吧？」

雲厘勉強地憋了個「嗯」。

夏從聲疑惑：「怎麼了？你們認識嗎？」

省去其中加好友的細節，傅正初簡單說明了下那天發生的事情，強調他說ＥＡＷ是他哥開的，雲厘不相信。

鄧初琦樂了：「這麼巧嗎？」

雲厘也明白了：「你哥是徐青宋？」

「算有點親戚關係，」夏從聲解釋，「我舅姥姥是青宋母親的乾媽。」

傅正初點頭：「我那天回去之後傳訊息給青宋哥，問他們店是不是找人宣傳了，有個人在機場等接機等了好久。後來，他就讓我叫小舅去接人。」

越聽越覺得奇怪，雲厘忍不住問：「冒昧問一下，你們小舅是？」

傅正初指了指旁邊的傅識則。

「……」

雲厘差點沒控制住表情。

這幾人看起來他媽不是同齡人嗎？

怎麼是舅甥關係？

傅正初反應過來：「所以你們應該見過面了吧？」

「嗯？」雲厘看都不敢看傅識則，在桌底下扯了扯鄧初琦的衣擺，「對。」

收到訊號，鄧初琦輕咳了聲，立刻轉移話題：「說起來確實還蠻巧，我記得弟弟也是南理工的學生吧？」

傅正初：「對，還有誰是嗎？」

聞言，雲厘有些詫異，下意識看向傅正初。

他也讀南理工？

這麼一想，在機場遇到傅正初時，他就說了ＥＡＷ在他學校附近。

但當時她沒聯想到這。

「噢，」夏從聲想起來了，「妳上次跟我說，厘厘考了南理工的研究所是吧？」

雲厘點點頭。

傅正初驚了，瞪大眼：「我們還是校友？」

夏從聲沒好氣道：「你應該喊人家學姐。」

「哦哦，」傅正初能屈能伸，也因這緣分來了興致，「我後天返校，學姐妳是不是後天報到啊？我們學校好像統一時間的。」

「對。」雲厘答。

「啊？妳後天報到嗎？」鄧初琦傻了，「我本來打算陪妳去的，但我記成下週了……剛剛還答應我同事那天去逛街。」

「不用。」雲厘說，「我只是報個到。」

「妳不是說妳行李很多嗎？」

「沒事，我小舅後天開車送我弟過去。」夏從聲主動道，「反正也會路過這邊，厘厘，妳到時候就搭他們的車吧，順便讓他們幫妳搬行李。」

「……」

剛被拒絕過，雲厘這時只盼望這頓飯趕緊結束，兩人從此分道揚鑣，再也不相見。

哪還有拜託傅識則的勇氣。

哪還有應付下一次見面的精力。

她連忙擺手，沒來得及拒絕，傅正初便爽快道：「行，反正小舅也沒事幹，當讓他鍛鍊鍛鍊了。」

先斬後奏完，他還故作尊重地看向傅識則：「可以吧小舅？」

傅識則緩慢抬眼，隨意地「嗯」了聲。

鄧初琦鬆了口氣：「也好，那麻煩你們了。」

「……」

雲厘一個字也沒說，就被其餘三人安排妥當。

飯桌上剩餘的另一人，擁有同樣的待遇，卻沒半點情緒的波動。看起來無所謂，彷彿與他毫無關係。

雲厘的思緒全放在還未到來的明天，以及即將成為拖油瓶的自己。

這一頓飯她吃得十分煎熬，沒半點胃口。

飯局後半段，鄧初琦手機響了幾聲，彎唇回訊息。

見狀，夏從聲揶揄：「跟誰傳訊息，笑得那麼開心？」

「我前幾天坐地鐵遇到個帥哥，是我喜歡的菜，我就跟他加了好友。」鄧初琦很開心地分享，「跟他聊了幾天，他剛剛約我下週一起去看電影。」

「真好。」夏從聲感嘆，「我只跟人要過一次聯絡方式，還遇到了渣男。」

「啊？說來聽聽。」

夏從聲用筷子戳了戳肉：「就我大學的時候，當時去我弟學校，他和他一個同學都被請家長了。那個小同學是她哥哥過來的，長得很帥，我就忍不住要了聯絡方式。」

傅正初立刻猜到：「桑稚他哥？」

「對啊。那男的太離譜了，我現在都記得他怎麼說的。他說，」夏從聲吐槽，「他一天換一個女朋友，這個月剛好缺一個，我願意的話他就給。」

「真的假的？」

「我騙你幹什麼。」

「不可能吧。」傅正初笑出聲，「我之前同學聚會，還聽桑稚說她哥寡了二十多年，現在終於脫單了，跟全天下說是女方追他的呢。」

「……」

話題順勢挪到「跟人要聯絡方式」這上面。

不知不覺間，就默認每個人都要說一個經歷。

提及這個，傅正初窘迫看了雲厘一眼，可能也發現了自己那天用錯帳號。不過見她沒半點要提及那天事情的意思，他放鬆了些，飛快說了幾句就過了。

輪到雲厘。

當著當事人的面，她不好意思撒謊，只能硬著頭皮承認：「有過。」

鄧初琦本覺得不可能有。畢竟別說要聯絡方式了，讓雲厘跟陌生人接觸都難。所以聽到這個回答，她特別驚訝：「什麼時候？」

雲厘：「就前段時間。」

鄧初琦：「進展如何！」

雲厘含糊道：「他沒給……」

鄧初琦以為聽錯了，對這個答案很意外：「啊？」

雲厘只好清晰地說一遍：「唔，他沒給我。」

除了傅識則沒說話，其餘人要麼是成功要到，要麼是不太在意，只當成玩笑調侃。但雲厘明顯還有些在意，桌上氣氛也不由顯得凝重。

雲厘敏感察覺到，忙道：「沒什麼的。」

更顯強顏歡笑。

夏從聲忍不住安慰：「說不定那男的是第一次見到這麼好看的女孩子跟他要聯絡方式，一時想要個帥，回去之後後悔得痛哭流涕。」

說完，她看了傅正初一眼。

傅正初很配合：「也可能是有女朋友了。」

這還沒完，像故事接龍似的，他撞了撞傅識則的肩膀，擠眉弄眼：「小舅，該你了，你也安慰一句啊。身為長輩怎麼沒長輩的樣！」

「……」

始料未及的發展。

雲厘要窒息了。

他們怎麼還善解人意到，開始在劊子手面前鞭屍了？

傅識則面無表情：「說什麼。」

沒想到他連這都想不到，傅正初恨鐵不成鋼，只好湊到他耳邊舉例：「你就說——」

「還可能是個 gay。」

「……」

這幾個理由都是合理的，但兩個當事人在場，彼此心知肚明，這些安慰反倒放大了她的窘迫，讓她坐立難安。

此情此景，不只是局限於這張桌子，雲厘感覺整個火鍋店、整個海天商都，更甚是整個南蕪，都重歸於寂了。

她備受折磨地閉了閉眼。

不敢把這個難題拋給傅識則，雲厘鼓足勇氣打斷他們：「謝謝你們，但我真的沒事。」力求真實，她還撒了個謊：「而且，我也不是第一次跟人要聯絡方式。」

察覺到她的不自在，鄧初琦笑嘻嘻接話：「對，妳還跟我要過。」

「妳現在也跟我要要看？」夏從聲順帶開個玩笑，「我保證不拒絕妳。」

話題隨之被帶過。

雲厘暗自鬆了口氣，笑起來：「好呀。」

桌上的人都拿出手機互加好友，仍是除開傅識則。見狀，傅正初皺眉，很不贊同：「小舅，你怎麼不合群啊？」

夏從聲也參與進來：「是啊，我剛剛一時恍惚，以為你是併桌的了。」

傅正初：「這位大哥，你換個桌吧，我們不接受併桌。」

「……」

沒指望過他會同意，雲厘默默地收起手機。

哪知，傅識則一副隨他們鬧的樣子，把手機遞給傅正初。

「就是嘛。」他的手機沒密碼，傅正初流暢打開，「你別整天這麼獨，多認識幾個朋友不好嗎？」

傅識則懶得理他。

傅正初把好友條碼遞到她們面前，客氣地說：「我小舅在EAW上班，以後妳們去那玩，可以提前跟我小舅說一聲。」

對這個狀況，雲厘簡直難以置信。回想起傅識則先前拒絕的模樣，她舉著手機，感覺自己並不包括在這個的「們」裡，遲遲沒有下一步。

然而鄧初琦以為她是搆不著，直接接過她的手機幫她掃了。

「……」

幾秒後，列表多了個紅點。

沒人覺得不妥，當事人傅識則連眼睫都沒抬一下，沒半點阻攔的意思。雲厘不想顯得太在意，關上螢幕，暈乎乎低頭吃東西壓驚。

居然。

真、真的加到了……

本來雲厘是要直接回家的，但鄧初琦說開學後見面次數就少了，捨不得她，讓雲厘今晚去她那過夜。

雲厘想著後天才開學，明天回去收拾東西時間也很充足，便爽快答應了。

飯後，一行人坐電梯到停車場。

傅識則開車，傅正初坐副駕駛座，三個女生坐在後面。

回程時路過一個大型超市，夏從聲想起家裡的消耗品都快用完了，臨時起意想去採購一番。

其餘人紛紛應和。

傅識則像個機器似的，不反駁也不贊同，卻會全數照做。雲厘坐在後面，盯著他偶爾看後視鏡時露出的側臉，覺得他竟然很違和地適合「乖巧」這個形容詞。

進入超市，購物車由年紀最小的傅正初推著。他性子急，直奔自己感興趣的區域，很快就不見人影。

傅識則與他相反，神色倦倦地跟在她們後頭。

雲厘沒什麼參與感，畢竟是鄧初琦她們要採購。不過她要在這邊住幾天，還是挑了她平日的必需品，比如巧克力牛奶。沒看到自己慣買的牌子，就多家對比了下。

最後挑了三種牌子的巧克力牛奶，每種買了三瓶。

見她手裡抱了那麼多東西，夏從聲皺眉：「傅正初跑到哪裡去了？小舅舅，這還挺重的，你幫忙拿去丟購物車裡唄。」

「……」

低頭看著手裡抱著滿當當的牛奶，雲厘有些窘。

破天荒升起了戒奶的念頭。

傅識則倒沒什麼反應，朝她伸手，輕聲說：「給我吧。」

「啊……好的。」雲厘遞給他，「麻煩你了。」

等他走了，鄧初琦忍不住說：「我靠，妳小舅看起來像個高嶺之花、超級冷氣，但怎麼還……怎麼形容，就挺聽話的？而且妳怎麼敢使喚長輩。」

「我就這麼喊而已，」夏從聲說，「他比我小幾歲，怎麼可能當做長輩。」

「啊？我還以為他只是長得顯小。」

鄧初琦好像一點都沒聯想到，傅識則就是那個西伏科大的天才。

雲厘隨口接：「他跟我們一樣大——」

注意到兩人的視線，似乎是在疑惑她怎麼會知道，雲厘立刻反應過來，又補了個字：

「嗎？」

「……」

夏從聲點頭，仔細想了想：「應該是的。」

這次採購速戰速決，只花了半個多小時。

重回車上，傅正初邊扯安全帶，邊不滿地嘮叨：「小舅，你剛剛怎麼不理人啊？幸好我替你解釋了幾句。」

夏從聲趴到椅背上：「怎麼了？你們遇到誰了嗎？」

「就桑稚啊！她家住這附近。」傅正初說，「原來之前幫她見家長那個根本不是她親哥，不過，桑稚親哥居然認識我們小舅。」

夏從聲也好奇：「小舅舅，你們是同學嗎？」

傅識則漫不經心回答：「好像是。」

「那不是學長嗎？怎麼連個招呼都不打。」傅正初譴責，「你這高冷人設不能不分場合實行，懂嗎小舅？」

隨後，傅正初直接在車裡升堂審問：「厘厘姐，上次我舅舅去接妳的時候，有沒有對妳擺臉色？妳說出來，我們都會幫妳做主的。」

雲厘忙擺手：「完全沒有。」

傅正初顯然一定要挑出點毛病：「那他對妳笑了嗎？」

「……也沒有。」

「所以說，小舅，你這樣是不行的。」傅正初搖搖頭，教導他，「你這樣出去混，肯定會被打的。你要學會親切、溫和，與人為善。」

傅識則「嗯」了聲。

雲厘在後頭看戲，尋思著他居然還聽進去了。

開沒多久，傅識則突然找了個地方停靠。把傅正初的安全帶摁開，他手臂靠在方向盤上，側頭瞧他：「下車。」

「……啊？」看著這荒無人煙的地方，傅正初氣焰瞬消，「怎麼了？小舅，你忘了嗎？我、我今天不是要跟你一起回外公家住嗎？」

「學不會，」傅識則淡淡道，「怕被打拖累你。」

「……」

接下來的路上，傅正初總算安靜下來，半句話都不敢多說。

到達目的地，跟他們道了別。

三人回到住所，輪番洗漱完，一起坐在客廳找了部電影看。大多時候在閒聊。

沒多久，夏從聲看了手機一眼，問道：「欸，厘厘。妳今天帶的那個袋子，忘在我小舅車上了。我外公家離這裡挺近的，讓我弟拿來給妳？」

「啊？不用了。」雲厘說，「那個袋子里面是毛巾捲，本來就是帶來給你們吃的。如果他們不嫌棄的話，可以嚐一下味道。」

夏從聲：「好，那謝謝妳啦。我跟他們說一聲。」

「話說，」鄧初琦拆了包洋芋片，「妳小舅和妳弟有女朋友嗎？」

「我小舅沒有。」

聞言，雲厘下意識看她。

又假裝不在意地繼續看電視螢幕，掩飾心情。

好奇怪……

盡管與她無關。

但聽到這個答案時，還是不由得，有點點開心。

夏從聲如實說出情報：「我弟我就不太確定了，好像也沒有，前段時間分手了。怎麼了，看上哪個了？」

鄧初琦嘆氣：「算了，一個太冷，一個又太傻。」

夏從聲笑得東倒西歪，而後說：「厘厘呢？妳們要是有看上的，一定跟我說啊。我幫妳們撮合撮合。」

「……」

別有心思的雲厘像是行走在鋼絲上，搖搖欲墜。不敢承認，又不想對她們撒謊，干脆一聲不吭，只是跟她們一起笑。

另外兩人也都只是開玩笑。

鄧初琦咬著洋芋片，換了個話題：「厘厘，妳之前不是說要找份工作嗎？開始投履歷了？」

「還沒，每次要投履歷的時候都很猶豫。」提到這個，雲厘有些憂鬱，「我其實還沒想好，是做全職創作者，還是找個工作。」

雲厘其實很茫然。

大四的時候，她把全部精力都放在考研究所，完全沒想過沒考上的後果。錯過了校園春招，透過校園招聘投過幾次履歷，也都不了了之。

後來想過要二戰研究所，但其實只是她不知道接下來要做什麼，幫自己找的一個目標。

想找份工作嘗試，卻又一直拖延。

只想賴在自己的舒適圈裡。

她沉溺、躲藏，又不可自拔。

很多面目只能暴露在網絡，亦或者是熟悉的人面前。也與很多人缺失了共同話題，聊不到一起，漸漸疏遠。

她不知道有沒有像她一樣的人。

嚮往熱鬧，卻又恐懼社交。

「妳看妳想做哪個。」鄧初琦說，「其實找份清閒點的工作，應該也不耽誤妳拍影片。」

「對呀，妳想做什麼，就都可以去嘗試嘗試，做得不高興再說。」夏從聲語氣溫和，「對了，妳是讀什麼科系呀？」

雲厘：「自動化。」

「我之前好像看到我朋友在招聘，我之後傳給妳看看？」夏從聲說，「妳覺得適合的話，可以投個履歷試試。」

看完電影也差不多凌晨一點了，另兩人都是社畜，平時最晚都是這個時間睡，此時睏得眼皮都抬不起來了。

回到房間，鄧初琦跟雲厘道了聲晚安，很快就睡著了。

聽見她的呼吸變得規律，雲厘摸到床頭櫃上的手機，做賊般地鑽進被窩裡。打開手機聊天，找到今天添加的傅識則的帳號。

有其他人在，她今天不敢點進去看。

一直等到夜深人靜，周圍無眼楮盯著她的時候，才按捺不住欲望。

傅識則的暱稱是個大寫的F。

大頭照是純黑底，靠下方的位置，有個白色的弧形狀物。看起來像個月亮，又像個小愛心。整體看起來，就像沒有上半張臉的笑臉。

有種詼諧的諷刺萌感。

再聯想到傅識則那張沒有多餘的表情的臉，違和又莫名合適。

盯著看了許久，雲厘才漸漸有了點真實感。

她實在不敢相信。

這世上還真的有這種「天上掉月亮」的事情。

起了個頭，雲厘接下來的行為都變得大膽而順其自然。

雲厘點開他的動態，背景還是初始的默認圖。他不發日常，僅有的幾則都是分享什麼論文資料。

沒滑幾下就到了底。

空蕩蕩的，但跟她意料中的差不多。

退回聊天欄。

雲厘不經意戳了下對話框，正想再退出去，睡在旁邊的鄧初琦忽然有動靜。她的心臟一縮，反射性把手機蓋下，關上螢幕。

沒幾秒，又沒了動靜。

雲厘悄悄探出頭，借著月光，看到鄧初琦還熟睡著。

似乎只是翻了個身。

她鬆了口氣，也有了睏意。把手機放回床頭櫃，調整了下睡姿，正準備醞釀睡意時，靜謐無聲的房間，忽然響起了震動聲。

在她耳邊，幾近振聾發聵。

雲厘被嚇了一跳，再度看向鄧初琦，唯恐將她吵醒。默認應該是程式的通知，她輕手輕腳拿起手機，想把網路關掉。

點開一看。

畫面還停留在跟傅識則的聊天室。

五分鐘前，她這邊傳了一個簡筆畫梗圖給傅識則。是她剛從鄧初琦那偷來的——一隻握拳伸出食指的手，手指指向螢幕外面，下面附帶「當我老婆」四字。

雲厘的表情頓時僵住。

而剛剛，對方也回覆了一則訊息。

傅識則：『？』

「……」

第四章　小舅舅

因為睡前發生的這麼一齣，雲厘剛浮起的半點睡意，在頃刻間煙消雲散。勉強回了句『不小心按到了，抱歉』，卻沒再收到回覆。

盯著螢幕許久。

懷揣著心事，雲厘睡不太安穩。就這麼在睡一陣醒一下的等待中，熬過了一夜。

醒來已經是第二天下午了，睜眼的第一個反應仍是拿起手機。訊息沒如她所想般石沉大海，雲厘看到對方回了訊息。是今早七點回的。

傅識則：『嗯』。

彷若剛醒來看到，隨手一回。

連個標點符號都沒有。

也不知有沒有相信。

雲厘的心情沒因此緩和分毫。她爬起來，走到客廳。鄧初琦正躺沙發上玩遊戲，餘光瞥見她時，抬眼看了下時間：「妳昨晚做賊去了？幾點睡的？」

「我也沒注意，三四點吧。」在她旁邊坐下，雲厘問，「夏夏出門了嗎？」

「一大早就走了。」知道她的作息向來不穩定，鄧初琦一直沒叫醒她，「妳怎麼還坐下了，洗漱吃飯了。」
雲厘沒動，模樣半死不活。
剛好結束一局，鄧初琦把手機放下，十分納悶：「妳怎麼了？」
雲厘長長地嘆了口氣。
鄧初琦：「認床了？」
雲厘搖頭。
鄧初琦：「做噩夢了？」
又搖頭。
鄧初琦：「沒睡好？」
頭搖到一半，雲厘頓住，改成點頭。
「所以是怎麼了？」鄧初琦貼了下她的額頭，「哪裡不舒服嗎？」
「沒有。」見她神色擔憂，雲厘實在憋不住了，「就是，我跟妳說件事。」
「嗯？」
「我昨晚睡前，手滑傳了個梗圖給夏夏的小舅。」
「啊？妳傳了什麼？」
雲厘把手機遞給她。
見她異常嚴肅，鄧初琦不敢怠慢。她雙手接過，同樣嚴肅地盯著看。瞧見上面的內容時，表情定住。

「……」

過了幾秒，猛地笑出聲。

凝固的氣氛就此破裂。

雲厘皺眉：「妳別笑！」

鄧初琦想憋住笑，但控制半天，還是適得其反地爆笑起來：「好、好，妳等我一下。」

「……妳不覺得這事很嚴重嗎？」雲厘非常憂鬱，「他會不會覺得我很莫名其妙啊？」

「或者覺得我很變態？」

「又或者會不會覺得我很下流！」

「哪那麼嚴重，」鄧初琦說，「妳不是都跟他解釋了。」

「但、但是，」雲厘支吾了下，「我這不就是冒犯長輩了嗎？」

鄧初琦又被這個稱呼逗樂，調侃起來：「長輩對晚輩肯定會多幾分寬容與諒解，加上長輩不是已經表達出明白的意思了。」

雲厘看她。

「真的沒什麼，妳別憂鬱了。」鄧初琦想起件事，「對了，妳什麼時候跟人要聯絡方式了？昨天當著那麼多人的面，我也不好問妳。」

「……」

「妳怎麼沉默了。」

心虛事又被提及，雲厘再次進入腦子飛速運轉狀態：「就，那個。」

鄧初琦拖腔接她的話：「那個？」

「就，」盯著她的眼，雲厘的肩膀垮下，不想再隱瞞了，「好吧，我說。但妳不要跟夏夏說。」

「什麼？」

「我要的，」雲厘輕聲坦白，「是她小舅的。」

「……」

鄧初琦傻了。

聽雲厘簡單闡述了下事情的經過，鄧初琦震驚完，又覺得在情理之中：「怪不得我那天老覺得妳怪怪的，原來你們之間還有這糾葛。」

「這哪能算糾葛。」雲厘垂頭喪氣道，「只能算是有過幾句對話。」

「妳這麼沮喪幹什麼，最後不也拿到了。」鄧初琦摸摸她的頭，「而且他沒女朋友，這不是天時地利人和嗎？」

雲厘沒勇氣了：「算了，他已經拒絕我了。」

「拒絕加好友算什麼？妳想想誰跟他要都給，不就顯得很來者不拒嗎？他可能是那種慢熱的人。」鄧初琦說，「我跟妳說，按我的經驗，夏夏小舅這種性格，一開始高冷難接近，但追到了之後，肯定對妳死心塌地至死不渝。」

雲厘嘆口氣，想說「我哪敢追」，但最後還是沒說出口。

鄧初琦又細品了下這僅有四則訊息的聊天記錄，她揚了下眉，忽然蓋住中間兩則，笑咪咪道：「這樣看是不是就舒坦許多。」

順著她的話，雲厘看過去。

一遮蓋，表達的意思瞬間天差地別。

雲厘：『（當我老婆jpg）。』

傅識則：『嗯』。

「……」

盯著她的臉，鄧初琦打趣道：「厘厘，妳臉紅了。」

雲厘把手機抽回來，惱羞成怒：「臉紅個鬼！我去洗漱了。」

按照鄧初琦對雲厘的瞭解，別說是要聯絡方式了，讓她找陌生人問個路都難。而且認識這麼久，她還是第一次聽雲厘表達出對某個男人的好感。

為助朋友的姻緣一臂之力，鄧初琦這幾日時不時會慫恿雲厘傳訊息給傅識則。

雲厘不受蠱惑，右耳進右耳出。

比石頭還頑固。

因為第二天要去學校報到，雲厘吃了點東西就回家了。

到家後，雲厘發了下呆，起身收拾行李。這段時間，楊芳寄了不少衣服過來給她，她慢吞吞地往箱子裡塞，疊整齊又攤開來看。

不知不覺就演變成，挑選明天要穿的衣服。

在這上面荒廢大量時間，雲厘回神，沒再不務正業。

不受控地產生了一種感覺。

與從前那種即將參與聚會前的焦慮相似，但這一次，卻多了點別的情緒。置於最底，似有若無的。

彷若苦等已久的盲盒即將到手。

從而產生了一種，怕知道結果又想知道結果的期待感。

這一覺雲厘沒睡好，第二天一大早就起床準備。

行李都整理好了，雲厘大部分時間花在化妝上。一切妥當後，她從冰箱拿了個毛巾捲填肚子，把剩餘的裝進袋子裡。

與此同時，雲厘收到傅正初的訊息，說他們已經到社區門口了，但門衛不讓沒登記的車牌進去，問她住哪一棟，他進去幫她搬。

他們來的比約定好的時間早一些。

雲厘所有的行李是一個箱子和兩個大袋子，袋子裡分別裝的是棉被枕芯和床墊，體積都不小。她本來想跑兩趟搬出去，這時也來不及了。

怕耽誤他們時間，雲厘沒推辭，回覆：『十一棟。』

傅正初：『ＯＫ。』

雲厘把門窗和電器關掉，出了門，艱難來回將行李搬進電梯。

傅正初已經在樓下了，接過她的行李，跟她打了聲招呼。

如初見那般，少年聒噪又熱情，這一小段路程就沒停過話語，什麼都能扯一些，諸如這社區好大綠化真好一連串的話。

走出社區，隔了半天雲厘又回到這車上。

傅正初歡快道：「小舅，我們來了！」

雲厘坐在右後方，聞言感覺自己也要打聲招呼。

卻在稱呼上為難。

喊名字不太合適，直接說「你好」又過於陌生。再聯想到那日夏從聲的話，雲厘乾脆硬著頭皮跟著一起喊：「小舅你好……」

喊出口的同時，雲厘瞬間覺得不對勁。

其餘兩人卻沒覺得不妥。

傅識則撇頭，禮貌頷首：「妳好。」

「……」

雲厘低眼，莫名有些臉熱。

她從包裡拿出水，故作鎮定地喝了一口。

開到南理工不過幾分鐘的車程。

到校門口，傅識則找了個位置停車。三人下車。

傅正初把後行李廂的行李一一搬出來。他自己的行李不多，只有一個箱子。其餘的都是雲厘的東西。

傅識則接過傅正初手裡的袋子，往其中一個行李箱上擱：「還有嗎？」

傅正初又拎出個袋子：「沒了。」

她實在不好意思讓他們當苦力，小聲道謝，又道：「我拿一個吧。」

「沒事，」傅正初不在乎，「放行李箱上也不重。」

最後雲厘當了個閒人，只拎著裝蛋糕的保溫袋。

走在這兩人旁邊，倏而間，她有種回到大一報到那天的錯覺。那時候，有雲永昌和雲野在，她也是什麼重物都沒搬。

現在這個情況像是重演當初的事情。

雲厘側頭看了一眼。

嗯……

還都是一個長輩和一個弟弟。

這不是雲厘第一次進南理工。先前複試來過兩次，再加上這段時間住七里香都，偶爾會經過這。所以對這所大學不算完全的陌生。

報到點設在東門。

進去之後，校園兩側搭了許多帳篷，分別寫著不同院系。傅正初才想起來問：「學姐，妳是哪個系的？」

雲厘：「自動化。」

傅正初四處搜尋，而後道：「自動化在那邊。」

這時臨近午休時間，沒什麼人排隊。

雲厘過去辦手續，差不多完成時，註冊處的人順帶跟她說，志工都去幫人搬行李了，讓她在原地等等。

聽到這話，身為大三的老油條，傅正初立即說：「哪用得著，我認得路。學姐，我帶妳過去吧。」

南理工校園占地面積大，從這個門到宿舍區要走二十分鐘左右。三人手上還有行李，乾脆在原地等了一陣子，打算乘校園巴士到宿舍區。

一輛車只能載十幾個人，模樣看起來像觀光車。傅正初認識司機，上車後，坐到駕駛座附近跟他聊起了天。

雲厘跟傅識則並排坐在後排。

她想跟他聊聊天，但實在是想不到能說些什麼。話到嘴邊又覺得不合適，反反覆覆幾次，最後還是洩氣地決定作罷。

過了一下，雲厘看到傅識則也拿出手機，打開聊天軟體，下滑。通訊錄都備註了全名。包括上面，算是他外甥之一的徐青宋。

雲厘不敢再偷看，側過頭，假意看沿途的校園景色。

不少學生成群結隊，耳邊鬧哄哄的，周遭也熱鬧。在這個時候，她聽到傅識則出了聲，語氣像是曬太陽的貓，懶洋洋的：「妳叫什麼名字？」

雲厘聞聲望去，對上傅識則的目光。

她不確定他是不是在跟她說話，猶豫著問：「什麼？」

傅識則重複一遍：「妳的名字。」

不知道他為什麼突然問這個，雲厘有些緊張：「哦，我叫雲厘……」還不小心還咬到了舌頭，「……厘。」

而後，她又補充：「厘米的厘。」

傅識則點頭，沒了後話。

完全不知是什麼狀況，雲厘的大腦還處於宕機狀態。下一刻，她看到傅識則點開她的聊天欄，那段尷尬的聊天記錄又呈現在她面前。

雲厘覺得頭大，又看見傅識則指尖動了動，點開修改備註的窗口。

雲厘明白過來。

原來是要幫她改備註。

兩人座位靠得很近，她能看見傅識則微抬的眼眸上根根分明的睫毛，淨白的皮膚上沒有任何褶皺。

拋開眉眼的陰鬱，傅識則全然是一個俊逸出塵的美少年。

他一臉雲淡風輕，看起來絲毫不在意她傳的訊息。

雲厘覺得放心的同時又有一些小失望，繼而收回視線，嘗試什麼也不想，向車外的景色望去。

行李送到宿舍門口後，雲厘和傅正初準備一起陪傅識則走到校門口。

校園內部綠化做的很好，道路兩旁的行道樹鬱鬱蔥蔥。現在接近正午，陽光幾乎是垂直投射下來，光影交錯散落在地上。三人並行在磚瓦路上，和風習習，舒適又愜意。

路上都是新開學的學生，其中不乏同樣一個人來報到的，拎著大包小包，大汗淋漓。

雲厘心裡不免有些感激。

雲厘猶豫了一下，想問要不要一起吃個飯。

思忖良久，還是沒開這個口。

一路上傅正初都在絮絮叨叨跟雲厘介紹學校環境，沒多久就到了校門。

臨走前，傅識則草草叮囑一下傅正初：「好好照顧自己。」

抬眸看向雲厘。

「妳也是。」

雲厘開始後悔剛剛沒有邀請一起吃飯，哪怕被拒絕。

只要有勇氣開個口也好啊。

研究生的生活意外的沒有想像中忙碌，課表確定下來後，每週都有幾天是空閒的。雲厘不算是特別努力的人，沒有課的日子她就無所事事。

在空閒的時間，雲厘時常會想起傅識則。

這是雲厘自打出生以來，第一次這樣頻繁又平白無故地去在乎另一個人。

像撞了邪。

即便傅識則總是表現出一副生人勿進的樣子，無論雲厘說什麼，他都直白地表示拒絕。

畢竟他長得這麼好看，這麼多年找他要聯絡方式的人肯定很多，他肯定煩不勝煩了。

轉眼就到了中秋。

鄧初琦打電話給她，說她和夏從聲的公司都有發月餅，兩個人又吃不了那麼多，所以拿了一盒給雲厘。

雲厘不太愛吃月餅，但是也不想浪費她們的一番好意。

兩人相約在學校附近的湘菜館吃飯。

由於中秋放假，沒回家的大學生也會一起出來吃飯。這家店算是附近口碑比較好的，南理工的學生很喜歡來，店裡熱鬧非凡，人聲鼎沸。

鄧初琦手腳很快地點了幾個菜，然後將菜單遞給雲厘，問道：「妳國慶打算回家嗎？」

「不了，現在還太早了。」想起上次和雲永昌說的話，雲厘搖了搖頭。「我還想留著我這條命。」

「那妳打算留著這條命幹什麼？」鄧初琦看起來見怪不怪了。「沒事的話要不要來和我一起住。夏夏一到假期就回娘家，留我孤獨一人。」

雲厘想著自己也沒有別的事，就答應了下來。

說著說著，鄧初琦猛地嘆了一口氣：「我高二的同學前幾天發了結婚請柬給我，我跟我媽說了這件事之後，她居然問我有沒有男朋友，希望她能多學學別人的媽媽，幫我多安排幾次相親，她怎麼就不知道要努力一點呢？」

雲厘還沒喝進去的一口水差點噴出來。

「話說妳和夏夏小舅現在進展如何？」鄧初琦所知道的雲厘從未戀愛過，她也預測不出雲厘喜歡人會做什麼。

「挺好的。」雲厘淡淡道。

鄧初琦大驚，連忙追問：「你們是怎麼發展的？」

「老子說『有即是無，無即是有』，我『無』到了一定境界，不就是挺好的。」

「……」

因為有了先前的交涉，連假當天早上，雲厘在宿舍收拾好換洗衣服，直接去鄧初琦家。

到達的時候夏從聲已經回她舅爺爺家了。兩人也沒有計劃出去玩，一人躺一張沙發，渾渾噩噩度過了大部分時間。

夏從聲在國慶假期結束前一天回來，後頭還跟著手裡拎著滿當當大包小包的傅正初。跟她們打了聲招呼，傅正初說：「那我先下去了，我怕小舅直接走了。」

「哦，對。」夏從聲看向雲厘，「厘厘，我小舅現在要送我弟回學校，妳要不要跟他們一起過去，等一下就不用自己搭車了。」

按照計畫，雲厘是打算在這跟鄧初琦一起叫個外送，吃完再走。本想按部就班完成，但半個拒絕的字都還沒來得及說，鄧初琦就替她同意了。

「好啊！」

對上雲厘疑惑的視線，她眨眨眼，欲蓋彌彰道：「妳一個人這麼晚回去我也不放心，現在有順風車，當然要搭上！」

雲厘實在無法忽略她眼中撮合的意味。

片刻，雲厘委婉道：「但我要收拾東西，要一段時間。」

這時傅正初倒是無所謂了，坐下掏出手機：「那我跟我小舅說一下，讓他等等。」

「……」

鄧初琦拆穿她：「妳有什麼要收拾的，而且有些東西可以直接留這裡別帶走了，反正之後也不是不會再過來。」

雲厘沒轍，只能回房間把東西收拾好。

出門前，夏從聲想起來說：「對了厘厘，我這兩天回家忘記了，我剛剛傳了幾個工作給妳，妳看看妳對哪個感興趣。」

雲厘愣了一下，本以為夏從聲只是隨口一提，也沒想過麻煩她。

夏從聲又補充：「還有一個是聽徐青宋口頭說的，ＥＡＷ要招一個人事行政專員，應該還有其他的崗位，晚點我把他們ＨＲ的聯絡方式傳給妳。」

隔了幾日又回到這車上。

車子發動後，為讓雲厘不那麼尷尬，傅正初主動跟她搭話：「厘厘姐，妳最近是在找實習嗎？」

「對。」

「妳打算去ＥＡＷ嗎？」說到這，傅正初語氣幽怨，「我本來這個暑假也想去實習的，結果天天被我媽喊去看店。」

「……」

雲厘瞅了傅識則一眼，不知道怎麼回答。

「我覺得去ＥＡＷ也不錯，起碼待遇是好的，我哥對員工可大方了。」傅正初哪壺不開提哪壺，「而且我小舅也在那，你們還能相互照應一下。」

說完，他還要得到當事人的肯定：「是吧小舅？」

傅識則瞥他。

可能是被這眼神震懾到，傅正初不敢以客套的名頭給傅識則找麻煩。他及時收斂，換了個靠譜的理由：「厘厘姐，而且妳家就住海天城附近，過去也方便。」

雲厘雖然什麼都沒說，但不由得覺得理虧。

「嗯，我回去考慮一下。」

沿這條路開過去，先經過南蕪理工大學，再到七里香都。

傅正初先下了車，車上剩下兩人。

重新恢復沉默。

雲厘甚至有種回到了兩人初見時的那一晚的感覺，只不過這次她的位子換到了後面。

她也無暇覺得不自在，思索著目前的狀況。

從對方的角度看來，就是近期有個陌生人莫名對他做出了幾次怪異舉止，又突然要去他所在的公司工作。

是個正常人都會覺得意圖不軌。

雲厘糾結著要不要解釋一下。還沒說出口，前面的傅識則忽地出聲：「雲厘厘？」

雲厘怔住，疊聲詞的輕音柔化了傅識則的聲線。

甚至……還挺可愛？

還沒來得及分清楚這個稱呼的來源，雲厘又聽到他問：「妳那天的蛋糕在哪家店買的？」

「蛋糕？」很快就反應過來是毛巾捲，雲厘回答，「我自己做的。」

傅識則頓了下，沒再多說：「嗯。」

雲厘小心翼翼：「怎麼了？」

傅識則：「家裡老人喜歡。」

「哦哦，我每次做都做挺多的，一個人吃不完。放冰箱也浪費。」雲厘說，「你家裡人要是喜歡的話，我下次做完可以帶點給你。」

恰好到社區門口，傅識則停下車子：「謝謝，但不麻煩了。」

就算雲厘是被拒絕的那一個。

也不得不想感嘆一下，這人真是銅牆鐵壁。

被拒絕次數多了，雲厘的內心都有些麻木了。她的思緒還放在他的稱呼，以及剛剛的事上，心不在焉點頭：「那我先回去了。」

握住車門把手時，她又停下。

雲厘忍不住說：「我最近在找實習，讓夏夏姐幫我介紹了幾份，還沒選好投履歷給哪家。」說完，她停頓，委婉補充：「你有什麼想法嗎？」

她也不能直說，我可能會去EAW面試，你不喜歡我就不去了。

如果他有意見，那她就可以直接排除掉EAW了。

傅識則回頭。

靜默。

瞧見他的表情，可能是她過分解讀，但此時此刻，雲厘很明顯從他臉上讀出「關我什麼事」這五個字。

仔細一想，確實過於自作多情了，她去哪裡工作，跟他沒有任何關係。這話就顯得，他好像很在意她會不會出現在他面前似的。

還沒想好怎麼挽回局面。

傅識則忽然道：「夏從聲推薦什麼實習給妳？」

「啊？」雲厘下意識拿出手機，遞給他，「這幾家。」

傅識則接過去看。

夏從聲傳給她的資料裡，包括了公司簡介和職位要求。傅識則飛快掃了幾眼，時不時問幾句，她的科系，以及對這份工作的期望等。

餘暉落在他的側臉，能看清一層細細的絨毛。淺色的衣服上也染上星點的圖案。彷若有一簇又一簇的煙火順著心跳衝上天空，層層疊疊炸開，世界變得色彩斑斕。眼前的人，在此刻像是與她拉近了距離。

過了幾分鐘，傅識則像在講解題目一樣，比對出幾家公司的優劣勢。最後，客觀地給了她一個答案。

「EAW比較適合妳。」

好幾天沒回家，雲厘打開窗戶通風，隨即開始收拾房子。檢查冰箱時，發現裡邊還剩幾個用來做毛巾捲的芒果，放了那麼長時間已經有些壞了。

去鄧初琦家的決定做得太匆忙，雖然後來他們還送她回家拿換洗衣物，但當時沒來得及想到這件事。

雲厘全數拿出來，放到流理檯上，盯著看。

剛剛傅識則問了她，那些毛巾捲是在哪裡買的。這麼一想，難不成他忽然耐心起來給她提供建議，是因為她做的毛巾捲嗎？

雖然她最開始的本意是想問他，對於她去ＥＡＷ工作有沒有意見。

不過，不管是什麼原因。

雲厘忐忑一路的心臟總算是因此落回了歸處。

至少從這個事情裡能證明，他並沒有討厭自己，也沒有因為，她可能會跟他在同一個公司工作這個可能性而感到反感。

每次遇到傅識則，雲厘的心情就會變得七上八落。卻又不完全是貶義。

會因為他的一個舉動備受打擊，一蹶不振。

也會因他的一句話而死灰復燃，重振旗鼓。

像是一罐已經沒了氣的碳酸飲料，被人重重搖晃過後，又滋啦，輕易恢復成千上萬的氣泡，一顆一顆地往上冒起。

她神色怔怔，良久，忽地彎了下唇角。

雲厘回神，打算把這些芒果扔掉，拿了個垃圾袋。想起傅識則最後說的話，她停頓，每丟一個芒果，嘴裡就會念叨一個詞：「合適……」

合適。

不合適。

合適。

還有一個。

雲厘丟進袋子裡，眼都不眨地重複了遍：「合適。」

等夏從聲把ＥＡＷ人事的帳號傳來，雲厘想加入通訊錄時，意外發現對方已經在自己的列表裡了。

——就是前段時間跟她接洽的何佳夢。

「……」

雲厘點開她的動態。

發現這段時間，何佳夢確實是在動態發了幾則招聘廣告，和夏從聲傳給她的資料一樣，跟她的科系比較相關的是技術部的研發職缺。她沒有看動態的習慣，所以一直沒有注意到。

躊躇許久，雲厘傳了訊息給她：『佳夢，妳是ＥＡＷ的ＨＲ嗎？』

何佳夢回得很快：『不是。』

何佳夢：『我是總經理祕書，這段時間人事部比較忙，我就臨時調過來幫忙了。不過我只篩選履歷和安排時間。』

何佳夢：『怎麼啦？』

身分轉換後，雲厘有些不知道怎麼開口。她來回措辭，簡單說明來意。

何佳夢雖驚訝，但反應也不強烈。讓雲厘傳履歷，又問了幾個問題。沒多久，就通知她正式的面試時間。

流程走完，何佳夢還留了個懸念：『妳那天可能會遇到熟人。』

何佳夢：『那到時候見！』

雲厘有些疑惑，卻也沒多問。

心想著，之前去ＥＡＷ確實見到不少工作人員，會遇到認識的人也理所當然。但「熟人」，應該是一個都沒有。

陸陸續續面試了幾個公司，直至到ＥＡＷ面試的當天，雲厘才明白了這話的意思。

原來這個「熟人」指的不是「熟悉的人」，而是「同行」的意思。除了她，同時間還來了兩個面試者，一男一女。

女人就是之前在ＫＴＶ跟徐青宋要傅識則連絡方式未果的杜格菲。

他們被安排在其中一個辦公室等待。

杜格菲也認出她了，主動打招呼：「Hi，妳也過來面試啊？」

雲厘不自在地點頭。

見狀，旁邊的男人好奇地問：「妳們認識啊？」

杜格菲沒說實話，隨意扯了個理由應付過去。

接著，兩人你一言我一語地聊起天來。期間男人還提了雲厘幾句，試圖讓她加入話題，但見她興致不高，也就作罷。

隨後，杜格菲似真似假地開了個玩笑：「別人不想理你呢，別打擾她了。」

「……」

從確定面試時間那天，雲厘每天都會上網搜遍面試可能會問的問題，還找鄧初琦尋求了不少經驗。心情處於一種不上不下的焦慮狀態。

每回遇到這種類似事情，雲厘的反應都是如此。

包括先前答應EAW探店邀請後，她也焦慮了一段時間。

雲厘的臨場反應很差，在陌生人的視線下更甚。很多時候轉不過彎來，十分淺顯的問題在那瞬間還會想不起答案。

研究生複試她只拿了墊底。

這也是很多人在初次見到雲厘時，覺得她這個人不好相處的原因。

她不擅長應付陌生人的搭話，加上她的眉眼偏英氣，不帶情緒看人的時候，會顯得鋒利又不好相處。而簡短又明顯拒絕交流的回覆，更讓人覺得她過於冷漠。

雲厘垂頭，沒有解釋。

卻因為這句話，剛鼓起的勇氣又癟了些。

無端打起了退堂鼓。

雲厘被排到最後一個面試。

面試官是一個三十幾歲的女人，名為方語寧。短髮齊整，戴著細邊框眼鏡，唇形天生下垂，看起來幹練又不怒自威。

不過，只有一個人，也讓雲厘的緊繃感減少了些。

當時她去南蕪理工大學複試，裡頭有五六個老師坐著。一進去看到那架勢，雲厘腦子都空了。那瞬間，唯一的想法就是，這一趟白來了。

面試大約持續了二十分鐘。

方語寧點頭，整理著資料：「差不多了，妳有什麼想問我的嗎？」

先前雲厘搜尋出來的問題裡就有這個，而且多數答案都是——最好別說「沒問題」，也不要問一些高深到面試官答不出來的疑問。

雲厘故作思索，而後，提了幾個通俗又官方的問題。

結束後，方語寧說三天內會出二輪面試的結果，讓她回去等通知。

雲厘心情沒因此放鬆，依然覺得沉重，低聲道了聲謝便離開。

出到外頭，順著走道往前，看到工作區那邊，何佳夢笑著跟同事聊天。餘光瞧見她出來，何佳夢轉頭打了聲招呼：「結束啦？」

雲厘點頭。

何佳夢好奇：「閒雲老師，我看妳的履歷上寫著今年剛入學，怎麼突然想來EAW工作了？」

雲厘斟酌了半天，慢吞吞道：「嗯……我們導師放羊，平時不管我們。研究生的課也不多。」

入學前幾天，學長學姐將她拉進了個小群組，告訴她實驗室比較「坑」。導師極度放養學生，她的同門學長姐不少延期畢業，甚至沒有拿到學位證書，只拿到結業證書。她最好一進學校就去抱其他導師的大腿，蹭別人的小組會議，才有畢業的希望。

雲厘覺得自己能通過複試進入南大已經用完這輩子的運氣和勇氣了，又讓她去和其他導師套關係，還要厚著臉皮去蹭別人的會議。

理智上她告訴自己要這麼做，但行動上，雲厘一拖再拖，反覆寄郵件給自己的導師，試圖喚醒自己導師心中的良知和師德。

開學一個多月，她只見過導師一面，那還是開學之後兩週。

她給自己的導師——張天柒，那個曾經轟動科研界和工業界的人物，寄了諸多沒有音訊的郵件之後，他邀請她到自己的實驗室坐一坐，聊一聊她的發展。

雲厘還以為自己終於守得雲開，便認真準備了一份研究大綱帶過去。

說是實驗室，張天柒的辦公室已經被他改造成休閒養老用的娛樂場所。

房間乾乾淨淨，書架上全是筆墨紙硯，桌面上也攤開著各種書法繪畫，只留了一個小角落放著一臺筆電維持著和外界的通訊。

雲厘把研究大綱給他看，張天柒用五秒看完，對雲厘大誇特誇後，直接切入正題：「小女生挺不錯，我這邊有個劍橋的朋友，要不然妳去他的實驗室待著？」

沒想到張天柒會給她這麼好的機會，她也聽說過不少研究生會在讀研期間出國交流半年後回來，雲厘露出感激的笑容，但又擔心張天柒覺得半年太久。

「老師，那我回頭和系裡申請一下交流專案，之前聽過可以去半年，不知道您覺得……」

「半年？」張天柒直接打斷了她，顯得困惑，「妳為什麼不去待滿三年？」

三年？

雲厘腦袋一片空白，只留下唇部翕動：「噢，那我這邊的論文……」

張天柒：「妳在那邊會寫論文。」他停頓一下，「翻譯成中文，就是妳這邊的論文了。」

雲厘的笑容僵住：「那我的研究內容……」

張天柒：「哦，妳和劍橋那邊商量就好了，不用讓我知道。」

雲厘：「……」

怎麼聽都覺得不可靠，張天柒自己也像忘記了這事一樣，再也沒主動找過她。

報名的時候看導師和顏悅色，雲厘也沒想到會這麼坑，以至於其他同學的生活都步入正軌，只有她還居無定所，每天都在煩惱。

只好順著學長姐說的，早一些出來實習。

從回憶中回過神，雲厘補充了一個來之前就想好的理由：「而且我的自制力不太好，拍影片時作息會顛三倒四。找個實習能讓我的生活規律些。」

「哦哦。」何佳夢表示明白，開始跟她八卦，「杜格菲剛剛在裡面有沒有跟妳說什麼？」

「沒有。」

「前段時間她不知從哪知道傅識則在這裡上班，直接找了我老闆，說想過來面試。」何佳夢吐槽，「她這面試明顯醉翁之意不在酒，我老闆就把這麻煩丟給我了，但我也不好連面試都不讓她來。」

雲厘「啊」了聲。

「她剛剛出來，問我傅識則在哪，我說我不知道。」何佳夢說，「她又問沒來上班嗎？我說來了。她就走了。」

雲厘不自覺往周圍看了一眼，確實沒看到傅識則的身影。感覺再不說句話實在有些不知好歹，她勉強擠出一句：「怎麼像來監督工作的。」

何佳夢被她逗笑了：「這麼一想確實。」

不想在這久留，雲厘以怕打擾他們工作為由，跟她道了別就往外走。走出辦公室，剛掏出手機，鈴聲就響了。

是母親楊芳的電話。

在地下一樓找了個無人的角落，雲厘接起來：「媽媽。」

前兩天雲厘打電話給家裡的時候，隨口提及了今天要來面試的事情。這時楊芳打過來，不出所料，果然是來關心她面試的如何。

雲厘情緒低落：「好像不太好，我也不知道。」

『也沒什麼，這些都是社會經驗，需要積累的。』楊芳安慰道，『不管這次有沒有好的結果，對妳來說都是有收穫的。』

還沒接話，那頭忽然響起雲永昌的聲音：『這臭丫頭本來性子就內向，跟陌生人話都說不好，非要一個人大老遠的跑去南蕪，以為好玩是吧？現在後悔了吧？』

雲厘被這話刺到。

噌的一下。

一股無名火湧起。

不知從什麼時候開始，內向似乎成了個貶義詞。

明明是很正常的一個詞，從別人口中聽到，卻會覺得對方是在指她不善交往、不善言辭、孤僻又不合群。當有人拿這個詞來形容她時，雲厘會覺得抗拒，無法坦然接受。

像是成為了，一個她不想讓人察覺且提及的缺點。

雲永昌這個態度，是他慣用的手段。他向來頑固，讓他認錯比登天還難，不論是對妻子還是兒女。這話看似是在責備雲厘，實則是以這種方式，讓她服軟接過這臺階。

以往雲厘不想跟他吵太久，每次都順著他的意。

但這次她完全沒有這個意思。

雲厘儘量心平氣和道：「嗯，也不是什麼大事情。如果這家公司不要我，我就投履歷給下一家公司。」

雲永昌的語氣更凶了：『說什麼話！西伏容不下妳這尊大佛了是吧？』

雲厘：「我沒這麼說。」

雲永昌：『那現在就給我訂機票回來！』

雲厘：「我不要。」

氣氛僵持。

片刻，雲永昌冷聲說：『好，妳現在不回來就以後都別回來了。』

雲厘的火氣隨之被點燃：「我在別的城市讀研究所工作怎麼了？」

雲永昌沒說話。

「我又沒說一輩子不回去，我每次都是好好跟你商量，你哪次好好聽了？」雲厘眼睛紅了，話不由得哽咽，「你除了說這種話還會說什麼？」

隨後，那頭傳來楊芳勸阻的聲音：『你們父女怎麼一對上就吵起來……』

雲厘用手背抵住眼，飛速說了句「我去吃飯了」就掛了電話。

在原地平復完心情，雲厘從包裡拿出粉撲補了個妝，而後又戴上了口罩。確定看不出其餘情緒後，才從消防通道回到一樓。

從這個門一出去就是EAW的大門口。

雲厘隨意往那邊一瞥，看到傅識則和杜格菲站在前面，不知道在說什麼。她這時情緒極差，無半點心思去顧慮別的東西，轉頭正想往出口的方向走。

下一刻，杜格菲突然喊她：「閒、閒雲！妳上哪去啊？怎麼不過來。」

雲厘莫名其妙：「什麼？」

「妳剛剛不是讓我幫妳要這個帥哥的聯絡方式嗎？」杜格菲過來抓住她的臂彎，親暱道，「他還以為是我要的，搞得我尷尬。」

「……」

雲厘明白了。

敢情是要不成覺得丟臉，想把鍋甩給她。

不等她開口，傅識則淡聲問：「妳要？」

雲厘順著這話看向他。

傅識則今天穿了件淺色襯衫，黑色西裝褲，胸前掛了個工作證。像是剛修理完什麼出來，手上蹭了點灰，還拎著個工具箱。

此時他安靜站在原地，等著她的回答。

杜格菲搶先替她說：「對啊，她只是不太好意思說。」

傅識則低眼，似是在思索，沒有多餘的動作。過了幾秒，又與她對上視線，漫不經心地問：「不是給妳了嗎？」

第五章　球賽

話剛落，店裡走出個穿制服的男人，喊傅識則過去幫忙。他應了聲，朝她們輕頷首，便轉頭往裡走。

杜格菲意識到這兩人原來認識，臉都綠了。

雲厘低聲說：「那我也先走了。」

「喔，」杜格菲調整好表情，挽住她的手臂，「我也要走了，一起吧。」

雲厘有些抗拒，卻沒掙開，自顧自往手扶梯走。

杜格菲跟在旁邊，閒聊似的：「你們認識啊？」

雲厘：「算是。」

「是嗎？」杜格菲嘆了口氣，語氣帶了些嗔怪，「那妳早點跟我說呀，我肯定不會做那種事情了。妳這樣我多尷尬。」

雲厘側頭看她。

杜格菲臉上仍掛著笑：「不過沒事，我相信妳不是有意的。」

「……」

雲厘就沒見過，這麼不要臉的人。

倒打一耙還能倒到這種程度。

跟雲永昌吵架的壞心情還未恢復，又平白在傅識則面前，被陌生人喊過去當槍使。她唇線拉直，覺得沒發火算是給足面子了。

雲厘緩慢道：「如果我沒記錯，今天是我們第一次說上話。」

「對哦，那既然沒說過話，妳怎麼記得我的呀？」彷若沒察覺到她的情緒，杜格菲眨眼，「我還挺受寵若驚的。」

雲厘敷衍反問：「妳呢？」

杜格菲：「我記性好呀。」

雲厘：「這樣。」

「說起來，妳還挺像我一個很好的朋友。每次呢，她見我看上什麼東西，就會故意跟我買一樣的。」鋪墊了許久，杜格菲終於切入主題，恍然道，「對了，之前也沒見妳對這帥哥有意思，是因為聽到我找徐總要他的帳號啦？」

雲厘一時語塞。

被這離譜的話弄得不知從何吐槽起。

杜格菲當她默認，笑笑：「不過讓妳誤會了，我對這種窮——」停頓，她找了個溫和點的詞：「沒什麼本事的維修工，沒什麼興趣。」

雲厘皺眉：「妳說什麼？」

「妳剛剛沒看到嗎？一手的灰，髒死了。」杜格菲說，「我本來以為是徐總的朋友，應該起碼能混個店長，這麼看他們的關係也不怎麼樣。」

「……」

早些年，有一段時間，雲厘家裡條件很差。

那時候楊芳生雲野時險些難產，一直在家調養身子。恰逢雲永昌工作的那個工廠倒閉了，家庭沒有收入，舉步維艱。找不到工作他不敢閒著，後來靠在工地搬磚養活一家子。

每次跟親戚聚會，都會有幾個仗著家裡條件比他們稍好些的人，在那倍加嘲諷，揚武揚威。

其中有人經常打著同情的名義，說雲永昌沒學歷就是只能去幹這些粗活，身上的灰都融進皮膚和骨子裡了，洗都洗不掉。

當時雲厘年紀小，性格也沒有像現在這般話少怕生。聽到的時候不會像雲永昌那般沉默應對，次次替父親感到委屈和憤怒，伶牙俐齒地頂回去。

到現在，她看到這些親戚時，也不會有什麼好臉色。

因此，她最討厭這種，因為活得光鮮亮麗，就以為自己高人一等的人。

杜格菲這話，也讓雲厘想到父親當初的待遇。她壓著火：「看來妳條件挺好的。」

杜格菲：「也還好。」

不等她說完，雲厘又道：「原來妳之前還要過傅識則的聯絡方式，我不太清楚。畢竟那天我看妳跟不少人要了，也沒辦法記住全部人。」

明顯覺得她是個好欺負的軟柿子，此時突然被她回嗆，杜格菲表情僵住。

雲匣無法做到像她那樣，跟人敵對時還笑臉相迎，面無表情地說：「對了，妳的條件這麼好，他怎麼沒給妳？」

杜格菲：「那是因為——」

「哦，看來他對妳一點興趣都沒有。」雲匣根本不打算聽她扯，直接打斷，「所以人家是什麼職業，每個月賺多少，跟妳有什麼關係？」

直至雲匣回到家，火氣才漸漸消退。

她後知後覺地發現自己剛剛的戰鬥力，似乎超常發揮了。這感覺不可思議，又有些飄飄然，讓她的心情莫名其妙好了不少。

雲匣打開聊天軟體，發現楊芳和雲野都找她了。

楊芳安慰她一番，說的話跟往常差不多，主要是來勸和的。而雲野也不知是從哪聽來的風聲，消息格外靈通：『妳又跟爸吵架了？』

雲匣：『你不用上課的嗎？』

雲野：『媽讓我安慰安慰妳。』

雲匣忍不住告訴她：『我剛剛跟人吵架，居然吵贏了。』

雲野：『哦。』

雲匣：『你不覺得很不可思議嗎？』

雲野：『不覺得。』

雲厘：『？』

雲野：『妳跟我吵架就沒輸過，每次都堵得我無話可說。』

雲厘：『？』

雲野：『妳可能自己沒注意到，妳平時遇人時可能嘴笨點，但一生氣的時候，戰鬥力就會超強。』

雲野：『不過也挺好。』

雲野：『社恐並不代表懦弱。』

結束對話後，雲厘還在思考他的話，破天荒地覺得這個弟弟還是有些用處的。她起身，到廚房拿了個冰棒。

回憶剛剛的「戰鬥」，想起杜格菲說傅識則是個維修工人。

即便知道這並不真實，聽到別人這麼說他，雲厘心裡終歸不舒服。

算起來，他讀研究所的話應該也畢業了。按照他這麼好看的履歷，應該會去大公司或者是搞科學研究什麼的吧。

也可能是因為這店是親戚開的？

想起上次吃飯幾人相熟的模樣，雲厘感覺這個可能性比較大。

雲厘坐在電腦前看一下E站，已經有不少催更私訊，她良心不安地當做沒有看到。

自從開始準備考研究所，雲厘全部心思都耗在那幾坪大的自習室裡，那時候連幾分鐘剪影片的時間都是奢侈。每天都渴望著從牢籠中釋放的那天，但真正重獲新生的時候，她又學會了新的生活方式。

偷懶，但是舒適。

正當雲厘含著冰棒，手機螢幕亮起視訊來電的提醒，赫然是傅識則的名字。

雲厘嚇了一跳，被冰凍的冰棒凍到牙齒，她捂了下。

看著這來電顯示發呆。

猶豫一下，電話已經掛掉了。

沒接到電話，雲厘覺得幾分懊惱，又不自覺地鬆了口氣。

但還沒等她緩上兩秒，螢幕再度顯示傅識則的視訊來電。

雲厘將電腦調至靜音，手機的每一次震動和鈴聲都在她的感官中放大，連帶著桌面微不可聞地顫抖。

鼓起了十二分勇氣，雲厘將視訊模式切換成語音模式接聽，裝作什麼都沒發生地應了一句：「你好。」

電話對面沒有回應。

雲厘平日裡喜歡安靜，但此刻，安靜彷若一顆顆即將爆炸的手榴彈。

滋啦一聲，電話那邊傳來嘈雜的人聲。

『厘厘姐，妳在學校嗎？』雲厘勉強透過稱呼分辨出是傅正初。

突然覺得方才的心驚膽跳都是自作多情。

傅正初：『今天學校百團匯，厘厘姐妳要不要來我們的攤位玩一下？』

很少受到不太熟的朋友的邀請，雲厘一時間不會拒絕：「可以啊。」她頓了頓，說道：「這好像是你小舅的手機。」

不過傅正初沒有聽清，聲音大了點，『我要去幹活了，要來捧場哦——』

他匆匆掛了電話。

本來是想試探一下傅識則是否也在，思索一下後雲厘又為自己的行徑感到羞愧。傅正初盛情邀請她，但她的不良居心昭然若現。

可能傅正初只是恰好用了下傅識則的手機。

更何況，她也沒有必要想那麼多。

難道傅識則不在，她就不去捧傅正初的場了嗎？

雲厘更為慚愧地發覺——

她確實是這麼想的。

百團匯是學校裡各個社團進行集中宣傳的活動，各負責人會在學校廣場的兩側搭帳篷，擺成長龍，就像午間的熱鬧集市。

雲厘上一次接觸到類似的活動還是剛進大學的時候。

下午沒什麼事，雲厘咬了口冰棒，拎起包往外走。

學校離租賃的房子不遠，雲厘步行到校門口後，乘坐小巴士到校內。

離廣場還有距離，雲厘就聽到密集的喧嘩聲和音響聲，入口處密密麻麻的人頭，場地中央搭了個小型舞臺。

下車後，雲匣隨著人流移動，宣傳的人把她當成了大學新生，紛紛塞給她宣傳單。走了一圈，好不容易在廣場的邊角找到傅正初。

「匣匣姐！」傅正初一身學院服，帽子印著南理工的校徽。原先正和新生講得焦灼，見到雲匣出現，便乾脆地塞了張宣傳單將新生打發走。

注意到雲匣手上厚厚一疊宣傳單。

傅正初：「這些都不好，匣匣姐，妳看看我們社團的。」

他瞟了兩眼，一把拿走這堆廣告單，從掛在脖子上的檔案袋中拿了張新的給雲匣。是一個叫做「攀高」的戶外運動社團。

傅正初故作正經，清清嗓音：「我們是學校唯一的戶外社團，人數也是最多的，我是副社長。」

為了凸顯自家的競爭力，傅正初振振有詞：「而且我最近花了九牛二虎之力拉了一筆贊助，超級多錢！」

他話音剛落，雲匣發現底下寫著一段話——「由ＥＡＷ虛擬實境體驗館贊助」。後面還附上了ＥＡＷ的詳細地址和簡要介紹，憑這宣傳單到店消費還可以打八折。

雲匣：「……」

「攀高」戶外運動社團的攤位不大，由兩張一百五十公分長的桌子拼成Ｌ形，幾個學生坐在帳篷底下引導新生填申請表。

作為贊助方，ＥＡＷ在他們攤位的帳篷上印上了自己的 logo 和宣傳圖片。

攤位的看板有些距離，前方擺了個平板桌，地上放著ＥＡＷ未拆封的包裝箱。

雲厘站在攤位前，注意到看板那偶爾探出的肢體。

是傅識則。

他單腿支地，西裝褲俐落，不掩身形頎長筆挺。美工刀劃開膠帶到底部時連帶著他的身體後退，露出硬朗明晰的下顎線。

灼人日光顯得膚色愈發蒼白，雙眸忽明忽暗，明明是會說話的五官，在人來人往中反而漠然無聲。

像是突然意識到什麼，傅識則抬眼望向她這邊。

感覺自己是個偷窺狂，雲厘連忙收回自己的目光，好在傅正初發現他的存在，直接用一聲響亮的呼喚中斷她窺視的心虛。

「小舅！」傅正初搬著一個紙箱，喘著氣往傅識則那跑。

雲厘慢慢地跟過去，對上傅識則的目光，不太自然地點點頭。

對於她的到來，傅識則並沒有過多的反應，淡漠地看了她一眼後，繼續整理傅正初搬過去的紙箱。

裡面整齊堆放著一些紀念紙筆、帆布袋和資料夾，邊邊角角印著ＥＡＷ三個字母和地址，看起來是特地訂製的。

傅正初幫忙將獎品攤到桌上，稍微擺了擺：「這些是獎品，用來吸引人流的，有人玩一次遊戲就送一個獎品，讓他們自己挑就好了。」

均是常規的獎品，雲厘卻注意到天藍帆布袋上印著個半彎的月亮，孤零零地印染在底端。是白天的月亮。

雲厘收回目光，又忍不住多看了兩眼。

傅識則此刻正在聽傅正初講獎品的發放規則，漫不經心地應著，聽起來不甚上心。

雲厘不知道自己在期待什麼，原先以為有萬分之一的可能性是他們兩個一致讓她過來。現在傅識則的冷漠直接將這異想天開全數擊碎了。

站在原地有些拘束，雲厘只好翻來覆去地擺弄著桌面的獎品。

「這些獎品是不是挺好的？」傅正初突然問她，語氣得意洋洋。

「都蠻好的。」雲厘有些不好意思，為了讓自己不那麼尷尬，她又找了些話題，「也挺巧的，我今天上午去EAW面試了。」

「那太好了厘厘姐，以後你們就在同一個公司了。」傅正初聽到這個訊息後異常開心，轉頭故意一臉嚴肅，「小舅。」

「少給厘厘姐添麻煩。」

原以為傅識則不會理，他卻突然開口：「那我回去了。」

傅正初：「小舅你怎麼能走！」

傅識則：「不添麻煩。」

傅正初：「我錯了。」

傅正初連忙轉移話題：「既然厘厘姐和EAW這麼有緣，不如當我們第一個體驗者？我們這些禮品都有ＥＡＷ的logo的哦。」

他問這句話的語氣似乎就是想要得到肯定的答案，雲厘支吾了一下，「那等一下我可以玩一下……」

傅正初：「妳想要哪一個？我讓小舅幫妳留著！」

雲厘有意隱藏自己想要帆布袋的心思，有所保留地回答：「都挺好的。」

「這樣啊。」傅正初為人直爽，滿臉無所謂：「算了，厘厘姐妳直接拿一個禮物好了，沒事的，反正都是ＥＡＷ那邊買的。」

還沒來得及拒絕，雲厘就被塞了一盒紀念筆。

傅正初還一臉自己做了天大的好事的模樣。

雲厘：「……」

這下子她也不好繼續要帆布袋了。知道他出於好意，雲厘只能忍痛又看了帆布袋幾眼，默默地把紀念筆塞到包裡。

將箱子裡的的ＶＲ和ＡＲ設備擺到桌上，傅識則按了下ＶＲ眼鏡旁的啟動鍵，從雲厘的角度看見鏡片處一閃而過的亮光。

怕他覺得自己多管閒事，雲厘過了幾十秒才開口：「需要我幫忙嗎？」

傅識則隨手指了個一公尺外的位置：「妳站那，我調位置。」

他又讓傅正初站在和雲厘相對的位置，自己走到了兩人中間，游刃有餘地戴上了ＶＲ眼鏡。

也許是在調整虛擬世界的邊緣，他捏著手柄，前端朝下，慢慢地靠近雲厘。

兩人似乎形成與世獨立的幽閉空間，站在同一條小徑上，男人如流浪在外的修道士，陰晦氣息瞬間吞噬了她的空間。

讓她試圖後退逃離，但又渴望他繼續接近。

傅識則在離她一步之遠處停下來，用手柄沿著她的周邊畫出一個虛擬的圓圈。

「可以了。」畫好後，傅識則單手摘掉眼鏡，髮絲蓬鬆，他看向雲厘，禮貌地說了聲：「謝謝」。

接著便是查看其他設備是否正常。

傅識則另外帶了個小箱子，裡面堆滿了厚厚兩疊宣傳冊，按照ＥＡＷ的贊助條款，「攀高」社團需要幫他們將這些宣傳冊發完。

傅正初也注意到，瞪大了眼睛：「今天要發完嗎？」

不可置信的模樣就像小孩初次見到奇形怪物，見狀，雲厘不禁微揚嘴角：「不是你拉的贊助嗎？」

「話是這麼說沒錯，但是，這也太離譜了，我只有一個人。」傅正初苦著一張臉，「這也太過分了，ＥＡＷ只贊助我們一點點。」

傅正初已經忘了兩分鐘前，他還和雲厘炫耀ＥＡＷ贊助了一大筆經費的事情。

見傅識則不附和，他又說：「小舅，你不覺得嗎？」

「不覺得。」

「為什麼！」

傅識則瞥他一眼：「又不是我發。」

嘴巴上哀嚎著，傅正初在行動上還是不敢怠慢，抱了一半宣傳冊往回走。雲厘見狀，覺得自己沒什麼事，也跟上：「我幫你發一點。」

不等他回答，雲厘抱起剩下一半。

傅正初不禁瞅著傅識則，像看怪人一樣：「小舅，你看看，這就是你和厘厘姐的差距。」

傅識則懶得理，散漫地說了句，「等一下。」

從雲厘那一疊裡拿了一半放桌上。

傅正初結巴了兩下：「小舅你怎麼不拿我的？」

「因為……」傅識則漠然：「這是你們之間的差距。」

「……」

雲厘抱著手冊跟在傅正初身後，忽地右耳滾滾發燙。

剛才那句話……

雖然聽起來是在回嗆傅正初，但或多或少似乎也是在說，她有特別之處。

「厘厘姐，我去另一邊發，妳在這邊好了，不用走遠。熱的話就去帳篷底下躲著。」傅正初說完後便走向廣場的另一側。

現在人還不少，雲厘沒過多久便發了不少宣傳冊。比較幸運的是，站在現在這個位置可以看見宣傳板那一區的全景。

ＥＡＷ派傳識則來學校宣傳無疑是個正確的抉擇——傳識則的外形優勢迅速體現出來。大多數排隊的都是女生，不少成群結隊。

雲厘第一次作為旁觀者看傳識則工作。

他站在旁邊，引導學生使用ＶＲ和設備，同時用紙板搭了臨時安全區避免其他碰撞。看起來漫不經心，也未見笑容，所有動作不見熱忱主動，卻未有怠慢不耐。

心有想法的雲厘偶爾往傳識則的方向看去，又匆忙別開，刻意發宣傳單給另一個方向人。就像做賊一樣，掩耳盜鈴。

雲厘有些懊惱，雖然她是這雙眼睛的主人，但將它放置於哪個位置卻不由自己控制。

四點一刻，人已經少了許多，宣傳冊也已悉數分發完。

雲厘回到帳篷底下，幾個守攤的成員都累得趴在桌上，甚至拿紙巾覆蓋在眼睛上，仰著頭睡覺。

傅正初搬來一箱水，見傳識則那邊還有不少人排隊，就塞了兩瓶到雲厘手裡：「怎麼小舅那邊還有這麼多人，厘厘姐，妳拿瓶水給小舅吧，我還要去發傳單。」

雲厘拿著兩瓶水走到傳識則身邊。

他還在工作，正在體驗的學生恰好問他：「是按右邊的鍵嗎？」

傳識則：「右下方的鍵，按住後可以抓握物品。」

不知道是不是該打斷他工作，雲厘站一旁安靜地等著。

不過幾秒，傳識則朝她的方向伸手，掌心朝上。

雲厘一愣，相當默契地將水遞過去。

他的目光平視，停留在體驗區的學生上，眼神疲憊。借助餘光，傅識則接過水，輕微擰開瓶蓋後又擰緊還給她。

又接過另一瓶水，打開後喝了口，放在桌腳。

看起來是無意識的動作。

雲厘反應慢了半拍，才意識到剛才發生的事情。

她仔細盯著瓶蓋那一圈擰開的防盜環，就像看見傅識則的手覆蓋其上。

回到攤位後，雲厘還有些出神。這不是多麼了不得的事情，卻撓得她心口癢癢的。

雲厘一向屬於在人際上遇到挫折後，便會龜縮在角落裡躲避的人。

好幾次傅識則的刀槍不入，讓雲厘下定決心遠離這個冷凍品，可能還是那種未寫明解凍方法的常年凍貨。

可許多細節，又將她逃離的念頭抹平。

她不自覺地將目光定在那冷然的背影上，像偷拿了糖的孩子，唇角溢出不受控制的笑。

隊伍只剩幾人，傅識則環顧四周，天色漸黯，不少攤位已經在拾掇整理。

幫這個女生摘掉設備，他低頭調整頭帶的長度，聽到女生問：「我可以拿這個獎品嗎？」

傅識則回頭掃了一眼。

女生手裡拿著帆布袋，桌上只剩一些紀念紙筆。

見他沒說話，莫名覺得有些陰鬱，她不安地問：「可以嗎？」

沉默了半晌。

傅識則繼續幫下一個人戴上設備，語氣平靜。

「不好意思，這個剛才有人要了，換一個吧。」

雲厘幫傅正初收起帳篷，捲起海報，捋捋申請表的邊角放到箱子裡。傅正初和其他人打了招呼，讓他們回頭將桌子和帳篷搬回辦公室。

「小舅，你收拾好了沒？」傅正初大喇喇地搭上傅識則的肩膀，「快點快點，我們去吃飯。」

桌上擺著剩餘的獎品，見到還有一個帆布袋，雲厘頓了一下。她偷偷注意傅識則的臉色，又看看傅正初。

猶豫半天，等東西都收拾得差不多了，她才鼓起勇氣問：「我可以玩一下嗎？」

「厘厘姐，妳之前去ＥＡＷ沒有玩過嗎？」傅正初問。

感覺像是被傅正初拆臺，雲厘不會說謊，只好小聲說：「沒玩過……完全一樣的。」

也許是她心虛，此時感覺時間的流逝都減慢許多。

傅識則單手撥了撥桌上殘餘的塑膠封，怠惰的眼角輕揚：「獎品只剩帆布袋了。」

他的意思是，如果這時候她想參與的話，就沒有其他獎品可以挑選了。

雲厘：「我只是想體驗一下。」

她盡力讓自己看起來真誠：「獎品什麼的，都可以的，不重要。」清爽的空氣中，似乎聽到傅識則來自喉嚨低低的笑聲，微不可聞。

正當雲厘打算進一步確認，抬頭一盯就是傅識則一貫的默不作聲。

「厘厘姐妳是想要這個帆布袋對吧，直接拿就好了啦，留著也沒什麼用的。」不等雲厘深究，傅正初終於看出雲厘的心思，適時地把帆布袋塞到雲厘的懷裡。

「就當做是——」他想了一個極好的理由，「回饋老玩家！」

傅識則將設備裝回海綿袋，扣上安全鎖後搬到車旁放後行李廂裡，似乎這些都與他無關。

三人到二樓的網紅食堂吃飯。

網紅食堂已經揚名在外，南理工也曾被調侃為網紅培養基地。但這並不妨礙南蕪的市民和遊客慕名前來打卡。

這還是雲厘第一次到這個網紅食堂，她在西伏粉鋪的隊伍裡，傅識則和傅正初兩人都去了韓國料理的窗口。

雲厘拿到麵後，傅正初在出口處等她。

傅識則已經找了一個位子，站在那等他們。

他們兩個都點了紫菜飯團，工工整整擺在黑釉餐盤上，唯一的差別是傅正初的量是傅識則的一倍，還另外點了一杯可樂。

「小舅，你只拿了自己的筷子？」傅正初不可置信的語氣。

傅識則無語地盯著傅正初盤子上的筷子。

「沒事的，我自己忘記拿了。」雲厘把盤子放在桌上，連忙打圓場。

盤子上的粉條看起來樸素寡淡，清水之外就那麼幾根，一點油水都沒有。

比起傅正初義憤填膺的模樣，傅識則倒是不太在意，讓她等一下，起身去幫她拿了筷子和勺子。還順帶帶了兩碗小吃回來，放在雲厘的盤子上。

明明是自己剛才因為盤子太重就沒有拿筷子，雲厘不好意思地看了傅識則一眼，低聲說了聲謝謝。

傅正初一坐下便問：「厘厘姐，妳是西伏人嗎？」

西伏人出了名喜歡吃粉條，雲厘也是有一段時間沒吃了，在網紅食堂裡見到便忍不住去點了一份。

扒兩下碗裡的粉條，太燙了要放一下。

雲厘點點頭：「對，我讀研究所之前一直在西伏。」

傅正初：「西科大的學霸嗎？」

聽到西科大，傅識則的筷子一頓，抬頭看他們。

「我在西伏的一所普通大學。」雲厘不好意思地搖了搖頭：「西科大是最好的大學之一，正常人哪考得上。」

「對的，我旁邊就坐了一個不正常的人。」傅正初非常贊成地點點頭。

「哦哦……」雲厘故作糊塗，不自然地對傅識則說：「你是西科大的啊？」

傅正初滿臉震驚：「厘厘姐，妳居然不知道小舅是西科大的，他是那年南蕪市的升學考狀元，彩旗都快掛滿我們家門口了。」

「那很厲害。」她的反應平平引起了傅正初的注意，雲厘立馬擠出一個誇張的表情，「那真是太厲害了！」

傅識則：「……」

總算放涼了些，雲厘往勺子裡捲了一根，放到嘴邊，剛吃進去。

傅正初突然把筷子一拍桌上，聲音嚇了雲厘一大跳，粉條差點卡在喉嚨口，雲厘輕咳兩聲，拍拍自己的胸口。

「厘厘姐，妳知道小舅有多不正常嗎？」他憤憤道，「我當時不肯上學，他騙我說和我在同一個學校，我就同意去了。前一天還拍著胸脯和我說以後要一直一起上學，但是——」

傅識則放到嘴邊的飯團被他一把搶過，生悶氣般的一口吃掉，傅正初繼續說：「他媽的堅持了兩天，他跳級了！」

雲厘：「……」

傅正初：「還直接跳到了國中部！」說完後，看向雲厘，圓滾滾的眼睛明示她必須說些什麼。

傅識則眼皮都不抬，像是沒聽懂他講話一般支稜著臉。

頂著傅正初的目光，雲厘支吾半天，才開口：「那他好像也沒說謊，確實和你在同一個學校的樣子？」

三人陷入寂靜。

見傅正初安靜下來，似乎是聽進話了，雲厘繼續循循善誘：「而且他也沒有辦法，再怎麼說，生得聰明不是他的錯。」

現在傅正初的表情就像是呆住了一般，看起來又有些古怪。雲厘不清楚自己是不是說錯了什麼，只好確認似的問：「你說，是嗎？」

明明食堂吵得很，雲厘卻感覺她話音剛落的瞬間，他們三人徹底安靜了。只想趕緊從這怪圈中逃離，她扒了扒自己的粉條，吃了一口。

見狀，傅識則默默地拿了一個飯團，看傅正初沒什麼動靜，才慢慢地移向自己。

「但是，」傅正初突然又搶走了傅識則的飯團，「小舅你從小就給我留下了心理陰影，所有人都拿我們做比較。」

雲厘差點嗆住。

「沒想到這麼多年過去了，我還是活在小舅的陰影下。」傅正初故作傷心地嘆了口氣。

傅識則把筷子一放，涼涼地盯著傅正初。

誰知道傅正初根本不怕，豁出去地說，「小舅你還凶我！」

傅識則：「……」

這頓飯的後半程傅識則是死魚狀態，大概是覺得掙扎無效，無論傅正初怎麼「挑釁」，他都靜默地承受。

傅正初開了頭，也管不住嘴，巴拉巴拉講了一大堆傅識則小時候的事情。

最主要的事件就是傅識則跳級引起的連環效應，導致傅正初的媽媽這十幾年也認為自己的兒子和女兒也可能有天才的基因，是潛在的天才。

傅正初因此需要上各種補習班，他媽總覺得埋沒了他。

最離譜的是上國中後，傅識則已經在高中了，原本以為可以喘兩口氣，同班又來了一個桑稚。

寫題目像數數一樣。

喋喋不休講了許久，另外兩個人像觀眾一樣，有頻率地「嗯」兩聲。

「後來連我媽都承認了，她兒子的智商實在沒辦法和她堂弟的智商比。」傅正初理所當然道：「都差了一輩的人，能一樣嗎？」

饒是雲厘脾氣再好，也有點聽不下去傅正初的聒噪，她吃完最後一口後，用面紙擦乾淨嘴，溫聲道：「別難過。」

傅正初淚眼汪汪，覺得好不容易將雲厘拉到了自己的立場，等待她下一句安慰。

雲厘抿抿唇：「都是普通人，我們要有自知之明。」

難得的，沉默許久的傅識則終於附議：「接受自己並不可怕。」

「……」

下樓時，雲厘注意到廣場中央擺了幾個甜點攤，專門賣剛才在食堂看到的餅乾和麵包、點心。

「咦，今天有賣啊。」傅正初有點意外。

換個新環境就忘了剛才的事情，扭過頭裝模作樣地問傅識則，「小舅，你想吃嗎？」

傅識則並不領情，直接拆穿：「想吃就去買。」

說完，他還看了雲厘一眼，「妳也是。」

雲厘剛要拒絕，傅正初完全不給機會，推著她就往隊伍裡鑽。

兩人拿了密封袋和夾子，傅正初每到一個新的餅乾櫃前就會分析它的優缺點，遇到他自己喜歡的還會幫雲厘夾兩塊。

雲厘已經沒有力氣回應了，這個傅正初也太能講了。能講就算了，隔一下還要問她問題，她不應兩句他就不善罷甘休。

趁著聊天空隙，雲厘問：「傅正初，以前你也經常這樣和你小舅聊天嗎？」

「好像是吧。」傅正初抬頭想了想，「不過以前小舅的話比較多，不像現在這樣。」

一聽，雲厘有些好奇：「那他通常和你說什麼？」

「問我是不是長了兩張嘴巴。」

雲厘往外看去。

傅識則站在人群外，在旖旎昳麗的流霞中，像大廈一般疏離清冷，低著頭玩手機。

和想像中的不一樣，雖然傅識則大多時候都不理傅正初，但對他幾乎可以用「寵溺」來形容。宛如一顆海藻球，情緒起伏時漸漸膨脹，卻永遠沒有炸毛的一天。

如果雲野這樣，雲厘大概早已經暴走了。

兩人裝好餅乾，去結帳時，才發現這一下子，隊伍已經排成長龍。

「我們往前走，厘厘姐，小舅在前面。」注意到雲厘意外的目光，他補充：「以前我們出去玩都是小舅去排隊的，小舅是排隊專業戶。」

果然在隊伍的前端看見傅識則的身影。

雲厘的腳步慢了點，今天已經有不少事情麻煩他，她猶豫地看看兩人的袋子：「我們是不是該拿一點給他？」

一開始沒想到他在前面排隊。現在的感覺像是犧牲了傅識則，讓他們兩獨自享樂一樣，畢竟其他人可以肆意挑自己喜歡的，而甘願排隊的人卻是放棄了這個權利。

傅正初絲毫不在意：「沒事的厘厘姐，經過我們的打造，小舅才可以成為付出型人才。」

說完不顧雲厘反應，將兩個袋子遞給傅識則。

傅識則接過後將手機切換到付款碼，見這情況，雲厘眼疾手快地把校園卡從口袋裡掏出來。

傅正初是他的外甥，她不是，讓他幫她買單總歸不大過意得去。

雲厘：「我那個……你用我的校園卡付就好了。」

傅識則沒有接，緘默不語。

等了好一陣子，手都開始麻了，卻沒有等到意料的反應。

雲厘抬頭，發現傅識則和傅正初兩個人都在看她校園卡上的照片，傅正初只差把臉貼到校園卡上了。

雲厘：？

雲厘覺得自己可能太思前顧後了，她關注的重點在於不該讓傅識則為她支付這些費用，和另外兩個人顯然不在同一個頻率上。

傅正初：「厘厘姐，這個照片還挺好看的，是妳大學的時候嗎？」

雲厘遲疑一下，說：「是我高中的時候。」

傅正初並不關注照片的時期，只是發出由衷的讚嘆：「厘厘姐，我覺得妳長髮比我姐好看多了。」

他望向某種意義上的同謀——傅識則尋找共鳴：「小舅你說對吧？」

傅識則沒應，收回視線。

雲厘瞬間有點窘迫，把校園卡翻了個面。

大學畢業照片拍攝的時候她恰好有事情回家，資訊系統裡直接沿用了她高中畢業的照片。彼時雲厘還是齊腰長髮，後來契機之下她直接剪成齊肩短髮。

那時候國中的雲野還因為難以接受哭了一頓。

「那我等一下把錢轉給……」雲厘困難地說出後面兩個字，「小舅……」

傅正初理所當然：「沒關係啦厘厘姐，我們是小輩，小舅不會讓我們付錢的。」

雲厘實在受之有愧。作為傅識則的同齡人，很難適應這一個「小輩」的身分。

「我覺得你小舅人挺好的，你還是不要老是欺負他。」為了讓自己聽起來沒那麼刻意，她又說：「他都幫我們付錢了。」

傅正初：「厘厘姐，這不叫欺負。反正小舅也沒女朋友，錢花小輩身上就行。」

「欸，上次不是說挺多人要他電話……」

「一開始給了幾個。」他一頓，「不過小舅都沒回別人。」

雲厘沉默了一陣子，「他還會給別人號碼？」意識到自己的語氣不太對，雲厘立馬補充，「我的意思是他看起來不會給，上次我們吃飯不也是嗎。」

「想什麼呢。」傅正初一臉驕傲，「那必須是我們給的。」

「為什麼？」

「找個舅媽管管他。」

沒多久傅識則拿著兩袋餅乾回來，雲厘揹上了「好不容易」得到的半月帆布袋，將原先自己帶的小包和餅乾都裝裡頭。

心裡過分滿意，她踮起腳，側身往下看了看帆布袋。

見雲厘喜歡EAW的獎品，傅正初好奇有無特殊之處：「厘厘姐，揹著感覺怎麼樣？」

雲厘低頭瞅瞅這個包，靦腆地笑著，「挺好的，就是……」她將帆布袋往上提了提，「有點大。」

不太好意思在他們面前「搔首弄姿」，雲厘跑到離他們兩公尺遠的空地拍照。

傅正初無聊地拆開餅乾包裝袋吃了兩片，遠遠地看著雲厘拍照，也許是太無聊便端詳了下她揹著的帆布袋，突然長長地「咦」了聲。

「小舅，這不是你的大頭照嗎？」

為了佐證自己的觀察，傅正初放大傅識則的帳號照片，擺到傅識則面前。

一個天藍色，一個純黑色。

傅正初：「看，上面的月亮是一樣的。」

傅識則用看智障的眼神看他。

不知足的，傅正初得寸進尺，低聲用稚氣的下流話揶揄他，只有兩個人能聽見的聲音：

「小舅，剛才厘厘姐說你大。」

嘴巴裡的餅乾還一嚼一嚼，分外欠揍。

傅識則：「……」

天色暗沉，校園林道的音響正在晚間播報，此刻是女主持人在採訪一名已畢業工作的學長。

『所以尹學長，作為曾經南理工的風雲人物，攬遍無數獎項，您的粉絲們包括我在內都很好奇，您覺得大學期間最遺憾的事情是什麼呢？』

男人的聲音溫潤如風，在音響的雜訊下也讓人悅耳，他笑了兩聲，停頓一會：『那大概是……沒談戀愛？』

『這幾年我的同學們連小孩都有了。』

傅正初隨口一問：「厘厘姐，妳大學有留下這個遺憾嗎？」

猝不及防，雲厘瞬間想了萬種答覆，無論是哪種，都是尷尬的自我吐露。

傅正初是不是故意的。

雲厘不愛探究別人的私事，更多原因是害怕其他人追問自己，從未脫單也是他人口中她不善交際的佐證。

晚風有點涼，她用掌心擦擦雙肘，艱難承認：「我……沒談過戀愛。」

慌不擇路地轉移話題：「你們呢？」

「啊——」傅正初歪著腦袋想了好一陣子，確鑿而又不甚在意：「談了四五次吧，每次都不久。」

「那……」話題的聚焦點轉移到傅識則身上。

擔心他也有類似的想法，將不曾戀愛視作缺點。雲厘斟酌再三，故作糊塗地問：「也是四五次？」

傅識則微微往後仰頭，脖頸白皙，血管細枝般分布。恰好走過一盞白熾燈，在他眸中點亮一燭火。

他側過頭看著她：「真是看得起我。」

「厘厘姐，小舅的意思是……」傅正初負責解讀，「他能被問這個問題，已經是高估了他了。」

他故作嚴肅：「畢竟在我們眼裡，他就是個無性生殖者。」

雲厘：「……」

傅識則：「……」

女主持人繼續問男人：『那麼尹學長，你有什麼給新入學小朋友的建議嗎？』

男人掩著笑聲：『那就希望大家好好念書，閒暇之餘也不要忘記享受一場美好的校園戀愛。』

訪談的結束是最近在國外很火的一首歌〈Wonderland〉，隨著前奏音量逐漸增大。

傅正忍不住評價：「他們不應該請這個男的當嘉賓。」

雲厘：？

傅正初：「我覺得以後很大機率，等到小舅同學的小孩都上小學了，他都沒女朋友。」

他總結：「小舅明顯更有發言權。」

三人慢悠悠沿著生活區散步。

不覺走到了西街附近，這是沿著生活區外側建的聯排店鋪，大多是供學生娛樂和自習用的咖啡廳。

幾隻流浪貓懶洋洋地趴在路邊，並不忌憚行人，有吃的便起身吃兩口，慵懶的沒有多餘動作。

路燈將影子拉得細長，這個角度下雲厘和傅識則恰好重疊。

西街相當於到了學校外面，傅正初看了眼時間，問她：「厘厘姐，我們今晚要去看足球賽，在南蕪體育館，妳去嗎？」

雲厘一下子沒反應過來，足球？

她可是一個連足球場上有幾個球員都沒有概念的人。

雲厘：「我還是不去了。」

傅正初：「為什麼？」

雲厘：「唔，我不懂這個，怕掃了你們的興。」

傅正初嚴肅道：「厘厘姐，我們去看球，不是去踢球的。」

見她猶豫不決的模樣，傅正初直接拍板，指著馬路對面的便利商店：「我們再去買點吃的吧，等一下看比賽時候吃。」

連鎖便利商店裡商品各式各樣，零食飲料速食都有，雲厘在開放式冷藏櫃前挑牛奶，無意間聽到對面傳來他們兩人的對話。

「不過小舅，你還不回學校嗎？」

他還沒畢業。

平時腦袋遲鈍的雲厘此刻像開光了一樣，瞬間提取到了傅識則還在讀博士的資訊。

她慢吞吞地看著牛奶盒上的保存期限，但密密麻麻的黑色數字此刻處於低解析度狀態，耳朵卻是格外清晰和通透注意那邊的對話。

半晌，傅識則平淡道：「不回。」

「那還能畢業嗎？」傅正初語氣詫異，「我老闆說我要是敢請一週假就要延畢。」

傅識則沒回答，直接往收銀檯走去，雲厘連忙收回自己的目光，假裝還在認真挑牛奶。

「同學——」一個清朗的男聲突然響起，雲厘抬頭，旁邊站著個鬈髮的男生，「一瓶牛奶挑了這麼久？」

雲厘有點尷尬，怕被傅識則他們聽到：「我也沒挑多久，就看了一下。」

男生輕笑了兩聲，俯下身子稍微靠近了點：「可是我看妳挑了很久耶，妳一開始拿了光明的牛奶，後來換成了伊利的，然後又換成蒙牛的，我知道附近有一家一鳴真……」

雲厘後退了一步，皺皺眉：「我們認識嗎？」

「不認識，但是……」

「不認識你為什麼，」雲厘頓了下，抱著懷裡的牛奶繼續後退，「要盯著我挑牛奶？」說完，不等他回答，雲厘扭身快走到傅識則和傅正初身邊。男生吃了癟，到喉嚨的話只能咽下去。

傅正初看了看冰櫃旁的人：「厘厘姐，是妳同學嗎？」

雲厘搖頭：「不認識。」

傅正初：「那你們剛才是在聊天？」

雲厘把買東西的條碼朝上，遞給傅識則。聽到這話，她糾結了一下，小聲說：「沒有，他一直看著我，我覺得有點……」

不太確定這個形容是否恰當，雲厘的聲音更小了一點：「變態。」

一聽，傅正初又往冰櫃瞟了幾眼。

傅識則接過雲厘遞給他的東西，將條碼對準檢測口一個個掃描，放到一旁的袋子裡。接到鮮奶的時候，他原先慣性的動作停住，自助結帳機掃碼口的紅光印在牛奶盒的外包裝上。以為是自己牛奶拿太多了，雲厘解釋：「我拿了三盒，想著等一下你們也可以喝。」

傅識則繼續掃條碼，問：「巧克力口味的？」

雲厘：「噢我一開始找的時候沒找到，如果你想喝的話我去隔壁的超市找一下。」

「厘厘姐妳後頭有啦！」傅正初提醒她。

果真，雲厘轉頭便發現巧克力牛奶放在收銀檯附近，因為是常溫奶所以沒放冰櫃，她拿起剛才的幾盒牛奶：「那我去收銀檯換一下。」

傅識則從她手裡拿走了兩盒，放回袋子裡：「換妳的就可以。」

結完帳後他們往停車場的方向走去，雲野打來視訊電話，雲厘直接掛掉。他立馬傳來一則訊息：『妳的心情好點沒？』

雖然兩個人平常更多是互相奚落，但關鍵時候，這個弟弟還是比較可靠的。

雲厘原本心情就不錯，此刻更像是上了天：『還行，在外浪了一天，現在去下一場。』

雲野：『……』

雲野：『少騙人，才過去兩個月，妳能交到朋友？』

雲厘眉一緊，打字的速度快了點：『不要羨慕，不要掛念，妳老姐過得很好！！！』

雲野：『可以可以。』

過了一下子。

雲野：『男的？』

這小子怎麼會問這個問題。

雖然並沒有發生什麼，但不知道是不是雲厘做賊心虛，總覺得真實回答就意味著有了點什麼一樣。

偷看傅識則一眼，她沒底氣地回覆：『女的。』

雲野也覺得她這麼點時間交不到男朋友：『好吧，這麼晚，妳還要去哪裡？』

雲厘：『看足球。』

雲野：『什麼時候妳們女生也會約去看足球了？』

雲厘沒注意自己傳著訊息越走越快。

漸漸和另外兩人拉開兩公尺的距離。

傅正初隱約看到雲厘打開聊天，還有好幾個驚嘆號，以為雲厘在和別人吐槽剛才的事情。又想起他在機場和她加好友的事情，只覺得雲厘在這方面不太開化。

便湊近傅識則小聲說：「厘厘姐是看不出那個人想搭訕她嗎？她好像把別人誤認為是變態在偷窺了？」

袋子裡的罐裝薯條和飲品磕著作響。

傅識則問：「不然是什麼？」

隱隱聽出傅識則話中的不認同，傅正初也沒多想。可能是有過相似的經歷，他感同身受地辯護：「就是純粹的搭訕呀！」他感嘆道：「對吧，厘厘姐這麼漂亮，沒想到這方面這麼沒經驗。」

「我也沒經驗。」傅識則側頭說，「比不上你談了四五次。」

「……」

到南蕪體育館，幾人才發覺飲料白買了。體育館此刻人聲喧囂，氣氛鼎盛，門口幾個工作人員攔截了自帶飲料的人，一個巨大的木牌放在前面寫著「禁止自帶酒水」。

見狀，傅識則把東西放回車上。雲厘和傅正初兩人進了門在原地等待，發現大部分的觀眾都穿了白色或者黑色的衣服。

這是兩支隊伍的顏色，顯而易見的推斷。

「你們有支持的隊伍嗎？」

「有啊！」傅正初提起自己的衣服抖了抖，「我不是穿了黑色的衣服嗎？」

「可是……」

她和傅識則都穿白色外套。

傅正初一副了然於心的模樣，淡定道，「沒事的，你們跟著我走！」

球場裡的觀眾被一條走道分隔開，兩側分別坐著黑衣服和白衣服的人。

雲厘三人頂著眾人的凝視，走到了黑衣區。幾乎每過來一個新的人，就會問他們兩個是不是坐錯地方。

好一陣子，傅正初也頂不住了。

「小舅、厘厘姐，你們還是去對面吧。」

雲厘尷尬地拿起包，在白衣區找個位子坐下，傅識則跟著她鄰位坐下。位子不寬，偶爾兩人膝蓋相碰，雲厘都會觸電一般縮回來。

雲厘先打破沉默：「你支持白隊嗎？」

傅識則：「沒有。」

「你平時看比賽嗎？」

「不看。」

「那你今天是陪傅正初過來嗎？」

傅識則回頭看她：「妳不也是？」

這尷尬的對話讓雲厘想找個地洞鑽進去。

好在比賽很快開始了，全場氣氛熱鬧起來，雲厘才不至於殫精竭慮解決和傅識則的溝通問題。

這還是雲厘第一次在現場看球賽。

以往她也瀏覽過不少實況主的解說影片，上次探店時遇到的費水就是在球賽解說方面小有名氣。

作為旁觀者和親身的參與者，體驗截然不同。

此刻雲厘感受到這種熱烈。

為了提高娛樂效果南蕪體育館還配了現場解說，激昂的語調節奏與現場的喧嚷尖叫保持一致，一波一波將場內氣氛推向高潮。

雲厘進門時被塞了兩個拍手器，能適時地拍一拍。

不知不覺，雲厘的情緒被周圍的人帶動，當白衣隊進第一顆球的時候，她不住狂拍。

傅識則：「……」

原先想說什麼什麼，但看雲厘笑容滿面，他又閉上了嘴。

只當沒有聽到那聲音。

旁邊一直低氣壓，雲厘也無法忽視。

想了一下，她將其中一個拍手器擺在他面前：「我覺得你也可以多參與一點，還蠻開心的。」

傅識則沒有接。

過了幾秒。

雲厘捏著自己白色的衣服，向上提了提：「我們不是白隊的嗎？」

明明原先是兩個人不看球，現在雲厘已經徹底倒戈。

傅識則甚至在她微抿的唇角，看出一絲絲指責。

「……」

兩個人對視，在熾熱的背景中悄然無聲，雲厘有一絲緊張，卻又倔強地堅持自己的視線。

半晌。

「啪啪啪！」

順從地，傅識則接過拍手器，不發一言地揮了揮。

第六章 實習

沒想到傅識則這麼配合，雲厘還蠻開心，噙著笑接著看比賽。比起最初旁邊像立了個冰窟，現在雲厘覺得身邊回暖了許多。傅識則靠著椅子，偶爾會拿起拍手器揮一揮。

就在雲厘偷看傅識則的時候，現場的氣氛又被點燃，雲厘忙跟著白區的球迷狂搖拍手器，廣播裡主持人的音調越來越高：「比賽進入焦灼狀態，只要他們能再進一球、只要再進一球就能保證勝利了，我們現在能看到白隊的前鋒突破了防守，這是……」

主持人語速越來越快，隨後場上爆發一陣陣歡呼和尖叫。雲厘不懂足球，但也能理解場上那個「2－0」的含義。

現場攝影將畫面拉近球員，球場上的大螢幕和觀眾席上的液晶螢幕快速地在歡呼擁抱的球員身上切換，隨後轉移到幾乎瘋狂的白衣區球迷身上，被拍到的球迷激動地對著鏡頭揮手。

主持人仍在激情澎湃地解說，雲厘看向傅識則，他無聊地靠著椅子，慢慢地揮兩下拍手器。

直到鏡頭停留在他們兩個身上。

曝光在幾千名觀眾前，雲厘原先狂搖的拍手器驟然停下，瞬間斂起了笑，有點無所適從地將拍手器放下。一旁的傅識則也動了動，環著胸，乖張而冷漠地直視著鏡頭。

攝影機就像壞了一樣，沒有轉移的跡象。

此時主持人恰好對鏡頭進行解說：「簡直不可思議，因為進球，球迷們激動得呆若木雞……」

「……」

好在這壓抑的情況沒維持多久，鏡頭移開後，雲厘感覺自己重獲生機。

意識到剛才自己在鏡頭前的表現，雲厘明白過來，自己的冷場帝屬性又升級了。

接下來幾分鐘，雲厘都只是坐著發呆。

注意到身邊突然安靜下來，傅識則看了她一眼，雲厘睜大眼睛盯著手中的拍手器，像蔫了的茄子。

傅識則將目光轉回球場內。他動了動，雙肘倚在膝蓋上，身體前傾，手裡握著拍手器。隔了一下，像是克服重重障礙後下定決心，忽地狂拍幾下。

聽到一旁的聲響，雲厘有點詫異地看過去。

傅識則斜了她一眼：「不是進球了？」

雲厘意外，沒注意到什麼時候又進了一顆球，也跟著傅識則一起狂拍，說：「這支隊伍好厲害。」而後她瞅了瞅黑隊那邊的坐位，笑著傳訊息給傅正初。

『傅正初，你應該換支隊伍支持。』

偷閒把酒民宿：『我靠嗚嗚嗚，我好恨。』

雲厘回歸初始狀態，像孩童般無憂地跟著白衣區的球迷一起揮舞。

見狀，傅識則揉揉睏倦的眼睛，又靠回椅子。

十分鐘後比賽結束，白隊三比一獲勝，雲厘周圍的球迷激動得抱成一團，為這幾年來第一次奪冠喝彩。

這種氣氛讓雲厘眼角湧起陣陣感動，也許這就是自己衷心熱愛的東西斬獲榮譽時，那種無上的自豪吧。

直到視線再度與傅識則對上。

他看起來已經有些睏了。

雲厘一下子清醒，輕咳兩聲掩飾剛才的「忘我」。

傅識則坐在外側，率先起身，跟著人流往外挪動。從雲厘這邊看過去，他的身形修長似一支筆桿，手插在褲子口袋裡，只露出骨節分明的手腕。

從小到大，雲厘都屬於人群中偏白的群體。

可和她相比，他更是白得病態而又妖冶，偏大的白外套，軀體似乎一撲即倒。

等等。

她在想著，撲倒他？

打消自己亂七八糟的想法，雲厘做賊心虛地和傅識則保持兩步距離。

在她後頭的人不給機會，一散場便趕投胎般往外擠，雲厘一不小心沒穩住，額頭撞到傅識則的肩胛骨上。

纖瘦讓他的骨骼像地底的硬殼，搥得雲厘鑽心的疼。

疼得眼淚都掉出來了。

見傅識則回頭看她，以為是因為撞到他，雲厘忍痛道了歉。

雲厘的手捂著腦袋，只覺得後面的人在搏命推她，傅識則不帶什麼情緒，不客氣地伸手將最前面的人往後推了一把。

「後退點。」

「幹什麼呢！」被推的男人反射性大喊。

對上傅識則的眼神後瞬間熄火。

明明眼前的人高挑但不魁梧，說起話來更是和凶神惡煞沾不上邊，卻莫名讓男人有些顫慄，往前擠的男人扁扁嘴，只敢後退一步示弱。

傅識則低眼，側過身，示意雲厘走到他前面。

原先坐在位子上時，雲厘看比賽再入神，也沒有忘記保留一些空間，避免出現兩人相觸的情況。

走道狹窄，她貼著他往前走著時，即使身體刻意地往外偏，仍然不可避免和他有接觸。

衣服擦到的時候如燧石相觸。

雲厘低著頭，假裝什麼都沒有注意到。

待雲厘到前面後，傅識則和她保持一步的距離。和周圍賽後的喧鬧相比，傅識則安靜得彷若不存在。

雲厘從小便不喜歡陌生人觸碰她。

不論國小國中高中，大學時代也有不少自來熟的男生會靠她很近，直接拿她正戴著的耳機、到興頭上用手拍拍她肩膀，或者喊她時直接拽她的衣服。

這些行為或多或少都嚇到了她。

但認識傅識則至今，他一直禮貌得體，有意識地避免和其他人有肢體接觸。

從這些小細節，雲厘可以分辨出，他是個家教很好的人，從不惱怒，從不逾矩。

除了不愛說話。

也不愛笑。

到體育館外，傅正初在門口處等待，他已經把一身黑色外衣脫掉，只留下一件學園短袖。

傅識則問：「衣服呢？」

傅正初悶悶地哼唧兩聲：「扔了。」他哀嚎兩聲，「以後再也不愛了。」

不悅的心情只維持了幾分鐘便一掃而空，正打算回去的時候，體育館門口幾個中等身材的男生和他打招呼。

傅正初聊了幾句話後回來：「和他們很久沒見了，我們踢個球再回去。」

雲厘看傅識則：「你要去嗎？」

傅識則不介意地承認：「我不會。」

「那你平時——」脫口而出的瞬間雲厘又覺不妥，說不定傅識則沒有會的球類，她一下子改口：「不打球嗎？」

剛被傅識則塞了根巧克力棒的傅正初替他回答：「小舅不踢球，他打羽毛球。我是全能的，下次一起打羽毛球吧厘厘姐。」

「啊，好啊。」雲厘朝傅識則看了一眼，他沒講話，傅正初不滿地用手肘頂了頂他，「小舅，厘厘姐問你話呢。」

雲厘：？

傅正初：「厘厘姐問你要不要一起打球。」

雲厘頓時窘促，所幸傅識則也沒在意，點點頭。

門口的朋友在催促，傅正初和他們打了聲招呼便過去了。

雲厘跟著傅識則去停車場，兩人一路無話。

如果不是一切發生得那麼順其自然，雲厘甚至懷疑傅正初是不是上天派來的助攻。

入秋了，南蕪的風已經陣陣涼意，地面停車場高掛幾盞低功率的燈，人影與細語吸附在黢黑中。

傅識則幫雲厘打開副駕駛座的門。

「先進去。」

在她入座後關門，傅識則沒有立即回到駕駛座，而是靠著車的左前方。雲厘見他肩膀傾斜，在口袋中摸索了一下。

他低頭，一剎的微光，空氣中瀰漫開灰白的雲霧。

第一根菸沒有帶來終結。

孤寂的身影像是陷入無邊的黑暗，而微弱火光是漫漫長夜的解藥。

傅識則回來的時候搖下了車窗，飛疾的晚風攜著菸草味飄到雲厘的鼻間。他發動了車子，憑著記憶朝七里香都開去。

中途傅正初傳了則語音訊息過來，傅識則瞥了一眼，繼續打方向盤。

汽車恰好開到隱蔽的一段，傅識則打開車燈，視線停留在前方道路。他輕聲道：「幫我看一下。」

這還是兩人上車後的第一句話。傅識則的聲音彷若就在雲厘的耳邊，聲線又柔和，雲厘莫名覺得有些旖旎，她拿起傅識則的手機，解鎖後打開訊息。

沒想到他會允許自己用他的手機。

首頁是幾個聊天欄，雲厘不想偷看，但不可避免可以看見前幾個聊天室，第二個的備註是「林晚音」，已經有一百多則未讀訊息。最近一則訊息開頭寫著『阿則，我媽媽包了些粽子，讓我拿給你』。

後面說的是什麼，雲厘看不見，但她能判斷出來，這是個女孩的名字。

不知為什麼，心裡稍微有點不舒服。

點開傅正初的聊天室，播放語音訊息，安靜的車廂內響起傅正初一喘一喘的聲音，應該是球踢到一半傳的訊息。

『這麼晚了，小舅你記得要把厘厘送到樓下。記住，』傅正初加重了語氣，『不能上樓。』

雲厘面色一紅，將手機放下。

後方超車，傅識則看向後視鏡，語氣不太在乎：「不用管他，比較聒噪。」

「嗯……」雲厘小聲地應，突然想起什麼，她問：「噢，夏夏和傅正初是親姐弟嗎？他們的姓氏好像不一樣。」

「傅正初跟著我姐姓。」

「噢好。」

不好進一步問，雲厘應了聲後便不再說話。

窗外的風景淌成瀑布飛過，原以為剩下的路程只剩沉默，傅識則卻主動開口：「原本打算讓夏從聲也跟著我姐姓。」

雲厘慢慢「哦」了聲，問：「那原本是傅正初和爸爸姓嗎？」

「不是，姐夫比較怕我姐。」

雲厘自然地問：「那你也怕嗎？」

空氣瞬間又安靜了。

雲厘回過神，解釋：「我的意思是你怕姐姐嗎，不是問怕不怕……呃，老婆……」

這次安靜得連呼吸聲都聽不見了。

路程不長，十分鐘後，汽車平穩地停在社區門口。雲匣照慣例和傅識則道了謝，一開車門，暖氣和外界的涼風對沖，雲厘拉緊了領口。

「那我就先回去了，你開車注意安全。」

「等一下。」

雲厘止住關門的動作，彎下身子，傅識則側著身，朝後座的那袋零食頷首。

「拿回去吃吧。」

與那個夜晚不同的是，車身在黑暗中快速地壓縮成圓點，化成一條筆直的線，在盡頭殘餘兩抹紅光。

回到家後，雲厘先將手裡一大袋零食放到茶几上。從帆布袋中拿出餅乾，奶油香味四溢。想起傍晚時分傅識則排隊時的背影，輪廓與旖旎落霞的邊界已經模糊了。

把餅乾倒進玻璃罐裡，雲厘將罐子封口後放到電腦桌的角落。

打開電腦，在搜尋欄裡一字一字地輸入「傅識則」三個字，網頁上很快彈出與他相關的資訊。不出意料，好幾頁密密麻麻堆滿了他讀書階段的獲獎通知，從小學到博士，數不勝數。之前的無人機影片已經是好幾年前的新聞。而最近的資訊，是去年三月份的，講的是他所在的研究小組發表專刊，在某個領域做出重要突破。

『該研究由史向哲教授團隊完成，文章的第一作者為我校十二級直博生傅識則……』

雲厘在心中默念這一段話。今天是二〇一六年十月十日，直升博士生的學制是五年制，原則上還有八個月，傅識則就要博士畢業了。

好長一段時間裡，雲厘都以為他畢業了。但現在來看，事情並不像她想的那樣，今天在便利商店傅正初也說了，傅識則一直停留在南蕪。

單手在觸控板上滑動，網頁的訊息彈到她的視網膜上，是不同時段的傅識則的照片。

雲厘的思緒放空。

無論是哪一個時段的他，都不是現在的他——活在陽光底下，卻晦暗陰鬱。

她心裡有些猜測，這兩年內可能發生了什麼不好的事情，想到這，雲厘頓時覺得胸口堵堵的。

等雲厘洗完澡，已經是十二點半了。手機通知欄顯示「偷閒把酒民宿」傳來的訊息，是兩張圖片。

點開第一張是大螢幕裡她和傅識則的合影，兩人坐得筆直，鏡頭恰好抓拍到她侷促地將雙手重疊放在腿上，茫然地看著前方。而旁邊的傅識則傲然不馴地環著胸，唇角繃得緊緊的，眼睛朝著她的方向。

兩人都沒有其餘表情，看起來就像剛鬧了彆扭的小情侶。

第二張是傅正初和傅識則的聊天截圖。傅正初問他：『小舅，你怎麼在偷看厘厘姐。』

傅識則的回覆隔了半小時，連標點符號都省了：『明著看』。

雲厘咽了咽口水，從哪個角度解讀這句話似乎都不太妥當。摸摸自己的臉蛋，已經燙得不像話。傅正初還傳訊息，質疑：『厘厘姐，妳看看小舅！像不像偷窺的變態！』

雲厘彎了彎嘴角，傅正初性格真的是挺好的。隨手回了個貼圖給他後，雲厘將第一張圖片放大，讓整個畫面只留下他們。

這是他們的第一張合照。挺不錯的。

就還……

另外的訊息是來自何佳夢，通知她拿到了ＥＡＷ的offer。

措辭很委婉，表示技術部在前一段時間面試了很多人，因此很遺憾她沒有進入二輪面試。如果她願意的話可以到人事部實習，無需二面，每週出勤三天，需要她儘快給出答覆。

沒想到這麼快出結果了。

雲厘緊繃的神經終於放鬆了一點，躺到床上用貓咪老師娃娃枕著自己的下巴。她傳訊息給鄧初琦：『ＥＡＷ正式傳offer給我啦！安排我到人事部那邊。』

鄧初琦：『還不衝？』

雲厘：『我還有點糾結嘛QAQ我原本投了技術部的，被調了，這個和我科系不一樣。』

鄧初琦：『那妳還有找別的嗎？』

雲厘：『其他都拒了我……』

從個人發展上來看，ＥＡＷ提供的職位並不是一個很好的選擇，但ＥＡＷ確實是個比較好的平臺，畢竟背後的東家是優聖科技。

鄧初琦調侃她：『可是ＥＡＷ有夏夏的小舅呀，不香嗎不香嗎？』

她又補充：『說吧，妳租這麼近的房子，是不是一開始就有想法了？』

雖然她並沒有因為傳識則做這些事情，但雲厘就像被戳中了心事一般，隔空惱羞成怒。

丟開手機準備睡覺。

在床上來回翻滾了許久，雲厘重重地呼了口氣，起身直接回訊息給何佳夢。

『好的，我後天就可以去上班＞＿＞。』

一到公司，雲厘便在人事部撞見了來幫忙的何佳夢。

自來熟的她忙不迭帶著雲厘熟悉公司的環境，詳細地和她介紹各個部門的情況。

ＥＡＷ科技城是優聖科技的子公司，主營ＶＲ體驗館和相關硬體設備的訂製與零售。產品前期由優聖科技開發，因此這裡的員工也把優聖科技總公司稱為本部。

雲厘所在的人事行政部的部門經理是當時面試的考官方語寧，由於ＥＡＷ只成立了幾個月，現在整個部門的正式員工加上方語寧，一共只有六個人。

「閒雲老師，沒想到妳會來我們公司。」何佳夢看起來很開心，神祕兮兮地問她，「是不是我們老闆的魅力太大了，閒雲老師也無法拒絕？」

還是一如既往的，三句不離帥哥。

雲厘尷尬地笑笑。初來乍到，能重新見到何佳夢，讓她感覺第一天上班的緊張消散了許多。

何佳夢簡單介紹一下EAW的主要情況後，便將她領到座位旁，清了清桌面殘留的塑封紙。

作為新員工，雲厘想盡可能表現得積極一點，便主動問：「佳夢姐，我現在要做什麼呀？」

何佳夢沉吟一下，像是遇到一個大難題，「閒雲老師，妳是我們招的第一個實習生。所以，其實我不太清楚。」

「那我應該去請教上次那位面試官嗎？」

「呃……她也不太清楚。可能就是四處打雜吧。」

雲厘瞬間感覺自己邁入了另一個天坑。

注意到她神色的變化，何佳夢嘗試著安撫她，「也別太擔心，妳記得老闆那個親戚嗎？就是傅識則，聽說原本要去本部的研發部門，不知怎的到我們這來當個工人……」

意識到自己的措辭不對，她立馬改口：「不，設備維修員。」

「老闆安排他到體驗館那邊，但那邊都是新機器，不會出什麼問題。所以他平時也是四處打雜，沒什麼不好。」

「但我聽說他學歷挺高的，應該挺厲害的。」雲厘不自覺地袒護傅識則。

「話是這麼說，主要是工作上太難配合了。」何佳夢秀氣的眉毛蹙起，「他和誰講話都冷著張臉，連我都受不了，也只有我們老闆能忍受他的脾氣。」

提到徐青宋，何佳夢的表情一百八十度大轉彎，滿是崇拜，「他也挺聽老闆的話。」

「語寧姐還在面試，今早應該沒什麼其他事了，妳就自己再熟悉一下環境吧。」何佳夢看了眼時間。

「好，那我自己再看看資料。」

「公司沒有員工餐廳，我們都是訂便當，不過便當只能送到門口，要我們去拿。別說有好事我沒想到妳，剛好我要排去拿便當的人，每次是兩個人一起去。」何佳夢笑咪咪地盯著雲厘，怎麼看都覺得不懷好意。

「怎麼樣，有沒有心動人選？」

雲厘想了一下，才說：「沒有。」

何佳夢更直接了點：「傅識則怎麼樣？」

雲厘：「妳來決定就可以……」

「如果不是我心有所屬了，我就把傅識則和我排一起了。」何佳夢一副痛心疾首的模樣，又十分不理解地看著雲厘，「妳也見識過呀。」

「傅識則至少臉好看啊，妳每天拿便當都拿得心情舒暢，不覺得嗎？」她佯裝恨鐵不成鋼的模樣重重地嘆了口氣。

交代完事情後，何佳夢便回自己的辦公室去了。

雲厘翻看座位上的文件，大都是一些產品的使用說明。文件很快就翻完了，她也無所事事起來。

在座位坐了一個小時，雲厘把今天的新聞從熱門到蹭熱度的都滑了一遍，還是沒有其他人來。

正當她要悶得發黴的時候，方語寧通知她去ＥＡＷ體驗館協助修理設備，屆時場館裡會有工程師在。這並不是雲厘所在部門的工作，應該是將閒人借給其他部門用。

和何佳夢說的一樣，就是四處打雜了。

ＥＡＷ體驗館今天上午不對外開放，雲厘從玻璃門看過去，裡頭暗沉沉的，狹小的光束中晃蕩著粒粒微塵。

用何佳夢給她的員工卡刷開門後，雲厘在門口翻開電閘盒，發現電閘已經全數打開，工程師應該已經在裡面了。

場館內寂然無聲，不知為什麼，她也放輕了自己的腳步。

在一樓走了一圈，在角落的房間門口，雲厘聽見鈍物在地面拖動的聲音，聽起來裡面已經有人在工作了。

雲厘敲敲門，中規中矩地說：「您好，我是新來的實習生，語寧姐派我來協助您維修設備。」

沒有人來開門，裡面又響起了器械敲擊和移動的聲音。

雲厘感覺受到忽視。

裡面的人就像是故意的，拉扯的聲音更大了。

再敲門就像要和對方對線一樣。

在她陷入是否要繼續敲門的掙扎時。

「進來。」

雲厘推開門，房間裡只開了盞米黃色的小燈，空氣乾燥，木製品與塑膠的氣味混雜在一起。角落裡有個身影蹲著，他的袖子半挽，翻了翻工具箱的道具，拿起個螺絲刀比對了下，又隨手丟一旁。

「來EAW了？」傅識則聲音不大，在封閉的房間中迴響。

在工作場合，雲厘切換回敬稱，說起話來畢恭畢敬：「對的，謝謝您上次的建議。」

在來之前，雲厘已經想像過許多和傅識則相見的場景，猶豫再三，她還是談起自己被技術部刷掉的事情。

「我被調到了人事部門，和科系不太符合，我的性格又是，」雲厘有種自己豁出去了的感覺，「有些社恐……」

傅識則手上的動作一停，抬起頭，米色的燈光打在他的臉上，他似乎不信：「是嗎？」

雲厘被他這麼一問，呆了呆：「看、看起來不像嗎？」

傅識則盯著她看了好一陣子，在認真地思考她這個問題一樣。

這副模樣不禁讓雲厘懷疑他是不是在回憶她主動要聯絡方式的事情。原先雲厘想從傅識則那得到一些關於職業的意見，這時只希望這個話題能快點結束。

「語寧姐讓我過來和您一起修理東西。」雲厘小跑到他旁邊試圖轉移話題，才注意到地上放著個磨砂袋裝的牛角麵包和一杯咖啡。

畢竟不會修東西，雲厘心裡有些慌。

「有什麼我可以幫忙的嗎？」雲厘看了看地上的早點，「您的早飯都涼了，您可以先吃早飯。」

從雲厘這邊看過去，傅識則穿著簡單的藍色工作服，黃色的電工手套占據大片面積。

「不礙事。」傅識則沒讓她插手，放了兩個燈泡到口袋裡便往梯子上爬。

梯子看起來並不是很穩固，饒是傅識則這體型的人往上爬的時候都會發出巨大的聲音，雲厘下意識扶著梯子兩側。

傅識則更換的是吊頂的兩個射燈，他握著燈泡外簷旋開，放到口袋裡，沒多久便將新的燈泡換上。

從梯子上下來之後，他把手套一摘扔到一旁，到門口打開燈，原本暗沉的天花板明亮了許多。

到門口，見雲厘還在遠處扶著梯子，傅識則提醒她：「梯子上沒人。」

雲厘愣住，尷尬地鬆開手。

傅識則從地上拎起牛皮紙袋，三兩下拆開袋子，他咬了一口麵包，往前走兩步查看其他的燈。

「我來檢查吧，您先吃早餐。」雲厘溫聲道，傅識則腳步一停，回頭看她。

她剛才說錯什麼了嗎？還是她臉上有髒東西？雲厘心中閃過好幾個想法，見傅識則沒動，她緊張兮兮地說，「您也辛苦了一個早上了，剩下的我來做就好。」

沒想到的是傅識則只是又咬了一口麵包，學她的語氣：「不勞您幫忙。」

「……」

雲厘學乖了：「那你先吃早餐……」

其他的燈光設備都正常，雲厘把幾個有點小問題的記在紙上，傅識則慢慢地跟在她身後。後方的存在給雲厘心裡一陣陣壓力，她故作鎮定，遲疑道，「那我們今天還要做別的事嗎？」

傅識則「嗯」了一聲，停頓一下，又問她：「妳想做什麼？」

雲厘手一頓。

這問題問的——她能想做什麼？

這不是該問他！

好在傅識則吃完了早飯，也沒在意她的回答，告訴她今早剩餘的工作是把場館內的其餘遊戲設施測試一遍。

是她能做的事，雲厘鬆了口氣。

和她第一次到的時候相比，EAW新增了經典電影的主題場館，還有一些街邊娛樂設施比如表情模仿抽獎、遊戲盲盒等。雲厘還不熟悉場館，揣著資料夾跟在傅識則後面。每測試完一個設備，雲厘就會在檢查表上對應的位置打勾。

剩餘的，兩人分頭行動，雲厘負責表情模仿抽獎的機器。這套機器運用人臉表情識別技術，螢幕上提示玩家需要模仿的情緒，然後鏡頭會記錄玩家的表情並進行識別，匹配分數越高，抽獎的獎品越豐厚。

雲厘以前沒玩過這個，也不知道是不是真的這麼靈敏。

她坐在機器前，螢幕上出現她的臉，並且左上角用不同的顏色條標注各種情緒的數值以及總分。

她點擊「開始遊戲」，螢幕提示：興高采烈。

雲厘露出一個淺笑，螢幕上一個黃色長方形框出她的臉，隨後鮮豔的廣告字體顯示總分——二十分。

這……也太難了吧？

雲厘點擊再來一次，在出現黃框之後，她立馬誇張地挑眉瞪大眼睛，咧開嘴巴，連笑肌都能看得一清二楚。

螢幕彈出幾個掀開的禮物盒——一百分，您超過了百分之九十九的人。

也太浮誇了。

對於那些沒什麼表情的人，這個遊戲就不太友好。

在對應位置打鉤後，雲厘在螢幕上操作，正準備關機。

心底突然冒出另一個想法——

想法剛萌生，雲厘便覺得自己似乎有點過分。

恰好傅識則已經測試完了，過來她這邊。

雲厘後退一步，將資料夾向下放在大腿側。

「這臺機器好像有點問題，檢測不太準確。」雲厘一邊說一邊觀察傅識則的神色。

她……也不算說謊吧？

這個機器確實不太準，她要露出好誇張的表情才能拿到高分。

說服完自己，雲厘心裡有點期待，等著傅識則的反應。

「一直都這樣。」傅識則興致缺缺地打了個哈欠，在螢幕上戳了戳。

彈出幾個字——心花怒放。

傅識則的臉在螢幕正中央，顯得陰鷙而凝重，他繃直的下顎線條終於鬆了鬆，似乎很努力扯出笑容。

紫灰色的箱子出現在螢幕。

左上角的「憤怒」和「悲傷」兩個分數騰地升上去。

——十分，您超過了百分之五的人。

果然還挺準的。

雲厘心想。但傅識則絲毫沒有為了拿高分擠出笑臉的樣子，雲厘原本的小算盤也沒得逞。

「不準。」傅識則直接走到一旁，往檢測表上打了一個大大的×，將筆蓋一蓋掛到胸前的口袋裡。

雲厘連忙笑著安慰道，「它不太準，我們可以找廠商修理。」

而此刻雲厘的臉剛好被鏡頭捕捉到。

分數直接從十分跳到了一百分。

「……」

這就像，你上一秒和考砸的朋友說，沒事，大家都考得很差，下一秒老師在講臺上大聲宣布你拿了年級第一。

「你看，你還超過了百分之五的人。」雲厘都有點語無倫次了，「百分之五乘以總人群，也是個巨大的數目了。」

傅識則瞥她：「妳還挺樂觀。」

「……」

好在傅識則早已習慣這個機器，並且很有自知之明。

檢查完設備已經到午休時間了，兩人拉了小房間的電閘後準備離開，雲厘注意到最外側的房間門口放著個街機，介紹上寫著房間裡的這款VR遊戲改編自一款經典街機遊戲。

雲厘上小學的時候，街機遊戲紅遍西伏。放學後，雲厘經常和同學偷偷去玩，約定要一起玩一輩子。

那時候她的零用錢還不多，就將每個星期的一兩塊錢存下來。後來雲野上小學了，雲厘就將自己的生活費存下來，等到週末兩個人一起去玩。

再後來，科技日新月異，雲厘回家也會和雲野用遊戲機玩那幾款遊戲。而以前的朋友，都消弭在時光中了。

見雲厘停在街機前，傅識則站在原處等了一下，問：「試試嗎？」

雲厘：「欸，可以嗎？」

傅識則「嗯」了聲。

雲厘不太好意思，「我小時候經常和同學去玩，那時候街機很紅，裡面有好幾款遊戲我都很熟悉。」意識到一直在聊自己的事情，雲厘又問：「你小時候玩過這個嗎？」

「不玩。」傅識則應道。

雲厘：「那你小時候玩什麼？」

傅識則：「主要和外甥玩。」

雲厘：「噢……那你和傅正初玩什麼？」

傅識則：「他喜歡玩辦家家酒。」

雲厘：？

傅識則將電閘拉開，房間裡面放了十幾臺小型的摩托車裝置，傅識則去後臺遠端操縱啟動兩臺機器，兩人商定她在左邊，傅識則在右邊。

雲厘在螢幕前操縱，選擇了「2P」（兩位玩家），接下來是選擇兩人的關係，會據此選擇遊戲的副本。

螢幕彈出幾個選項，雲厘一愣，只有親子、配偶、情侶可以選。

點另外兩個實在是引人遐想，雲厘果斷地選了「親子」。

傅識則：「……」

不知道怎麼解釋才能讓自己的動機看起來正當點，雲厘訕訕道：「我覺得我們的關係，用這個詞描述比較準確……」

傅識則：「……」

提醒她：「有下一頁。」

「……」

雲厘只想幫自己配一副高度眼鏡，下頭這麼大一個右鍵她都沒看見。由於已經鎖定了，雲厘不能進行其他操作，直接點擊進入遊戲。

螢幕提示他們選擇監護人操作的機器。

雲厘高度懷疑，這個遊戲的設計者是不是怕差評不夠，怎麼能設計出這樣離譜的進入畫面。

雲厘自覺地將傅識則設定為父親，將自己設定為女兒。

傅識則沒有講話，但他的視線彷若穿透了她的後背，燒得雲厘心裡害怕，她尷尬地提議：「那要不然我當媽媽，你當……」雲厘硬是沒將「兒子」兩個字說出來。

傅識則：「……」

好在後面的操作比較順利。進行了基本的設定後，兩人正式進入遊戲。遊戲過程需要騎在摩托車上，下面安裝了機動裝置類比駕駛效果。

雲厘沒有穿戴過裝備，爬上摩托車後便不知道做什麼。見狀，傅識則翻下車，走到她身邊提醒：「等一下會晃動得比較厲害。」

俯身用手指敲敲她鞋子附近的一個腳踏板，「踩這。」

雲厘順從地將雙腳放到腳踏板上。

傅識則側頭問她：「幫妳綁上？」

這句話聽起來讓人怪臉紅的，雲厘微如蚊蚋地「嗯」了聲。

和第一次到ＥＡＷ的感覺不一樣，那時候雲厘的情緒被恐懼籠罩。此刻，她盯著傅識則將固定繩環住她的腳踝，然後收緊，不自覺的，她的目光上移，停留在他的鎖骨上。

幫雲厘安好裝置，注意到她一動也不動的視線，傅識則抬眸：「太緊了嗎？」

雲厘臉紅：「沒。」

幫她穿好另一邊的安全繩後，傅識則回到自己的位子，等兩個人佩戴好ＶＲ眼鏡進入遊戲後，眼前出現一家摩托車商店。

雲厘看見旁邊有個人，戴著副墨鏡，穿著緊身的運動裝，應該是遊戲裡的傅識則。對方選擇了摩托車的車型後還和她點了點頭。

遊戲進入倒數計時。

她不用選摩托車嗎？雲厘覺得困惑。

等遊戲正式開始，雲厘才發現問題所在——

由於選擇了親子模式，系統預設她和傅識則騎同一輛摩托車。

她坐在傅識則的後面，眼前是他的背影。

過於真實的場景讓雲厘下意識地往後躲，手從摩托車的把手脫離，ＶＲ眼鏡的音響系統安裝在眼鏡內，雲厘聽到可愛的提示音，『小朋友，抓緊把手才能抱住爸爸哦。』

「……」

明知道這一切都是虛擬的，但在ＶＲ的世界中，這種視覺上的真實感仍舊讓雲厘抗拒主動抱住傅識則。

但心裡愈是在意，這些稀鬆平常的事情更變得別具心思。

沒兩秒摩托車開始動了，傅識則騎著摩托穿梭於山林間，同時射擊竄出來的怪物，怪物的形象也是致敬那款經典街機遊戲。機動裝置的類比效果很好，好幾個翻轉的場景嚇得雲厘閉上了眼睛。

等雲厘回過神，才發現自己不知何時又握緊了把手，遊戲中自己正用細小的手臂環著傅識則的腰。

雲厘感覺額上出了細密的汗，虛擬實境技術有限，還無法給予真實的觸覺回饋，然而，僅憑視覺上的擁抱，雲厘也覺得自己的心提到了嗓子眼上。

傅識則始終平視前方，完全沒有注意到她的存在。雲厘正打算收回的手停住，用指尖摁了摁掌心，已滿是薄汗，她深吸一口氣，舒展開手指，看見自己又抱住前方的身影。

偷偷抱一抱……好像也沒有關係……

終點是峽谷的邊緣，她看見傅識則下了摩托車，遊戲裡的角色戴著頭盔和墨鏡，臉頰上有些刮痕。

他朝她伸出雙手。

雲厘屏住呼吸，看見傅識則的雙手穿過自己的手臂底下，將她抱起來放到地上。

短短幾分鐘的旅程，遍歷山河，雲厘看著自己小小的掌心，鼓起勇氣地去牽住他的手。視線中，對方也輕輕牽住了她的手。

傅識則此時已經摘了ＶＲ眼鏡，只感覺左手手套震動了一下。他轉頭看向雲厘，她過了一下，才慢慢地摘掉ＶＲ眼鏡，像是還沒回過神。

幾秒的沉寂，系統開始播放離場安全注意事項。傅識則先解開自己的裝備，走到雲厘身邊。

雲厘的眼神有些躲閃：「這個模式好像比較特殊。」

傅識則彎下腰幫她解安全繩，同樣的遊戲，他完全沒受到影響，問她：「哪裡特殊？」

「這個親子模式的設定好像會避免兒童學習駕駛和射擊的動作……」

傅識則愣了一下：「妳剛才沒開槍？」

「是的。」

「也沒騎車？」

「是的……」

傅識則的表情略顯困惑：「沒進入遊戲？」

「……」

雲厘低著腦袋，心虛到不行：「親子模式的話小孩不能操作，只能一路看風景。」

傅識則瞅了她一眼：「好看嗎？」

雲厘點點頭。

不需要問，雲厘也能透過他們的對話推斷，傅識則是完全不知道她坐在後頭的。

也對——他不可能玩過親子模式。

說不出心中是慶幸還是失落，雲厘覺得今天自己已經得到許多了。在科技的福音下，就像曾經的街機遊戲帶給她帶來的熱血沸騰一般，在這裡面，她切身體驗到一個截然不同的世界。

但她希望這些是真的。

將設備關閉後，兩人回到辦公室。

雲厘懷裡抱著資料夾朝傅識則輕聲說了一句「謝謝你的指導」便轉身跑掉。

辦公室裡已經坐了三四個人，雲厘頓時有些緊張，放輕腳步走回自己的位子，幸而沒有引起任何人的注意。

鄧初琦在附近送資料，約她去海天商都一樓的咖啡廳見個面。雲厘收拾好東西，傳訊息給何佳夢說自己不在公司吃午飯。

鄧初琦：「所以，妳一上午只玩了遊戲。」

雲厘不滿道：「這不是工作嘛。」

鄧初琦說：「還是付錢才能玩的遊戲。」

鄧初琦喝了口咖啡：「那夏夏小舅有特別照顧妳嗎？不過我看他那冷冰冰的樣子，也不像是會關照人。」

「自力更生。」雲厘斜了她一眼。

不想自己說的話被鄧初琦解讀為傅識則「毫無作為」，雲厘組織了下語言，說：「夏夏小舅對我挺好的，前兩天他來我們學校的時候陪傅正初去看足球比賽，也順便帶上我了。」

雲厘沒有提其他細節。

「你們還一起去看足球比賽了，妳懂足球嗎？」鄧初琦想起什麼，輕拍了下桌子，「我想起來了，妳以前不是參加過那個機器人足球賽嘛，應該挺清楚賽制。」

雲厘搖頭：「那個足球賽只要進球就行，進個籃球也算贏。」

鄧初琦說的機器人足球賽發生在雲厘高二的時候，她們兩個都在西伏最好的高中，學校不乏提升學生綜合能力的活動。

那還是雲厘第一次知道科技節的存在。

雲厘壓線進入這個高中，被周圍同學的優秀壓得喘不過氣來。每月公布月考排名的時候更是身心折磨，好幾次，雲厘拿著那張十幾公分長的成績條，班導師並不知情——這張邊緣坑坑窪窪的小紙條，是充滿火藥的夜晚。

不想回家。

雲厘總是愣愣地拎著那張紙條，停在離家兩個路口的地方。

五公尺的距離，反覆將同一粒石頭從一側踢到另一側。

直到夜深到不得不回去。

科技節的通知發布時，正好是月考結束。不出意料，雲永昌並不同意她參加這個「毫無意義」的活動。

事實上，在雲永昌的眼中，成績是一切。

上一所好大學，是普通人改變自己命運的唯一方式。

他同樣將此寄託在兩個孩子身上。

「妳自己看，又考成什麼樣子了，就這個成績妳還想著去參加那些亂七八糟的東西。」

雲永昌把紙條撕碎後扔到垃圾桶裡。

明明是輕飄飄的紙張，被撕碎的瞬間，卻沉得讓雲厘呼不上氣。

那天，卡在報名截止前，雲厘想起一年多前看的那個紅遍一時的影片。

像魔怔了似的，雲厘報名了其中的機器人足球賽。每一支隊伍需要在教練的指導下完成機器人的搭建。

學校邀請了西伏科技大學的高材生來指導他們，每支隊伍的隊長都是西科大的學生。

有將近六十支隊伍參賽。

雲厘所在的隊伍花了三個星期組六個機器人，正式比賽是五比五，需要留一個候補的機器人。

前期他們的隊長在西科大遠端寫程式碼，最後一段時間會來學校和他們一起組裝機器人。

離比賽只剩幾天了。

隊長讓他們找個摩擦力大一點的地面，熟悉機器人的操作。

那天是週末，操場的跑道還浸潤在清晨的濕氣中。

雲厘找了個角落，將機器人放到地上，機器人長得並不好看，暗灰色的方正軀幹，兩隻黃色圓溜溜的眼睛，腦袋是白色的。

醜是醜了點，能動就行。

雲厘操縱手上的搖杆，機器人很遲鈍，往往需要她朝一個方向推個幾秒，才會緩慢爬動。

雲厘花了一整天的時間，也沒有讓機器人推著石頭動起來，直到午時的烈日偷偷露面，她去福利社買了個麵包，坐回操場上。

盯著這個蠢蠢的機器人，雲厘悶悶地啃著麵包。

她覺得難過，用手指彈了彈機器人的腦袋，抱怨道：「你怎麼這麼笨。」

後來，她鬱悶地盯著機器人，讓它從從半公尺遠的地方靠近石頭，她也蹲在地上，小心翼翼地跟在機器人後面。

北向的熱風如潮流撲到臉上，低頭時，雲厘的餘光瞥見旁邊出現一雙帆布鞋。

雲厘抬起頭，是個瘦高的男生，看起來有些眼熟，眸色和髮色偏褐色，五官柔和好看，雲厘一時有點看呆。

「不好意思打擾妳了。」男生笑著說，「就是我和我朋友——今天路過這裡，他有點害羞，沒過來。」

他指了指觀眾席那邊，遠遠的，汪洋般的藍色座椅中，一個男生孤零零地坐在那。

男生看著他們，雲厘只能分辨出對方膚色很白，卻看不清長相。

雲厘站起身。

「我們在這待了一天了，看見妳一直在玩這個機器人。」

雲厘在陌生人前有些害羞，但聽到他這麼說，本能地反應：「我不是玩，我是在訓練它！」

男生愣了下，突然笑了聲。

雲厘有些尷尬，問他：「為什麼笑？」

男生沒回答她，而是蹲下去端詳她的機器人：「這機器人還挺可愛的，是妳自己組的？」

雲厘沒吭聲，警惕地盯著他，生怕他不小心弄壞了自己的寶貝。

往前俯身的時候，男生的口袋裡滑出一張通行證，裝在透明卡套內，雲厘認出來是學校特地發放給西科大的學生的。

他是另外一支隊伍的隊長。

雲厘一時間不知怎麼應對。

男生見雲厘一直盯著自己的通行證，以為她好奇，隨手拿起給她看了一眼。

證件照處是張超人力霸王的圖片。

「……」

圖片擋住他的名字，只能看到一個淵字。

彼時雲厘還沒怎麼接觸過這個年齡段的男人，只覺得對方溫柔又叛逆，她瑟縮地退了一步，盯著他。

男生將小石頭撿起，起身扔到草地裡，一條弧線劃過，石頭便不見蹤影。他又從口袋裡掏出個小小的足球，上面用塗鴉畫了個笑臉，放在她的機器人面前，問她：「妳看，這樣是不是挺適合？」

雲厘一副狐疑的模樣。

男生後退了一步，和她說：「再試試。」

雲厘操作了下搖杆，那蠢了一上午的機器人往前移動兩步，要推足球的時候，突然又卡住不動了。

男生表情有點尷尬，問：「要不然我來試試？」

心裡糾結了好久，雲厘還是將操控器遞給對方。

溫和的午後，男生耐心地告訴她怎麼樣操作才容易控制機器人以及球的方向。

等能用機器人移動小足球後，雲厘露出他們見面後的第一個笑容。

「我要走了，我朋友還在等我。」男生柔和的五官暈在光線中，雲厘撿起那顆小足球，再望過去，男生已經跑遠，隱隱約約，後背上印著個「U」開頭的英文單詞。

雲厘瞪大眼睛。

「等——」

到嘴邊的呼喚停住，雲厘站在原處看著他們。

不知道什麼時候，觀眾席上，那個一直默默坐著的人到了操場門口，兩人差不多身高，穿著同樣的外套，背上的字母已經完全看不清了。

雲厘始終沒看清另外一個人的臉。

那麼草草的一次見面，被雲厘遺忘在光蔭中。後來她全身心放在自己的機器人上。在比賽中，雖然名次不高，但雲厘獲得了她第一座小獎盃。

那顆小足球被她放在獎盃旁，擺在房間的書架上。

第七章　機器人

雲匣回憶不起機器人被她放到哪去了。印象中，比賽結束當天，隊長讓他們將自己的機器人帶回家留作紀念，當時雲野抱著搖桿玩了好幾天，愛不釋手。

一時心血來潮，雲匣想重新搗鼓一下那個機器人。下班後，雲匣在租的房子裡乾巴巴地等到十點，時間一到立刻打了視訊電話給雲野。

雲野：『對方拒絕了您的通話請求。』

雲匣：『你為什麼掛我電話』

雲匣：『？？？』

另一邊的雲野此時揹著書包急匆匆地往校門口走，因為太清楚不理雲匣的後果，他在路上不忘回了一句，『我還在學校。』

刷校園卡出門的時候，手機震動一下，聊天畫面一個巨大的紅色圓圈：『訊息已送出，但被對方拒收了。』

雲野：「……」

深呼吸一口氣，被拉進了黑名單，雲野只能在另一個聊天軟體上回撥了視訊通話。畫面很暗，雲匣只見那張和自己一半像的臉塞到鏡頭前，滿是埋怨：「我還在學校。」

雲厘幽怨：『原來接我電話都要分場合。』

雲野：「……」

雲野：「周圍有人。」

雲厘睨他一眼，雲野急了：「我同學會以為妳是我女朋友。」

雲厘：？

確定周圍沒人後，雲野整個人才放鬆下來：「說吧什麼事情。」

雲厘切入正題：『你記得我高中時候參加的那個機器人足球賽嗎，後來我不是把機器人帶回家了。你回去幫我找找，讓媽找個時間幫我寄過來。』

雲野：「哦。」

雲野又問：「妳什麼時候回家？」

對於雲野的日常催歸，雲厘選擇漠視。

雲野沒有住宿舍，回家只要十分鐘不到的路程，到家後他直奔雲厘房間，將鏡頭翻轉。

雲厘看見自己熟悉的房間，雲野將抽屜一個個翻來覆去，大多是些陳年舊物，信件紙張已經舊得發黃。直到在最底下的抽屜找到了那個機器人。

這麼多年過去了，除了看起來鬆鬆垮垮，機器人倒是沒什麼變化。

「應該是這個吧？」

『嗯。』

「那我掛了。」雲野剛打算拉上抽屜，雲厘眼尖，注意到裡面有一個燙金的信封。

『那個藍色信封也一起寄來，還有獎盃旁邊那顆小足球。掛了。』

「等一下！」沒想到雲厘利用完人後就不留餘情，雲野沒控制住音量，他立馬將鏡頭轉回自己。

雲厘警惕：『我不和爸說話。』

雲野露出無語的表情，不安地用食指撓撓自己的額頭，「不是，妳把我從黑名單放出來。」

一大清早到公司，雲厘拿起杯子，打算到休息室裝杯水。

光線透過百葉窗投放到室內，並不明亮。空氣悶悶的，雲厘開了燈，才留意到空調正在低速運轉。

她腳步一頓，望向沙發，不出意外，那裡蜷著團黑影。

她立馬轉身將燈關掉。

猶豫了一下，她悄聲走到沙發旁，和上次見到的場面相似，傅識則縮著身體，枕在手臂上闔著眼。

毯子滑落在地上。

看起來是在EAW過夜。

傅識則蹙著眉，似乎在做噩夢，指尖偶爾會顫一顫。

盯著那個側臉，雲厘心跳漏了幾拍。她慢慢蹲下身體，撿起那個毯子，小心地幫他蓋上，生怕被他察覺到。

桌面上，他的手機忽然一震，打破了寧靜。

雲厘還俯著身子，此刻一僵，尚未直起，便看見眼前的人睜開眼睛。

他眸中還帶著點睡意。

雲厘身子一緊，剛想解釋自己為什麼在這裡。

傅識則又闔上眼睛，將毯子往上拉了拉，擋住半張臉。

她屏住呼吸，男人的睫毛密而黑。她直起身子，剛想離開休息室，又停下腳步。

盯著他看了好一陣子。

意識到自己在做什麼之後，雲厘紅著臉，慢吞吞地走出休息室。

剛出門，便在門口遇到要去另一個城市送資料的何佳夢。

「我先去休息室裝個水。」何佳夢看了手錶一眼，迅速說道，雲厘頓了下，脫口而出：「有人在睡覺……」

「啊——」何佳夢有些無奈，看到她的臉，不禁笑道：「閒雲老師，妳的臉怎麼紅成這樣？難道睡覺的那個是個大帥哥嗎？」

雲厘一窘：「只是休息室有點悶……」

何佳夢眨眨眼，笑咪咪道：「那我知道了。」

雲厘有口難辯，偏促道：「妳路上小心點，我先回辦公室了。」

「欸，閒雲老師，等一下。」何佳夢將雲厘拉到角落，小聲吐槽：「上次那個杜格菲居然來我們公司了，她爸媽好像是老闆爸媽的小學同學，沒想到這都能攀上關係。」

「哦……」雲厘配合地應了兩聲。

沒太將這件事情放在心上，直到回了座位後，雲厘發覺自己的位子上多了不少東西。不僅椅子上掛了件女士外套，桌面上淩亂放著水杯和口紅，桌底下還放了雙拖鞋。其他人還未上班，辦公室裡也已經沒有空的桌子了。

雲厘思忖著怎麼辦，門突然打開，杜格菲走了進來，見到雲厘她有些意外，但還是自來熟地揮手朝她打了聲招呼。

上次和杜格菲算是結下了梁子。現在在同一個部門，雲厘不想將關係搞僵，不自然地「嗯」了聲表示回應。

杜格菲直接坐到她的位子上。

「這是我的位子。」雲厘提醒她。

坐在椅子上的人沒動，拿出鏡子照了照自己的睫毛，一邊說：「昨天我來上班，他們說我們的實習時間不一樣，誰上班誰坐囉。」

雲厘還打算忍氣吞聲：「那時間撞了呢？」

「秦哥說妳人好，不會和我搶位子呢。」

「……」

秦哥應該指的是同部門的正式員工秦海豐，雲厘在第一天實習的時候見過。杜格菲自覺已經解決了這個問題，又說：「我沒動妳的東西，妳也不要動我的。」

雲厘意識到，不想把關係搞僵，似乎只是她一個人自作多情。

她的臉上已經沒表情了：「那妳還挺講規矩。」

「是呀。」杜格菲朝她眨眨眼，「對了，我記得那天妳面試的是技術部，怎麼妳和我一樣來了人事部？」

她露出誇張的疑惑，「還是說妳被刷了？」

雲厘：「……」

杜格菲接著說：「妳也別太難過，反正都是打工，沒這能力不吃這口飯。」

雲厘不想理她。

此時秦海豐來了，見到她們，笑咪咪道：「早啊，對了雲厘，菲菲也來這邊實習，妳們應該只有週五是一起來的，休息室也有位子，妳們看看怎麼分。」

「秦哥，厘厘人比較好，說把座位給我。」杜格菲的聲音軟了許多，看向雲厘，「對吧？」

沒想到雲厘完全不吃這套，直接道：「並沒有。」

「這是我的位子，妳讓一下。」雲厘毫無情緒，「語寧姐讓我坐這的，我的上司好像是語寧姐吧？」

平日裡，雲厘並不會這麼和別人爭執。但想起上次分別前，杜格菲對傅識則不屑的嘲諷，她心中升起極強的不悅。

「調整座位的話，還請讓我的上司通知我。」

言下之意，除了方語寧的話，其他的人她都不聽。

兩人原先認為雲厘老實好欺負。

杜格菲扁扁嘴，望向秦海豐。他沉著臉，沒想到雲厘會直接讓他下不了臺。

有些人骨子裡便是欺軟怕硬，秦海豐和雲厘對視了一下，訕訕道：「菲菲啊，沒想到新實習生這麼不講道理，我幫妳找個新座位。」

杜格菲不滿地望向雲厘，像是她才是那個罪人。

雲厘站在她旁邊，順著秦海豐的話，不客氣地回懟道：「把妳的東西收拾了再走，新實習生。」

等他們關上門，雲厘緊張的神經終於放鬆下來。

她也沒想到，在有秦海豐的在場情況下，她還能和上次一樣，穩定輸出。

好像只要事情和傅識則有關，她便能克服自己的怯弱，勇敢地邁出那一步。

傅識則進到徐青宋辦公室的時候，後者正雙手抱著後腦，悠哉悠哉地倚著人體工學椅。

走到他旁邊，傅識則拿了兩張面紙，擦拭著臉上的水珠。

徐青宋：「昨晚沒回去？」

「嗯。」傅識則應了聲，默不作聲地坐在沙發上。

瞥見他的神情，徐青宋笑道：「怎麼了？一副做噩夢的模樣？」

「……」

傅識則回想起夢裡的畫面。

女生俯身靠近他，離他很近，五官雖然不清晰，卻能判斷出來，是雲厘。

怎麼會夢見她。

他默了一下，模樣睏倦：「不算是噩夢。」

「夢見什麼了？」徐青宋托著下巴，輕敲桌面，「說來聽聽。」

見傅識則垂著眸，神色都不變一下，完全沒有說的欲望，徐青宋調侃道：「夢到女人了？」

傅識則手指一頓。

徐青宋瞅見，語氣中略帶點不可思議：「做春夢了？」

「……」

傅識則此刻百口莫辯，他頓了一下，沒有爭辯的欲望。他懶懶地抬抬眼，徐青宋識趣地不再逗他，只是笑。

這笑裡帶著深意。

「對了，我今早路過辦公室，秦海豐帶著杜格菲在搶雲匣的位子。」徐青宋頭疼地撫撫額：「我真是失敗，連位子都沒留夠。讓小何重新安排了。」

聞言，傅識則等著他的下文。

「只不過沒想到的是，雲厘還挺……」徐青宋思忖了一下，拖著調子說道：「凶的？兩個人完全沒占到她便宜啊。」

傅識則想像了下那個畫面，莫名的，他心情不錯地「嗯」了聲。

上午算是得罪了秦海豐，他今天一直沒給雲厘好臉色看，理所當然地對她呼來喝去，讓她四處幹活。

好不容易有喘息的機會，雲厘到休息室，打算倒杯熱水。門打開來。

傅識則走進來。

雲厘想起今早的偷看，不知不覺心跳加速，全身上下的每一處皮膚都試圖出賣她，滲著薄汗。

傅識則看了雲厘一眼，走到吧檯附近，舀了勺咖啡豆，便按了鍵，白襯衫搭西裝褲將修長的腿拉得筆直。

雲厘聽到咖啡豆碾碎的聲音。

咖啡機開始萃取後，傅識則微調了下杯子的位置，便倚著桌子，低頭看著出水口。

雲厘盯著傅識則的背影，直到出水聲停了，他拿著杯子要往外走，她才開口：「那個，咖啡挺香的。」

傅識則停住腳步，側頭看她：「妳也要？」

雲厘愣了一下，不知怎地，點了點頭。

覺得自己的行為太唐突，她又問道：「可以嗎？」

「嗯。」

傅識則將杯子放回吧檯，拿了個紙杯。

「要加糖嗎？」

雲厘很少喝咖啡，她走到他身邊，問道：「你喜歡加糖嗎？」

傅識則：「不喜歡。」

雲厘踟躕一下，小聲道：「那我也不喜歡。」

「……」

察覺到他的視線，雲厘連忙解釋：「是真的不喜歡。」

傅識則「嗯」了聲，將咖啡遞給雲厘，溫熱透過手掌傳遞到她胸口，她掩住心裡的喜悅：「謝謝。」

她喝了一口，液體剛入口的瞬間，極濃的苦味便讓雲厘皺緊了眉頭。

他喜歡喝這麼苦的東西嗎？

傅識則也慢悠悠地拿起咖啡喝了口，若有似無地瞥了雲厘兩眼。見她抿著雙唇，眉頭緊鎖，還打腫臉充胖子地繼續喝了幾口。

實在受不了了，雲厘說道：「我加點糖。」

傅識則重複她剛才的話：「真的不喜歡糖。」

「……」

話雖這麼說，他還是遞了兩包砂糖給她。雲厘硬著頭皮道：「我體驗一下不同的風味。」

攪拌棒在杯子裡轉了一圈又一圈。雲厘抱著杯子，聽到關門聲。

想到方才傅識則安靜幫給她做咖啡的模樣，她不禁揚起唇角。

說是兩個人一起拿飯，傅識則卻沒有通知她。

雲厘去了個洗手間回來，發現便當已經放到休息室的桌上，桌子旁邊坐滿了人，雲厘進去沒幾秒就退了出來。

秦海豐在吃飯時間讓她送資料給方語寧，等她回到休息室，袋子裡只剩最後一份便當了，已經徹底涼透。

就這麼招惹了秦海豐，雲厘心情不佳，坐在桌子前發了好久的呆，直到有人推開休息室的門。

兩人的視線都落到最後一份便當上。

傅識則率先開口：「吃了？」

雲厘猶豫一下，說：「吃過了，你呢？」

傅識則安靜片刻，也說：「吃過了。」

「……」

兩人又沉默了數十秒，雲厘有點懷疑：「那你進來，是有什麼事情嗎？」

「……煮一杯咖啡。」

和他說的一樣，他走到吧檯幫自己煮了杯咖啡，接著便開門離開。

原先雲厘以為傅識則沒有吃午飯，想把這個便當留給對方。她心中隱隱有感覺，傅識則是不可能在知道她沒吃飯的前提下拿走這個便當的。

肚子都餓得咕咕叫了，也不知道自己逞什麼強。

望著桌面的便當，雲厘咽了咽口水。

往門口瞟幾眼，雲厘將便當放進吧檯上的微波爐，房間裡響起微波爐工作時爐腔發出的嗡嗡聲，沒多久叮的一聲，微波爐的燈光熄滅。

便當拿出來後，表面冒著熱氣，有些燙手。雲厘打開一看，是西式簡餐，兩塊長排骨一個荷包蛋和一份沙拉青菜。

雲厘做賊般抱起便當，先往休息室外看了一眼，確定沒人之後才出去。

擔心傅識則折返，雲厘不敢留在休息室吃。她並不想在已經和傅識則說自己「吃過了」的情況下，又被對方發現自己打開了便當繼續吃。

雲厘坐下後把便當放到腿上，打開蓋子，將菜夾到單獨配的米飯盒上，味道居然還不錯。

吃到一半，雲厘看見從轉角處走過來的傅識則，手裡拿著個紙袋裝的麵包，慢慢地吃著。

視線對上的一剎那。

雲厘沒反應過來，這，剛才傅識則不是說他吃過了？

傅識則並不避諱，直接走到她旁邊，隔了半公尺坐下。

旁邊傳來窸窣的塑膠袋摩擦的聲音，她尷尬地吃著便當，過了一下，才底氣不足地說道：「我今天比較餓，多吃一份……」

互相被抓包了。雲厘還強逞著，模樣帶點笨拙，傅識則不自覺地微勾唇角，連自己都未意識到。

他隨手放了杯熱飲在她旁邊。

雲厘訝異地回過頭，傅識則正在喝咖啡，仰頭時，日光滿溢在他眼窩中，他語氣如常：「送的。」

晚上回家後，雲厘癱倒在床上，沒來得及和鄧初琦吐槽今天的事情，便沉沉睡去。

也許是因為工作不太順利，再加上換季，次日醒來，雲厘迎來了自己在南蕪的第一場重感冒。

週末兩天，雲厘都用被子把自己捲起來，昏天暗地地睡覺。

偶爾會想起那天午後，暖洋洋的日光中，傅識則吐出的那兩個字。也許是因為後來的加工和美化，逐漸變成了，他柔和地說出「送給妳」三個字。

鄧初琦和她講電話時聽到她講話時的鼻音和跳躍的邏輯，還沒來得及收拾家裡的殘羹冷炙，便衝去超市買了一堆菜，大包小包地來七里香都照顧她。

裹著被子去開門的時候，雲厘只露出一張閉著眼的臉，迷迷糊糊。

「妳跟鄧初琦長得好像。」

「……」

開完門後人像條毛毛蟲縮到沙發上。

鄧初琦將東西放到冰箱裡，收拾了屋子。

清理電腦桌的垃圾時，印表機出口放著張照片，鄧初琦震驚地拿著衝到雲厘跟前：「我靠，你們連合照都有了？」

雲厘闔著眼，將合照接過塞到沙發的夾縫裡，連呼吸的頻率都未變。

「……」

兩天過去，雲厘的燒退了點，卻依舊嗜睡。

週日晚上臨走前，鄧初琦特地熬了一大鍋粥放在冷藏櫃裡，叮囑她用微波爐叮一下就能吃。

「妳就不能照顧好自己。」鄧初琦心裡有些難受，用額頭貼了貼雲厘的，已經沒有最開始燙了。

雲厘嘴裡喃喃，她湊過去，只聽清幾個字。

「我要當媽媽……」

「……」

鄧初琦表情怪異：「幫妳找了那麼多機會，妳不配合，這時候燒成這樣卻想著給傅識則生孩子？」

幫她掖了掖被子，鄧初琦才離開。

週一清晨，鬧鐘響了十幾分鐘，雲厘才昏昏沉沉地醒過來。房間裡光線暗淡，雲厘忍著頭痛開了燈。

用體溫計量了量，體溫已經降到了三十七點五度。

鄧初琦走了之後她便沒吃過東西，此時肚子已經咕咕作響。

盛了碗白粥熱了熱，雲厘坐到桌前，喝了兩口熱乎的東西，四肢才恢復了點力氣。

今天還要上班。

雲厘和方語寧商量過，一週去兩天半，比正常的實習生少半天。

研究生畢業只有二十幾個學分的要求，這學期修了一半，雲厘特地將課程集中在週二到週四，晚課排到了晚上九點，因此這三個月她固定週一，週三上午和週五去EAW上班，週二到週四幾乎全天滿課。

『妳今天不用去實習吧？學校裡的課也直接翹了吧。』鄧初琦傳了語音。

在EAW只實習了兩天的雲厘內心掙扎了一下，還是不太願意請假。

燒已經退下來了，不想讓鄧初琦擔心，雲厘撒了個謊：「嗯嗯，都聽老大的。」

渾渾噩噩地在公司待了一整天，午睡時有些受涼，雲厘明顯感覺到感冒又加重了。

接近下班時間，秦海豐拿著幾份文件，讓她處理一下，今晚交給他。

聽何佳夢說過部門正常不加班，雲厘回憶了下，才想起秦海豐還在沒完沒了地針對她。

此時雲厘腦袋亂成漿糊。

想說些什麼，喉嚨撕裂般發疼，她只好點點頭坐下。

都是一些雞毛蒜皮的工作，看起來並不著急，讓她核對過去兩週的採購單、入庫單是否一致。雲厘乖乖地抱著杯熱水一個個核對，也沒注意時間過了多久。

雲厘想起小時候發著燒寫作業，似乎有些滑稽，長大了以後還要發著燒加班。

秦海豐一直沒回去，坐在位子前專心致志地盯著螢幕。

雲厘想：至少他還願意一起加班……

後來秦海豐去洗手間了，好一段時間沒回來，雲厘去休息室裝水，卻看見他的螢幕上五光十色，開著遊戲畫面。

「……」

雲厘不會動別人的東西，但這次，她用滑鼠，點擊了個人主頁裡的登錄時間，是今天下午五點半，現在已經八點了。

辦公室裡寂靜得荒蕪。

雲厘坐在位子上，鼻子已經澈底堵住了，眼睛有些發酸。

秦海豐回來後，哼著歌坐回位子上，又裝模作樣地盯著螢幕。

雲厘低著頭，不自覺地捏緊了資料夾，她不願意這麼被人欺負。鼓了半天勇氣，她剛想起身，看見門被人無聲無息地打開。

她瞥見那個熟悉的身影。

傅識則站在秦海豐身後，像堵背景牆一般毫無聲音。

此刻秦海豐剛出了大絕，心裡正激動著，身後冷不防冒出個清冷的聲音：「好玩嗎？」

秦海豐被這聲音嚇了一大跳，以為是徐青宋來查崗，慌忙地點了右上角的叉叉。遊戲沒有如他所願關閉，螢幕正中央彈出一個視窗。

『您還有遊戲正在進行，此刻退出可能……』

這一下秦海豐覺得關也來不及，只好訕訕地笑著，轉過頭。

看清楚來人後他的笑容逐漸僵滯。

傅識則垂眼看他：「不繼續嗎？」

秦海豐臉色緊繃，壓低聲音：「你別多管閒事。」

傅識則像是沒聽到一樣，流暢地解鎖手機，也不管秦海豐什麼表情，對著他的臉和身後還顯示著遊戲畫面的螢幕拍了張照。

還故意似的沒關聲音，辦公室內清脆的「咔嚓」一聲。

傅識則打開聊天軟體，將手機螢幕轉向秦海豐，「傳群組裡？」

秦海豐沉著臉，一言不發。

纖長的手指在螢幕上滑了滑，傅識則又問：「傳哪些組？」

這就像一個人被現場取證，判處了極刑，執行者還歪著腦袋問他，你想要怎麼死？也可能是，你想要死幾次？

秦海豐表情一滯，老老實實地坐回椅子上，打開辦公文件。

傅識則瞟了雲厘一眼，不輕不重道：「走吧。」

雲厘好一下子才反應過來他在和自己說話，聲音沙啞道：「工作還沒完成。」

「你休息了幾個小時了。」傅識則沒直接回應她的話，而是和秦海豐說道：「不是輪班嗎？」

被捏住了把柄，秦海豐語氣僵硬道：「是的，小雲妳先走吧。」

傅識則言簡意賅：「收拾東西。」

聞言，雲厘將檔案整理好遞給秦海豐，揹起包便跟在傅識則身旁。他拉開門，等她走出門，才緩慢跟上。

雲厘含糊道：「我想先去一下休息間。」

傅識則問：「妳感冒了？」

雲厘沒意識到自己鼻音已經重到聽不出原本的聲音，「有一點點，我多喝熱水就好了。」

雲厘啞著聲音地問他：「你怎麼知道？」

「夏從聲打的電話。」

「噢，那夏夏……」

「妳的朋友鄧初琦，說妳重感冒，在家睡覺，一直沒回訊息，」傅識則意味深長地看她一眼，「可能休克了。」
「……」
雲厘拿出手機一看，幾個小時沒回訊息。
一開始鄧初琦以為她在睡覺，加班到一半，見還是沒有回音就慌了。
雲厘：「你沒有和她說……」我來公司了吧……
傅識則：「不用我說。」
雲厘：？
傅識則直接給她看他和傅正初的聊天記錄。
『小舅！老姐打電話給我說厘厘姐發燒了一直沒回訊息！』
『我已經在厘厘姐家門口了，敲了好久都沒人應。』
『小舅厘厘姐不會有事吧（哭）（哭）。』
『厘厘姐現在不知道怎麼樣了，我找不到這邊的管理員。』
『我請了開鎖公司了馬上就來！』
最後的訊息大概在兩分鐘前。
『厘厘姐不在家，她怎麼發燒了都不在家待著。』
『小舅，我這算不算非法入室（哭）。』
『我還掀開了厘厘姐的被子，她會不會覺得我是變態？』
『你不要告訴厘厘姐！』

傅識則回了一個字：『好。』

「……」

雲厘沒想到加個班，自己的門鎖直接被撬開了。看訊息的空檔，傅正初又傳了訊息：『小舅，厘厘姐會不會暈倒在路上了，我們要不要報警啊？』

生怕發酵成全城員警出動，雲厘：「你和他說！」

眼前的女生因為發燒雙頰異常的粉紅，著急起來說話結結巴巴，傅識則垂眼，問：「說什麼？」

「就、就說我們在一起了……」

傅識則：？

這話的內容也是古怪。

雲厘擔心傅識則不同意替她打掩護，讓鄧初琦知道自己在公司必然會生氣，便主動朝他伸手。

雲厘有些緊張：「你、你手機給我。」

傅識則看著她，不說什麼，把手機遞了過去。

手機默認九宮格輸入法，發燒再加上用不習慣，雲厘打字都打不好。

花了一兩分鐘，她才把手機還回去。

傅識則看了一眼。

『在我這，我會把她帶回家。』

『懂了，小舅。』

「……」

傅識則主動開了口：「我去拿車鑰匙，送妳回去。」

科技城就在七里香都對面，雲厘感冒至今還沒到外面走走，便搖了搖頭，和他說道：「我想去走一走。」

第一份實習就被老同事針對，雲厘心裡不舒服，想著去外面透透氣會好一點。

傅識則沒堅持，去房間拿了外套，跟在雲厘後頭。

一路上，燈火熠熠，南風簌簌，廣場上人影熙攘。

今天廣場上恰好有兒童集市，擺了三排攤位，復古的暖色燈泡纏在攤架上。

雲厘盯著集市密集的燈光，說：「我想進去看看。」

傅識則點點頭。

裡面攤位販賣的種類不少，其中有一個賣的是燈光玩具。

雲厘路過的時候，停下來看了看。冷清了一個晚上的老闆見到有客人，連忙起身招呼。

「帥哥美女看看需要什麼？」

雲厘搖了搖頭，這些燈光玩具只適合小孩子玩。

不知道是不是讀出雲厘的嫌棄，老闆喚了兩聲「等一下」，神祕兮兮地從攤子底下拿出個紅布裹著的袋子，打開給他們看。

裡面裝著一盒盒粉紅色的「仙女煙火棒」。

「十五一盒。」老闆察言觀色，見雲厘表情輕微的變化，立馬和傅識則說，「帥哥買一盒送給美女？我們這小攤的仙女煙火棒就是拿來配仙女的。」

還拍了一溜馬屁，雲厘尷尬地擺擺手，讓他不要再說下去。

老闆灰溜溜地想把袋子放回去，雲厘則止住他：「老闆，還是要一盒。」

雲厘快速地付了錢。

相當於是幫忙，傅識則才會送她回去，雲厘不好意思再麻煩他，乾巴巴道：「你想玩嗎？這個還蠻好玩，雖然我身體不太舒服，但可以陪你玩一下……」

「……」

傅識則自己先邁開腳步，雲厘跟上。穿出集市後，他停在廣場的噴泉旁，找了塊乾淨的地方坐下。

雲厘：「可以在這玩嗎？」

傅識則：「嗯。」

拆開盒子，裡面整齊地放著六根仙女棒，結構很簡單，一根十幾公分的鐵絲，上面裹了淺灰色的火藥。

雲厘拿了一根出來。

她也不記得上一次玩煙火是什麼時候了。

小時候的煙火大多是響聲特別大的地炮，後來城市管控嚴格，小攤小販不允許公開售賣煙火，所以剛才的小攤老闆才將仙女棒藏起來。

「我小時候，有一年中秋節花了大半年的存款買了很多煙火，帶著我弟弟去玩。」雲厘旋轉著手裡的仙女棒，不好意思地笑笑。

「後來都被警察叔叔收了，我弟還一直哭。」

警察當時說他們身上攜帶著極其危險的玩具。

那時候雲野才六歲，抱著警察的腿大哭說這都是姐姐存下的錢，如果他們收走了，她會很傷心。

雲厘當時以為兩人犯下了彌天大錯，顫巍巍地把雲野拽回去，還好當時警察態度很好，笑嘻嘻地祝他們中秋快樂。

回想起來，雲厘感嘆：「不知道他們當時怎麼處理的……那麼多煙火也不太安全。」

傅識則原先拿了根菸，頓了下又收了回去，淡淡道：「他們自己拿去玩了。」

雲厘：「……」

雲厘：「可以借一下你的打火機嗎？」

傅識則「嗯」了聲，招呼雲厘過去。

和印象中不同，此刻傅識則坐在噴泉旁的石磚上，白襯衫皺巴巴的，外面罩著一層黑色風衣。看起來有點不良青年的感覺。

再加上他那張臉，看人時冷冰冰的。

雲厘走到離他半步遠。

傅識則：「靠近點。」

這話讓雲厘想起之前飯桌上傅識則湊近她耳朵說話的事情，不禁有些臉紅，慢吞吞地往傅識則那挪步。

「……」

見雲厘誤解自己的意思，傅識則又說了句：「仙女棒。」

雲厘反應過來，窘迫地將手靠過去。

傅識則從口袋裡拿出打火機，拇指摩挲兩下點火靠近仙女棒，搖曳的火光在風中顫抖。前幾次沒點著，傅識則便直接接過仙女棒。火光平穩地移動過去，幾根光絲向外濺射，然後是密密麻麻像毛球絨毛一樣的光絲。

橘黃的光照亮他一部分輪廓。

雲厘怔怔地看著傅識則。

他輕輕發了聲鼻音，將這團光絲朝她的方向遞了遞，示意她用手接著。

光絲倒映在他的眼中，還有她的影子。

用手接過，光絲像在她的手中跳躍，時刻都在變化。

「還挺好看。」雲厘傻乎乎地揮動著仙女棒，餘影在夜空中留下痕跡。

畫了幾個形狀，雲厘剛打算給傅識則展示半空畫象，光點卻突然消失了。

沒想到一根仙女棒燃不了多久，她有些尷尬地摸摸鼻子，說：「我本來馬上要成為一個大畫家的。」

「再試試。」傅識則從盒子裡再拿了一根，點燃後遞給她。

手在空中瞎畫著圖案，雲厘的注意力集中在傅識則心不在焉的表情上。也不知道是不是他覺得無聊，雲厘不禁找話題：「你以前玩過這個嗎？」

傅識則像是剛收回神：「嗯，和我朋友。」

雲厘：「是徐總嗎？」

傅識則：「不是。」

兩個人又恢復沉寂，傅識則起了身，往不遠處走了幾步，半靠著樹幹。

他也沒做別的事，等雲厘手裡的仙女棒熄滅了就再點一根遞給她，其餘時刻就像個影子毫無聲息。

雲厘：「我唯一的童年玩伴是我弟……」想起自己和雲野無常的相處模式，她自己又覺得有些好笑。

傅識則沒有講話。

雲厘回過頭時，發覺他站在樹底下，陰影擋住了半邊臉。

意識到他的情緒並不高漲，雲厘也自覺地沒有說話。

送她到樓下後，傅識則朝她點點頭，便轉身離去。

盯著他的背影看了很久。

如果說上一秒，雲厘還覺得置身於溫暖的泉水，下一秒就像是又回到了冰山雪地。

雲厘仔細想想今天的對話，沒有找到什麼線索。

回去後，雲厘的燒還是反反覆覆，這次她不敢逞強了，請了幾天的病假。鄧初琦打算去探望她，怕她一個人無聊，便叫上夏從聲幾人到雲厘家煮火鍋。

兩人下班後從公司直接過來，距離更近的傅識則和傅正初去商場採購食材，到七里香都的時候已經六點了。

傅正初提著一大堆東西哼哧哼哧衝進門，見到雲厘後從袋子裡拿出盒巧克力：「厘厘姐，上次撬門是意外，妳不要放在心上。」

鄧初琦不禁調侃道：「看來大學不好讀啊，幾天不見，居然幹起違法的勾當了。」

傅正初厚著臉皮說：「沒有沒有，小舅教我的。」

傅識則：「……」

「還好是傅正初撬的，我連門鎖都不用換。」雲厘心情很好，提了提唇角，「不過還是謝謝你，這麼大費周章地幫忙。」

傅正初接受不了其他人嚴肅的道謝，難得害羞地笑了笑。

「不過厘厘姐，妳這次感冒怎麼這麼嚴重，沒問題嗎？」

夏從聲附和道：「對啊厘厘，不過都說傻子不會感冒，我看我弟已經快十年沒感冒過了，像小舅舅就經常生病，半個月前也重感冒一次對吧。」

話題轉移到傅識則身上，他不是很在意地點點頭。

他的身體看起來確實不太好，望過去雙眼倦意滿滿，總會讓人覺得長期缺乏睡眠。

首次造訪，幾個人都帶了禮物給雲厘，傅識則帶的是兩瓶精緻的氣泡酒，瓶頸處綁著深紅色的小領結。

傅正初嘖嘖兩聲：「老一輩的人就是不一樣，喜歡喝酒……」他頓了一下，「感覺有一點放蕩。」

「……」

看似攻擊的話並沒有影響到傅識則，和上次告別的時候相比，他今天心情似乎好了很多。提心吊膽了兩三天，雲厘總算放下心了。

鄧初琦清點了下，肉片、蔬菜、丸子、豆製品和火鍋鍋底都買齊了，清洗下菜品就可以了。

廚房空間有限，鄧初琦和夏從聲在裡頭洗東西。另外三個人坐在客廳擇菜。

兩個大男人沒做過飯，買菜的時候沒想太多，挑了工作量最大的空心菜和四季豆。分了工後，傅識則將兩籃青菜放到桌上，看向雲厘：「會弄嗎？」

雲厘點點頭。

傅識則將籃子往她的方向推了推：「教一下。」

「噢……」

認識至今，雲厘總覺得憑藉傅識則的智商，不可能有不會的東西。

這時被他盯著，雲厘示範起來都不是那麼理直氣壯：「把頭掰掉，然後分成合適長度的幾段。」

傅識則重複了雲厘的動作，問她：「對嗎？」

見雲厘點點頭，他便窩進沙發，將菜籃放在腿上，一根根慢慢地擇著。

家裡開了暖氣，過一下，他覺得有些熱，直起身子脫掉了外套，轉身找地方放。

見狀，雲厘站起身：「我幫你找個地方放。」

傅識則「嗯」了聲，繼續低著頭擇菜。

客廳沒有多餘的位置，雲厘把外套拿到房間，找了個衣架掛起來。

是上次那件風衣外套，雲厘稍微靠近了點，衣服上淡淡的菸草味和柑橘味，應該是洗衣精的味道。

剛準備掛到門口，雲厘轉念一想，將自己的外套和傅識則的疊在一起。

就好像，從一開始，它們就是在一起的。

鍋底煮開了，幾人圍在桌旁。

傅正初用開瓶器把氣泡酒打開，幫鄧初琦和自己各倒了一杯。傅識則和夏從聲要開車，雲厘感冒，都不能喝。

傅正初：「小舅你看你這禮物送的。」

雲厘笑笑：「也算幫我招待你們了。」

「厘厘，我剛剛看妳的廚房，感覺妳這什麼炊具都有。」夏從聲邊吃邊說，「熱油鍋、煎蛋鍋，甚至做厚蛋燒的鍋都有。」

雲厘說：「美食影音創作者什麼都要有，不過有些是以前買的，我讓我媽寄過來給我的。」

傅正初問道：「那妳怎麼會想要去做美食類的，厘厘姐長得好看，感覺也應該做美妝類的。」

雲厘想了一下，「其實我比較笨，所以每次做東西都會一遍一遍做到自己覺得完美為止。」而後有些不好意思地說：「後來我弟就說我做得這麼好看，乾脆錄影片傳到網路上。」

她看向傅識則：「你們想學擇菜的話，我也出一個影片。」

「……」

考慮到雲厘是個病人，飯後幾人沒讓雲厘收拾。鄧初琦和夏從聲把桌面收拾了一下，把碗放到水池處讓舅甥倆去洗。

傅識則走到廚房，傅正初也走了過去，一隻手搭在傅識則的肩膀上：「小舅，他們讓我們兩個一起洗碗欸。」

「這樣顯得、顯得，」傅正初頓了一下，暈乎乎地說道：「顯得我們很恩愛的樣子。」

傅識則：「……」

在客廳的三人：？？？

鄧初琦嘆道：「夏夏，妳弟好像喝醉了。」她拿起剛剛氣泡酒的空瓶看，說道：「這酒居然有十四度，我都沒喝出來。」

夏從聲：「……」

擔心傅正初傷到自己，雲厘走到廚房去，想把他喊出來：「傅正初，你來客廳坐一下吧。」

傅正初想都不想就拒絕道：「不行，我要和小舅一起洗碗。」

雲厘無奈道：「小舅不洗了，你也跟他一起出去。」

傅正初堅持留在廚房：「小舅也不洗碗了，最後只留下我一個人，小舅也靠不住。」

「……」

夏從聲忍不住了：「小舅你幫我一起把他拉出去。」

傅正初：「你們怎麼強迫我呢！」他雖有些醉，但動作並不強硬。半推半就地被拉出了廚房。

鄧初琦說：「你們看著他吧，我去洗碗就好。」

雲厘連忙道：「不用了，放在那就好了。」

鄧初琦撇嘴道：「說什麼呢，還能讓妳動手嗎？」

兩人還在說話，沒注意到傅正初又跑進了廚房，和傅識則開始嘮叨：「小舅，我之前交過的女朋友，有兩個見了你以後，和我分手了。」

傅識則：「……」

喝了一晚上酒，終於到了勁爆的時候，鄧初琦本身也喝了點酒，這時顧不上雲厘，直接湊到廚房門口：「你小舅搶了你女朋友？」

「也不是，她們說，」傅正初有點惆悵，「怕自己不夠堅定，以後忍不住。」

「……」

「沒有自知之明，小舅不會喜歡她們的。」

「……」

注意到雲厘的目光，傅正初繼續說，「你們不信我嗎？可以問小舅，小舅，你說，你是不是喜歡，」傅正初的思緒有些混亂，「男人？」

傅識則已經習慣了，語調淡淡：「自己找個地方躺。」

傅正初繼續說：「你先告訴我，你喜歡女人還是男人？」

傅識則洗著碗，充耳不聞。

酒勁上頭了，傅識則沒打算縱容他，直到幾人離開，傅正初都在旁邊來回數小學時候學校暗戀傅識則的女生數字，接著開始數傅識則的獎狀數量。

臨走前，雲厘將傅識則的外套拿出來，他隨便套了一下。

「厘厘姐，我說，妳好看。」衣服還沒穿上，傅識則直接架住往厘厘的方向撲的傅正初，將他往外拽。

將傅正初推出門外，他還嘗試著透過門縫和雲厘講話，傅識則擋住他，縫隙中只露出他半張側臉，頭髮被傅正初抓得凌亂。

他眼瞼低垂，輕聲道：「早日康復。」

便拉上了門。

幾人離去後，屋子裡安靜了許多。雲厘刷牙的時候拿出手機，打開和傅識則的聊天室，輸入，『你們到家了嘛？』

想了想，她又將句子刪掉。

還是算了。

翌日，楊芳寄的包裹到了。快遞封得嚴嚴實實的，雲厘用美術刀割了一段時間，才成功將它打開。機器人和信封都用舊報紙裹了很多層。

將近兩個月沒回家了。

想起母親楊芳，幫她打包的時候生怕碰壞了什麼讓她不開心，雲厘覺得不應該因為拗氣離家這麼久。

花了好一段時間，雲厘做了一期改造修復這個機器人的影片。這個影片上傳出去，不知為何上了平臺推薦，播放量當天就破了百萬。

修理機器人，並沒有什麼多難的操作，只換了個零件就好了。但她還是因此特別驕傲，在房間裡嘗試著爬了了一段，時間太久了，雲厘已經不太會操控。

跑到樓下的草地，剛擺好攝影機，開始控制。

機器人顫顫巍巍地移動，猶如一隻笨重的河馬，東倒倒西倒倒。

不到三秒。

一個白色的身影飛奔過來。

眨眼一瞬，直接將機器人前的足球叼走了。

機器人順勢倒到了地上。

影片的最後是雲厘追狗奪球的全過程，鏡頭前的機器人還在張牙舞爪，似乎在嘗試爬起來。

球搶回來了，人也狼狽得很。

雲厘這個影片，雖然自己標註的是科技和手工類影片，但對外大家一致認為這是個搞笑影片。

鄧初琦週末來找她，看到這個影片的第一個反應就是：「厘厘，這個機器人有點像妳欸。」

物隨主人，這話不無道理。機器人看久了，雲厘對它也產生了別樣的情感。

「欸，妳看到夏從聲的動態了嗎？他們今天好像有家庭聚會。」鄧初琦在陽臺大聲道，「他們家真的超級……」

雲厘等著下一句。

「超他媽人多。」

「……」

雲厘打開動態一看，夏從聲的動態發了沒多久，是張大合照。

照片裡有二十多人，背景是素色的磨砂牆，所有人都穿著禮服。傅識則站在中間，打著領帶，落肩恰如其分，凝視著鏡頭，坐在他前方的兩位中年男女與他五官有幾分相似。

夏從聲的照片配了文：『今年舅姥姥說生日要洋氣點。』

見這站位，今晚應該是傅識則母親的生日。

雲厘：「看起來好嚴肅。」

鄧初琦：「夏夏和我提起過，說傅識則的父母都是西科大的教授，兩個老人很喜歡玩，看起來比傅識則更像二十歲的。」

「……」

見雲厘還盯著照片，她笑嘻嘻道：「書香門第，結了婚公公婆婆都講道理，認真考慮一下。」

「別胡說。」雲厘瞅她一眼，猶豫了好久，才把照片放大。

「妳看旁邊這個女生，離夏夏小舅是不是有點近？」

照片中，傅識則左側站著徐青宋，右側站了個長髮的女生，眉目清秀，可以看見她的手臂貼著傅識則的。

仔細看了一下，鄧初琦認出照片上的人：「夏夏以前提過好幾次，他們一起練琴，也是傅識則外甥女。妳不要想太多，夏夏說過她小舅乾淨得很，平時都和男孩子玩。」

「和男孩子玩？」

雲厘重複了一遍，覺得這也不是個好的徵兆。

「林晚音我也見過啊，就高高瘦瘦的，說起話來像沒吃飯一樣。」能聽出來鄧初琦對女生的評價並不高，她並不想繼續這個話題。

這個名字直接觸動了雲厘敏感地帶。

她一直記得這個名字，也記得那一百多則未讀訊息。

雲厘忍不住說：「上次夏夏小舅的手機，我不小心看到了。她傳了一百多則訊息給他。」

鄧初琦沒懂：「誰給誰？」

「就是這個林晚音傳給夏夏小舅，不過都是未讀狀態……」

「那妳更加放心了，妳看，夏夏小舅連看她訊息的興趣都沒有。」

「……」

鄧初琦挑眉，受不了雲厘磨磨蹭蹭的，直接地說：「厘厘，上週末我來照顧妳，妳和我說，想給傳識則生孩子。」

雲厘：「……」

她震驚地漲紅了臉：「怎麼可能！」

「妳不喜歡夏夏小舅嗎？如果不喜歡的話，說不定夏夏小舅就和林晚音生孩子了。」

話音一落，雲厘差點站起身：「那怎麼行，那是亂倫！」

鄧初琦無語：「林晚音傳了一百多則訊息，之前說不定還傳了上萬則，妳開手機數數，妳傳了幾則？」

「我傳了，他也可能不回我。」雲厘訥訥道，聲音越來越小，「我之前和他要聯絡方式，他沒給我嘛……」

「那是以前，不代表以後。」鄧初琦開導她，「而且厘厘，我沒猜錯吧，妳是不是從要聯絡方式的時候開始，就一直喜歡他？」

雲厘沒有說話，低著頭，把玩手裡的小足球。

「妳有和他表露過嗎？」

雲厘搖了搖頭。

「妳覺得他知道嗎？」

雲厘還是搖了搖頭，「他好像把我看成和傅正初一樣的小輩，對我挺正常的。」

想起那未回覆的一百多則訊息，雲厘悶悶道：「如果知道了，可能就再也不會理我了。」

清楚雲厘的性格，鄧初琦有些不忍：「妳有主動一點嗎？」

雲厘立刻說「我有啊。」

「妳怎麼主動的，自己說說看。」

「我和他說話了……」

「然後呢？」

「就是，說話了……」

「……」

覺得雲厘這性格沒有希望，鄧初琦開始勸退：「算了，要不然我們還是早點放棄，其實夏夏小舅也沒什麼好的，除了臉看得過去，家境好點。」

「而且，他脾氣也不算好吧？天天冷著一張臉，妳對著他不敢說話，搞得兩個人跟演默劇似的。」

剛說完，她就看見雲厘盯著她，不太開心的樣子，「他只是不愛說話，妳不能像剛才那樣說他，他是一個很好的人。」

鄧初琦愣住了，想了半天，不知道傅識則清心寡欲、冷若冰霜的臉怎麼和這個詞對應上的。

「厘厘，妳有沒有可能，」怕傷害到她的感情，鄧初琦用詞謹慎了點，「只是被他的臉吸引了？臉看著看著就膩了，兩人在一起還是脾氣最重要。」

雲厘搖搖頭，說：「如果是傅識則的臉，我能看一輩子。」

鄧初琦：「如果這張臉，以後都只能被別的女人看了，妳能接受嗎？」

雲厘想起那天晚上傅識則坐在一旁默然地看她玩仙女棒。

想到類似的場景發生在他和別的女人之間，雲厘只覺得呼吸直接被掐斷了。

她看向鄧初琦，思索了一下，問：「那妳覺得，我應該追他嗎？」

鄧初琦肯定地點點頭。

「那妳覺得，我成功的機率高嗎？」

鄧初琦點點頭，「應該能有百分之零點一。」

「……」

雲厘只有被追的經歷。大學的時候有男生向她表示過好感，買小禮物送她、約她出去玩，她都拒絕了。

雲厘沒有發展的念頭，也不喜歡跟不熟的人待在一起，幾段被追經歷都留下了不好的回憶。

鄧初琦是個花花腸子，男人愛她她就談，男人不愛她就換，也沒辦法給雲厘什麼建議。兩人上網查了很多資料，大多數給的建議是撩完就跑——不要太直接，多創造點機會，等對方喜歡上自己了，再戳破這層紙。

雲厘也能想像，如果她現在和傅識則告白了，他的反應，大概會直接拒絕，以後都減少接觸。

快要九點，鄧初琦要離開了，走之前，她問雲厘要不要打個電話給夏從聲，他們可能還在傅識則家裡。

雲厘的首要反應是拒絕，但在鄧初琦的眼神下，只好點點頭。

打電話前，雲厘整理了自己的髮型。這一次和以往不同，相當於是下定決心追傅識則的第一個嘗試，電話聲響起的時候，雲厘胸口起起伏伏，腦海中閃過未來無數失敗的可能性。

在她掛掉電話前，傅正初接了。

能看出來，傅正初所在的背景和照片裡的風格類似，應該還沒回去。

『琦琦姐，我姐手機在我這，我不知道她人去哪了。』傅正初起身朝四周看了看，又回到鏡頭前。

「你們還在吃飯嗎？那邊看起來很熱鬧嘛。」鄧初琦敷衍地說了兩句。

傅正初開始和她們講今天的飯局，沒兩分鐘，鄧初琦打斷他，問：「有誰？」

『小舅和青宋哥都在，噢，妳們要不要和他們打聲招呼。』說完後傅正初起身，沒看鏡頭，看起來是在往樓上走。

鄧初琦推了推手機，將大部分畫面留給雲厘。

傅正初上了二樓，穿過走廊，然後鏡頭翻轉向房間。

從視訊畫面裡面可以看見，傅識則坐在床頭，領帶已經解了，鈕釦也沒全扣。

徐青宋站在旁邊，兩人望向鏡頭，傅識則吸了口菸，畫面裡一晃的灰色煙霧。

他輕微皺眉，和傅正初說，『關了錄影。』

『我在和厘厘姐她們視訊呢。小舅，你打聲招呼。』

從進房門起，傅正初一直將螢幕對準自己，因此傅識則只看見他舉著手機進來了，以為他在錄影。

這時直接掐掉了菸，神色有一絲不自然。

鏡頭靠近後，那張毫無表情的臉瞬間放大。

他不發一言讓傅正初有些尷尬，傅正初把鏡頭轉回去：『厘厘姐、琦琦姐，妳們不要在意，小舅就是不太禮貌……』

傅識則慢條斯理道：『沒見著人，我怎麼打招呼。』

「我忘記了。」傅正初說完後，雲厘就看到畫面一百八十度旋轉，接著傅識則那張臉又出現在鏡頭前。

雲厘注意到原本鬆開的釦子扣好了。

雲厘等了一下，見他沒說話，便主動說：「好久不見。」

出口的一瞬間，雲厘後悔了。

明明……幾天前才見過。

傅識則沒多停留，『嗯』了聲，便把手機還給傅正初。

雲厘差點被這毫不留戀的冷漠破防。

幾秒後，雲厘聽到徐青宋說：『聽說桑延開了家酒吧，好像是叫加班吧，要不要去看看？』

傅正初：『有點晚了，我明天還有課。』

徐青宋笑道：『沒說帶你。』

『不行，我也要去。』傅正初看回鏡頭，和雲厘說：『厘厘姐，我們要出去玩了，之後我讓我姐打回去。』

眼見電話要掛掉，雲厘脫口而出：「你們要去加班嗎？」

她頓了一下，說，「我們等一下要過去，聽說那裡生意很好，要不要幫你們占個桌子？今天是週日，人應該會很多。」

一開始傅正初也想約她們，只是覺得這個時間太晚了，聽了雲厘的話便說好，十點在加班見。

雲厘並不知道這個加班酒吧，掛了電話之後上網查了查，在上安廣場對面，離這三十分鐘車程。

店在南蕪市出了名的酒吧街上，酒吧的裝潢更像是理髮店，黑底的牌匾，上面亮著純白的店名。

兩人預訂了大座位，另外幾個人過了一刻鐘便到了，傅正初自然地坐在雲厘旁邊。幾人的著裝還未更換，只是把領帶摘了，傅正初鬆了鬆自己的領口，接過酒單，讓雲厘和鄧初琦先看。

雲厘很少到酒吧，對酒單上花裡胡俏的名字沒什麼概念，隨便點了一杯。望向傅識則，他坐在雲厘斜前方，背靠著座椅，現在的狀態似乎很放鬆。

鄧初琦：「你們今天是家庭聚餐嗎？是小舅的母親過生日？」

夏從聲笑了下：「對，我舅姥姥喜歡辦這些家庭聚會，而且關係好的親戚裡面有很多都是同輩的同學，從以前關係就很好。」

舅姥姥這個稱呼，總會讓人有種對方年紀很大的感覺。

注意到這點，夏從聲稍微解釋了下：「舅姥姥舅爺爺他們是西科大的教授，事業心比較重，孩子生得晚，所以小舅舅比我還小。」

恰好酒上來了，幾人拿起酒杯乾杯，雲厘隨大流喝了之後被燒得不行，熱淚瞬間衝上眼眶。

這酒也太辣了。

難怪她的只有杯底三公分，是純酒嗎？

調整了下狀態，將眼淚憋回去，雲厘心中吐了口氣，慶幸自己剛才的糗樣沒被人注意到。

陸陸續續又上了幾杯酒，都是傅正初點的。

雲厘想到他的酒量，忍不住說：「傅正初，你少喝一點。」

「厘厘姐，既然出來玩了，就要盡興。」傅正初將幾杯酒往雲厘的方向推了推，「要不要試試？」

雲厘無奈地搖了搖頭。

第一杯酒喝完後，徐青宋起了身，說是要和這家酒吧的老闆打個招呼。傅識則沒跟去，自己到吧檯處坐著。

鄧初琦戳了戳雲厘的腰。

雲厘意會，藉口說自己的酒不太好喝，去吧檯重新調一杯。

雲厘過去後發現傅識則在吧檯前低頭玩骰子，他玩的方式很奇怪，搖了三顆後看一眼，然後搖四顆、五顆，加到一定顆數後會重新搖。

正打算過去，旁邊忽然鑽出個身影婦婦的女子，倚在桌上，托著臉頰直勾勾地盯著傅識則。

「帥哥，能不能請我喝杯酒？」

好不容易鼓足勇氣，卻被別人當面捷足先登，雲厘愣在原處。

傅識則還在搖骰子，未發一言。

女人又重複了遍：「可以嗎？」見他如此冷淡，她伸手打算去碰傅識則的領子。

雲厘以為她要去碰傅識則的臉，本能性地脫口而出：「阿姨妳等一下。」

「……」

被中途打斷，女人蹙眉望向雲厘，語氣不善：「小丫頭，搭訕也講究先來後到，懂嗎？」

「而且，誰是阿姨了？」

女人轉身，怒氣值即將衝頂的時候，雲厘抿抿唇，說：「他是我朋友。」

雲厘指了指座位，說：「我們那邊很多人，而且都是學生，阿姨，妳不要逼我朋友幫妳買酒，我會打電話給教官。」

「……」

女人有些無語，拎起酒杯走開了。

這一打岔打破了雲厘原本的計畫，正當她糾結要不要回座位的時候，傅識則垂眼看向他旁邊的空位，聲音不大：「坐這裡。」

第八章　搭訕

吧檯配的是高腳凳，雲厘坐上去的時候花費了點力氣。低頭看，怎麼她只能踩著腳架，傅識則卻能輕易地將鞋子搭在地板上。

雲厘藏不住心思：「為什麼讓我坐在這裡？」

傅識則沒抬頭：「妳是第一個。」

雲厘努力回憶著剛才的對話，想到了種可怕的可能性：「你是說，我是第一個搭訕你的人嗎？」

「……」

傅識則的語氣彷彿此事與他無關，反問：「不是嗎？」

這話說得既沒有肯定也沒有否定，雲厘剛把自己帶入「追求者」的身分沒多久，聽傅識則的每一句話都覺得別有用意。

和鄧初琦看了太多人，因為毫不掩飾自己的喜歡、費盡心思傳達心意，反而被一口回絕。

雲厘害怕自己是其中的一員。

她拿出手機，假裝在玩：「我不是。」

邊滑E站邊聲明自己的動機：「我只是過來重新點杯酒，拿到酒我就回去。」

「而且，」雲厘進一步掙扎，「你不讓我坐這，我就不會坐這，是你想讓我坐這。」

剛好酒上了，傅識則一口喝完，隨意道：「那就幫我擋擋。」

雲厘：「等一下會有很多人找你搭訕嗎？」

傅識則想了想說：「不少。」

聽到這話，雲厘看了看他右邊的空位：「你可以讓傅正初過來坐你右邊。畢竟過來搭訕你的，也不一定都是女的。」

「……」

之前雲厘聽說過，有些人到酒吧就是來尋求刺激的。雲厘仔細看看，傅識則的面部與脖頸的皮膚很薄，在酒吧的紫粉色調中，皮膚呈現近乎禁欲系的蒼白，薄唇又顯得明豔。

應該會是不少人的勾搭目標。

而且看他這狀態，看起來經常來酒吧。

「之前聽琦琦說，有些人來酒吧，找對象。」雲厘用了隱晦點的詞，但根據她欲語還休的語氣，傅識則也能猜到什麼意思，等著她說完。

雲厘問：「你們也是嗎？」

她這樣應該沒有很直接吧，雲厘小心地觀察傅識則的神色，他低眼玩了玩骰子，問她：「聽了鄧初琦的話，所以過來了？」

雲厘訥訥的，沒反應過來。

傅識則繼續問她：「妳想找對象？」

「我沒有。」又被傅識則牽著鼻子走，雲厘惱道，「你不能用問題來回答問題。」

傅識則平靜地問：「為什麼？」

雲厘認真解釋：「因為你一問我，我就要專心地想怎麼回答你的問題，對話進行不下去。」

傅識則「嗯」了聲，也不知道聽進去了沒。

「你還沒回答我的問題。」雲厘一副怪責的模樣。

傅識則：「……」

「我不是。」

聽到這回答，雲厘心裡舒服了很多。

兩人靠得近了，雲厘聞到他身上濃濃的酒味。進門至今，傅識則也只喝了一小杯威士忌，應該來之前已經喝了不少。

見他還在搖骰子，雲厘問他：「你在玩什麼？」

傅識則：「從兩顆開始，搖了後相乘。」

「……」

雲厘不太理解學霸的娛樂，只是坐在一旁盯著他玩。

過一陣子，調酒師將酒單拿給雲厘，完全不想重蹈方才嗆的那一下，她在這些不太熟悉的名字裡來回看。

還沒什麼頭緒的時候，傅識則直接將酒單接過，遞回給調酒師：「做一杯無酒精飲料給她。」

沒想到傅識則看出她不想喝酒，雲厘思考了好一陣子，才說了聲謝謝。

飲料很快做好，是杯混合果汁，按照雲厘一開始的說法，這個時間她就該回座位了。

雲厘拿起酒杯，回頭一看，座位那邊不知道什麼時候坐了兩個陌生人，桌上點了桶啤酒，幾個人玩骰子玩得正嗨，輸的要喝半杯啤酒。

「……」

她又坐回傅識則的身旁。

酒陸陸續續上來，無底洞一般，傅識則搖幾次骰子就會喝一杯，也沒注意旁邊的她。

雲厘覺得這跡象不太好，而且她注意到，一開始傅識則搖的骰子最多能有十幾顆，這時只能搖六七顆了。

「你要不要，少喝一點。」

「不礙事。」不知道是不是因為喝了酒，傅識則的話比平時多，坦誠道：「心情不佳。」

雲厘吞吞口水，將杯子和他的碰碰。

「我陪你喝。」

傅識則瞥她一眼，也拿起自己的杯子，和她輕碰了下。

「你心情不好的話，要不要找個東西玩一下？」怕心思暴露得明顯，雲厘又說，「我叫其他人，你等一下。」

出人意料的，傅識則「嗯」了聲。

另外幾人很快下了樓，挑了螢幕最大的三個手機下載了雙人遊戲，鄧初琦自覺地說要和夏從聲一組，另外四人的分組卻成了難題。

雲厘仔細地想，她和徐青宋不熟，應該會被分到和傅正初一組。

趁其他人下載遊戲的時候，她坐到傅識則身邊，壓低了聲音：「琦琦說要和夏夏一組，等一下我能不能不和傅正初一組？」

不能讓他看出自己是想和他一組。

雲厘只能在心裡和傅正初道歉，強行撒了個謊：「傅正初好像喜歡我……」

傅識則：「……」

這個理由是雲厘仔細斟酌過的，只要給了這個理由，就能解釋她為什麼不喝傅正初給的飲料，不願意和傅正初待在一起而是和傅識則坐一起，以及這時不想和傅正初一組。

但這話在傅識則聽來有些詭異，也有些離譜。

他很瞭解傅正初，從未往這個方面想過，而且傅正初從小就喜歡一個叫做桑稚的女生，談了幾段戀愛還是沒走出來。

回想起好幾次傅正初誇讚雲厘漂亮，以及上次喝醉酒臨走前撲向雲厘，這些行動確實容易讓人誤會。

傅識則沒興趣和雲厘聊傅正初的八卦，只想著回頭提醒下傅正初注意自己的行為。

軟體下載好了，幾個人換到長桌上。軟體裡有十幾個雙人小遊戲，需要兩個人面對面操作同一個螢幕，遊戲大多很簡單，比如比雙方誰算術快。

幾人落座，傅正初剛想坐到雲厘對面，卻被走到長桌的傅識則推了推。

傅識則：「挪一挪。」

傅正初不理解，但剛才玩骰子的時候酒喝多了，現在只能被動地接受往旁邊一挪。

傅識則坐到雲厘對面，眸子裡不見平時的銳利冷然，像裹了層水氣般，他敲敲手機螢幕，聲音沙啞：「開。」

「……」

雲厘順從地打開遊戲軟體，遊戲會將螢幕一分為二，兩個人各操作一半。第一個雙人遊戲是算術。

從遊戲剛開始便處於被傅識則暴虐的狀態，一旁的傅正初和徐青宋兩人有來有回，雲厘已經聽到好幾次傅正初的哇靠。

雲厘開始後悔將自己和傅識則湊成一組。

會不會剛開始追，就被認為是傻子。

她的成績算不上特別好，但也是不差的水準，而且這不就是算術嗎？算術還能拉開這麼大差距嗎？

玩了沒多久，傅識則將手靠在長桌上，撐著臉，另一隻手在螢幕上點。

752+288＝？

雲厘剛輸入答案，螢幕的另一邊已經宣布獲勝，玩了幾十局了，一局都沒贏。

她有點崩潰：「你就不能讓讓我。」

傅識則愣了一下，原先一副漫不經心的模樣，這時專心起來，每一局都等雲厘獲勝了才操作。

連贏了幾局，雲厘卻感受到了羞辱，朝對面的人慢吞吞道：「傅識則，你留點尊嚴給我。」

「……」

裡面的小遊戲幾乎都玩過一輪後，已經過了一個多小時，傅正初問雲厘剛才是不是有個女人勾搭傅識則。

她如實交代。

傅正初已經喝多了，撇撇嘴：「不自量力，小舅的錢，只能給小輩花。」意識到這不包括另外兩人，他又說：「給厘厘姐花也可以。」

鄧初琦覺得搞笑，問：「怎麼不說也能給我花，你是在歧視我嗎？」

傅正初看鄧初琦一眼，又看雲厘一眼，認真道：「厘厘姐這麼好看，如果留長頭髮的……」話沒說完，一顆花生砸到他頭上。

還沒分辨清楚方向，就看見傅識則一隻手按住傅正初的腦袋抓了抓，淡道，「收斂點。」說完，他讓其他人自己玩，起身出了門。

酒桌上傅正初已經喝醉了，靠著椅子睡覺。

夏從聲和鄧初琦酒量好，兩人在聊公司的事情。

在原處等了好久傅識則都沒回來，雲厘起身藉口去洗手間，找到後門溜了出去。

初秋，微涼的風穿過大街小巷，南蕪覆滿淡淡桂花香。

路邊影影綽綽，雲厘緊了緊外套，四處張望，沒見著傅識則的身影。她環著胸往前走，這個時間沿途的酒吧燈火通明。

走到橋旁，繞了幾圈，沒找到人，橋對面連一盞路燈都沒有。

猶豫了一下，雲厘還是轉身折返。

「雲厘厘。」

走沒幾步，忽然聽到傅識則的聲音，雲厘沒反應過來，轉過身，才在樹底下看見一點紅光。

傅識則從暗處走出來。

雲厘看向旁邊垃圾桶上的菸灰缸，雖然不清晰，但已經有成團的菸頭。

不知道他什麼時候發現她的，雲厘疑惑：「你一直在這嗎？」

「嗯。」

雲厘不可置信：「我怎麼沒看到你？」

傅識則沒穿外套，身上只有件單薄的襯衫，卻像不覺得冷似的。

他掐滅煙頭，應道：「妳在找我？」

「是在找你。」雲厘沒否認，唔了聲：「你喝多了，我來接你回去。」

傅識則：「自己過來的？」

雲厘點點頭，又補充了句，「其他人喝得有點多，行動不太方便。」

傅識則：「再抽一下菸。」

他還沒抽夠。

聽出他話裡的用意，雲厘沒動，「那等你抽完了，我們再回去？」

見傅識則沒理，她往四周搜尋，瞄準了一處，「那你抽吧，我去遠點的地方等你。」

走過去後，雲厘玩了下手機，鄧初琦告訴她：『靠這酒吧老闆也太他媽帥了，妳人去哪了？見了他，包妳忘了夏夏小舅。』

雲厘：『我很專一的，只有舊愛沒有新歡。』

借酒消愁，借菸消愁，今夜傅識則都嘗試了一遍。雲厘發愁，從酒吧出來前沒從夏從聲那得知什麼資訊，他們也未熟稔到可以直言的程度。

說到熟稔——他是不是又喊她雲厘厘了？

雲厘發了一陣子呆，是因為其他人都喊她厘厘嗎？那他為什麼要加多一個雲字。

傅識則走回陰影內，拿出根菸，剛掏出打火機，餘光見到雲厘站在橋邊，裹緊了淺褐色的小外套。

他回頭看她來的方向，他自己來的時候沒注意，兩邊都是早期砌的回遷房，低功率的燈爬滿蚊蟲殘骸，黑暗中趴著幾個爛醉如泥的身影。

她那綿羊似的性格，一個人走在暗道裡，總覺得難以想像。

把菸收回去，他走到雲厘身旁：「回去吧。」

不清楚傅識則怎麼就回心轉意直接回去了，雲厘醞釀了一下，說：「好像喝糖水可以醒酒，我剛才查到附近有一個甜品店。」

以前雲永昌喝多了酒後都要吃點甜的，說是酒喝多了胃不舒服。雲厘臨時用手機搜了下，發現四百公尺外就有間老店。

傅識則沒領情：「不用，沒喝多少。」

沒被他的拒絕擊退，雲厘：「其實是因為我自己喝了點酒，晚上回去點不到外送了，你可不可以陪我一起去。」

她轉向暗處，「不遠的，走幾分鐘就到了。」

順著她的方向望去，兩側道路漆黑。

傅識則：「地圖給我看一眼。」

雲厘放大地圖，遞給他，他只掃了一眼，便把手機還了回去。

一路上只有他們兩人，雲厘和傅識則隔了些距離，原以為他喝了不少，但看過去腳步很平穩。

雲厘沒來過這個地方，一路坑坑窪窪，四處均是隱蔽的小角落，定睛一看是一對對擁抱著親吻的男女。

恰好有幾個不穩的身影遊蕩到隱蔽處，幾人口齒不清，解了半天金屬釦沒成功。

傅識則忽然停下來，轉身看她：「靠著我走。」

「哦……」雲厘小跑到他身邊。

甜品店開在「加班」對面的小巷內，店面不大，擺著六七張小圓桌。整個店只有老闆一人在開放式的後廚工作。

提供的餐品寫在小黑板上。

「你看看想吃什麼。」

傅識則已經找了個位子坐下，光線清楚的情況下雲厘才發覺他的雙眸染了層水霧，他沒看菜單，就說：「可樂。」

「……」

說是甜的，似乎也沒錯。

雲厘點了串糯米糰子和一杯綠豆冰，坐到他身邊。

東西很快上了，放在小盤子裡。雲厘剛拿起糯米糰，頓了一下，放到傅識則面前。

「你要不要試試這個，我分你一半。」

傅識則沒拒絕，用筷子滑了一個到自己的碗裡。

「這個飲料……」

雲厘喝著綠豆冰，稀得和白開水一樣，又加了黑糖提甜味，古怪的口感讓她一時之間想不到什麼形容詞。

另一邊，傅識則等了一陣子見她沒繼續，才慢慢地問：「也要分我一半？」

「……」

內心掙扎了一下，雲厘將喝過的綠豆沙撂到他面前，吸管朝向他。

第一次直接撩人，雲厘面色不改，心中卻是萬馬奔騰。

他發現了怎麼辦。

他沒發現怎麼辦。

兩種想法來來回回切換，她仔細觀察著傅識則的神色，他似乎沒察覺到，將綠豆冰推回雲厘那邊，「算了。」

「再點一些嗎？」見傅識則目光投過來，雲厘解釋道：「我晚上沒來得及吃飯，也有點餓了。」

她瞥見店外炒粉條的小攤子，起身說道：「哦……你等一下。」

拎著炒粉條回來，雲厘抬頭，看見兩隻小流浪狗搖晃著尾巴坐在店門旁，傅識則坐在路邊的墩子上，手裡拿著碗魚蛋，用竹籤戳著。

每次戳了個新的，小狗便趴到他腿上，傅識則會先晃兩下逗弄牠們，再交出魚丸。

很難得的，在他身上會有這麼溫馨的感覺。

見她回來，傅識則把碗放地上，折返回店裡：「吃完再走吧。」

雲厘：「琦琦剛才和我說，她和夏夏先回去了。我帶回去吃就好了。」

傅識則看向她，說：「我想吃一點。」

兩人重新坐下後，雲厘才發覺傅識則說這話沒有別的動機，他撥了些粉條到自己碗裡，掰了雙新筷子，拌了些她順帶買的滷味。

這一番操作後，他將盛滿的碗推到雲厘面前。

她的心砰砰加速，問道：「給我的嗎？」

傅識則看起來半清醒半迷糊，用鼻音「嗯」了聲。

和他的視線對上時，雲厘心口悸動了下。她匆匆低下頭，將打包盒推到他面前，像是禮尚往來。

雲厘：「那這些給你。」

他的動作平穩，眼眶帶點濕潤，眼神看起來不對勁。

雲厘沒法對著這眼神吃東西，只好將椅子往他的方向湊了湊，和他的位子呈九十度，這樣兩人就無需面對面。

他又掰了雙新筷子。

「……」

雲厘意識到這種不對勁並不是她的錯覺，「呃，你好像喝得有點多，要不要早點回去休息。」

傅識則盯著粉條：「……在外頭多待一下。」

雲厘：？

傅識則抬眸：「我想多待一下。」語畢，他還徵求意見似的問她：「不可以？」

「……」

「如果你要問我的意見。」雲厘硬著頭皮，膽子大了點，筷子撥了撥自己的粉條，輕聲道：「那我也想多待一下。」

傅識則若有所思地望向她，雲厘心一顫，他卻只是垂頭失笑，無聲的笑，讓人分辨不出情緒。

直到這頓飯結束，他都沒再說什麼，安靜地吃著粉條。

雲厘坐在旁邊，偶爾會和他說一些學校裡的事情，他既不熱烈，也不排斥，但看起來心不在焉、無精打采的模樣。

徐青宋來接的時候，兩人已經吃完了東西，家裡安排了車，他讓司機送雲厘和傅正初回去。

傅識則自己上了車，徐青宋坐旁邊，遞了張濕巾給他。

「還醒著嗎？」

「嗯。」

「去哪裡？北山楓林？」

「不了，去江南苑。」

徐青宋先是沉默了一下，轉瞬調侃道：「你怎麼讓小女生照顧你這老酒鬼。」

傅識則按了按額頭：「是嗎？」腦袋脹疼，他搖下車窗，冷風竄入，引擎聲轟隆隆，讓他清醒了一半。

到家後，傅識則摸黑開了燈，偌大的屋子悄然無息，只擺放了些基本的家具，看不出人生活的痕跡。他從冰箱裡拿了瓶冰水，按在自己額上，試圖讓緊繃的神經放鬆點。

瞥了手機一眼，父母打了一兩通電話。傅識則沒理，扔到一旁，用冷水沖了把臉，讓積攢了一晚的酒意散了些。

從包裡拿出個黑色包裝的盒子，他拆開，把裡面的無人機拿出來，放在茶几上。良久。

空蕩蕩的屋子裡，響起他輕輕的聲音，「生日快樂。」

壓抑的夜晚，他隨意地褪去衣服，躺到床上。枕頭冰涼，貼在隱隱發疼的頭上，他的腦海中忽然冒出臨別前雲厘說的那句話。

「如果你有什麼事情，想有人聽，又不想讓人知道。」

「……你可以對著我的左耳說。」

傅識則將被子蓋住半張臉，在黑暗中輕輕地「嗯」了聲。

翌日週一，雲厘早早到了ＥＡＷ。

公司還沒什麼人，雲厘打卡後先翻了翻群組聊天記錄，確認沒有要做的事情後，她拿起路上買的麵包牛奶，去休息室吃早餐。

休息室裡沒人，長桌上零零散散落著一疊傳單，她隨便拿起一張看了一眼，上面寫著

EAW科技城今晚的萬聖節活動，會有廣場集市。

雲厘興致缺缺，放了回去，找了張懶人沙發坐下。

滑了下手機，腦海中浮現起昨晚做的夢，一幀幀慢速播放，好幾個場景都讓她心跳加速，最後停在甜點店裡，他不發一言地坐在那。

像個頹喪脆弱的瓷娃娃。

隔了不久，休息室的門開了，雲厘抬眼，見到傅識則拿著杯子走進來。他換了身衣服，已脫離昨晚的醉態，雙目清明，銳利冷然。

雲厘沒想到他這麼早就來了：「早上好。」

傅識則禮貌頷首，轉身走向咖啡機。

「……」

雖然雲厘對傅識則的回應沒有太大期待，但是，兩人這種彷若陌生人的狀態也不在她的預期範圍內。

傅識則從上方的櫥櫃裡取出咖啡豆，掂量了一下，微皺了下眉頭。

打開一看，果然裡面沒剩幾顆豆子了。把所剩無幾的咖啡豆倒到入豆槽裡，他把包裝袋折成一小團，丟進垃圾桶。

雲厘見他一連串動作，小聲問道：「怎麼了？」

傅識則：「沒咖啡豆了。」

雲厘將頭湊過去看，看起來確實沒多少了：「這還能泡嗎？」

「只夠一杯。」

見雲厘在這站著不動，傅識則看著她：「妳要？」

顯得她像個惡霸，看見沒剩幾顆豆子了，特地來把僅存的最後一杯奪走。

雲厘搖搖頭：「不是。」

忽然想起方才在傳單上看到的集市裡有家知名的咖啡烘焙坊，雲厘將傳單遞給他：「今晚海天商都裡面有萬聖節活動，會擺很多小攤。其中就有賣咖啡豆的。」

「嗯。」

雲厘：「……」

雲厘更直接了點：「我也想買一些咖啡豆，但我不太會挑。」

「你能陪我一起去嗎？」

傅識則注視著萃取出來的咖啡液，問：「今晚幾點？」

雲厘愣了一下：「八點。」

「嗯。」

壓不下彎起的唇角，雲厘怕被傅識則察覺，趕緊道：「我先去工作。」

午休結束後，雲厘在走廊碰見何佳夢。

「閒雲老師，今晚萬聖節活動妳要參加嗎？我們要不要一起去？」

雲厘實話實說：「我想今晚去買點咖啡豆，剛才在休息室看到傅識則沒豆子了，就約他一起去。」

何佳夢偷笑：「真的是去買豆子嗎？」

「真的。」雲厘努力讓自己有底氣些，「要不然妳也一起來吧？」

「不了不了，我已經預見自己頭上大大的電燈泡了。」

「……」

剛走沒兩步，何佳夢又叫住了她：「對了閒雲老師。」

雲厘：「怎麼了？」

「行銷部的人讓我來問妳，可以在E站上幫忙發則宣傳動態嗎？廣告費和上一次一樣。」

「有什麼要求嗎？」

何佳夢想了想，說道：「儘量錄一些體驗館裡面的設施，讓人覺得好玩就行了。」

不確定能不能拍，雲厘沒立刻答應下來：「我考慮一下吧。」

下午，方語寧說體驗館缺人手，吩咐雲厘去那邊幫忙裝飾一下。雲厘便抱了一大箱裝飾材料去體驗館。

出了消防通道，雲厘走到體驗館入口處，發現這裡已經有不少人了。

「厘厘姐！」

雲厘四處看。

傅正初從入口走來，說道：「聽說今晚有活動，我就先過來看看。本來是想來蹭個下午茶的，結果被拖到這當苦力了」

雲厘回道：「你真慘。」

傅正初嘟囔著：「對，然後我就把小舅帶上了，結果小舅坐在那看我幹活。」

雲厘朝他所指的方向看去，傅識則坐在館內的休息椅上，單手靠著椅子的扶手，托腮看向這邊。

「厘厘姐？」見雲厘沒回話，傅正初喊了喊她。

雲厘回過神來：「你也長大了，該幫幫長輩的忙了。」

傅正初：「我回去幹活了。」

「欸，等等！」雲厘連忙喊住他。

傅正初停住：「怎麼了？」

雲厘捂著自己半邊臉：「傅正初，對不起。」

傅正初更茫然了：「到底怎麼了？」

「就是——昨天我們喝酒的時候，」雲厘只想挖個洞把自己埋進去，硬著頭皮道：「我和你小舅說，你好像喜歡我……」

傅正初：「……」

雲厘將前因後果和傅正初解釋了一遍，心裡清楚自己這個做法不對，反覆道了幾次歉後，傅正初的關注點卻不在雲厘一開始說的事情，而是倒吸了口氣：「厘厘姐，妳喜歡小舅嗎？」

雲厘：「……」

「難怪妳剛剛幫小舅說話。」

雲厘：「……」

雲厘：「你能幫我保密嗎？」

傅正初：「嗯。」

兩人不約而同陷入靜默。

傅正初忽然正經起來：「厘厘姐，小舅的身體不是很好，腸胃也不是很好。」

「不過小舅真的很好，我也不說太多了，厘厘姐加油！」

雲厘心下一暖：「謝謝你。」

裝飾體驗館的工作是體力活，把彩帶、燈帶以及一些節日裝飾品貼到較高的牆面上。雲厘觀察一下四周，搬了一個梯子過來，準備上手。

剛爬上梯子，傅正初就把傅識則帶了過來：「厘厘姐，妳快下來。我把小舅喊來了。」

雲厘：「……」

雲厘爬下梯子，溫吞道：「喊來幹什麼啊……」

傅正初：「總不能讓小舅一個大男人在旁邊坐著，厘厘姐妳一個女生在這爬上爬下。我先去別的地方幹活了。」

意識到傅正初是在助攻，儘管傅識則來得名正言順，雲厘還是有些不好意思。她指了指旁邊的椅子，冒出了句：「要不然你坐這？」

傅識則瞥了她一眼：「坐在這看妳嗎？」

雲厘想像一下畫面，覺得簡直喘不過氣：「不是這個意思。」

「給我。」傅識則接過她手中的彩帶。

雲厘：「啊？」

傅識則頓了頓，惜字如金：「幫忙。」

在一旁無所事事也不太好，雲厘便拿著彩帶和裝飾品站在梯子旁邊，傅識則每掛上一個，她就遞一個給他。

雲厘覺得這樣——也挺好？

沉浸在遞東西給傅識則的小快樂裡，箱子逐漸見了底。

「你可以在這等一下嗎？」雲厘抬頭看向傅識則。

雲厘抱著箱子小跑離開，到另一個區域換了個滿一點的箱子來。

「嗯。」

回到梯子旁，傅識則正面無表情地看向她。

雲厘頓時心虛，一言不發地遞了一個裝飾品給傅識則。

下班後，雲厘先回家重新化了個妝，換了件白色連身裙。

在科技城門口見到了傅識則，他穿著件黑色長風衣，手揣在口袋裡，低頭靠著科技城邊緣的紅磚牆，遠處廣場點滿星光。

見到雲厘，他抬眼，在她臉上停留一瞬，又移開。

這個注視讓雲厘的呼吸慢了半拍。

「我晚上想拍些影片出個萬聖節的特輯，我很久沒更新了。」

傅識則此刻清醒，雲厘深呼吸一口氣，略微緊張道，「你覺得好看嗎？」

沒預料到她會問這個問題，傅識則沒吭聲。

今天化妝使出渾身解數的雲厘不可置信：「不好看嗎……」

過了一下。

雲厘自言自語：「應該比平時好看一點？」

傅識則：「……」

和上次的兒童集市類似，大大小小的攤位擺滿整個廣場，樹上和牆上都掛滿了萬聖節的主題裝飾。

離咖啡豆攤還有些距離，雲厘便聞見濃郁的豆香味。附近圍了不少人，桌面整齊地擺放著數十個赭紅陶罐，後方堆著幾個牛皮袋裝的咖啡豆。

攤主問了問傅識則想要的風味，便勺了幾顆豆子到傅識則手裡，他聞了聞。

雲厘：「怎麼樣？」

傅識則：「挺好的。」

雲厘：「我可以聞一下嗎？」

傅識則點點頭。

見他沒把豆子給自己，雲厘猶豫了下，便湊到他的手前，烘焙的豆香外還有點巧克力的味道。

「怎麼這麼香。」雲厘感慨，抬頭，發覺傅識則盯著她，看不出神色。

仔細想了想，雲厘的臉又熱起來：「我說的是豆子……」

「……」

雲厘對喝咖啡沒什麼經驗，讓老闆推薦一款給她：「我挑了一個我喜歡的味道，你要不要試試。」

傅識則接了些豆子聞了聞：「挺好。」

雲厘：「那我送你一包吧。」

傅識則：「不用。」

被拒絕也是意料之內，雲厘想了想，繼續說：「我想送你一包。」

「……」

雲厘收斂了些：「你之前幫我付過很多次錢，我有種欠了錢的感覺。」

「如果是這個原因的話。」傅識則盯著攤主裝豆子，視線沒在她這邊，「那就欠著。」

雲厘抬眼看了看其他攤位，角落有個略顯簡陋的糖人攤位，小時候在學校附近偶爾可以見到的小攤。

雲匣：「我可以買那個嗎？」

傅識則：「嗯。」

雲匣：「那你等我一下，我去買了。」

雲匣說完後便跑了過去。

支著口小銅鍋，大爺用銅勺舀了些，滴落在鋼板上勾勒出圖案。

等待糖人定型的過程中，雲匣想起剛才聞豆子的時候，傅識則的掌心離她兩公分，用手背碰碰自己滾燙的臉頰。

她已經不記得上一次有這樣的感受是什麼時候。

心臟怦怦跳，腦海中揮之不去另一個人的身影，連聞到的味道，聽到的聲音，看見的東西，都有他的感覺。

他應該對她……也不反感。

這樣的想法為雲匣壯了膽，她不是主動的人，總是被動地和別人接觸，被逼著去和別人對話。

人間裡的月亮，總是遙遙在外。

可現在，月亮來到她的面前。

雲匣揚起唇角。

是呀，她多麼幸運，月亮就在她的面前。

糖人定型後，黏上了竹籤交到雲匣手中。

南瓜形狀的，咧開個大嘴巴。

還挺可愛的。

她將其中一個遞給傅識則。

「給我的？」

傅識則盯著手裡的糖人，表面泛著棕褐色的光澤，難以想像，用兩三分鐘便可以製作出如此精美的形狀。

不過，這東西怎麼吃？

他看向雲厘，南瓜狀的糖人大過了她小巧的臉，剛小跑回來，凝脂般的臉頰染上緋紅。她先欣賞了下手上的糖人，慢慢移向自己的唇邊。

隨後，舔了一下。

他總不能也舔一下吧？

雲厘繼續舔了舔唇，一小口咬住的時候，留意到傅識則的目光，有點意外：「你在……偷看我嗎？」

傅識則別開目光，難得撒了個謊：「沒有。」

夜間寒氣重，他卻忽然覺得渾身有些發熱。

霓虹燈飾更刺眼了些，等他回過神，手裡的南瓜形糖人已經被他咬碎了。

「……」

「欸，雲厘？」

兩人在各種攤位間遊蕩的時候，雲厘的肩膀突然被人拍了一下，她本能地縮了一下。抬眼，看見一個她本以為這輩子不會再有交集的人。

屈明欣走上前來，親暱地和她打招呼，「我們都多少年沒見了？沒想到在這裡能遇見妳。」

「妳怎麼不說話？妳還記得我嗎？我是高中時——」

雲厘打斷她：「記得。」

「這是妳男朋友嗎？長得還挺好看的。」屈明欣沒察覺出雲厘的疏遠，自顧自地說著話。

雲厘：「不是，這是我同事。」

「妳已經工作了呀，我聽其他同學說過妳沒保送研究所，在準備考試——」屈明欣仍是一副大喇喇的樣子，「我大學畢業後來南蕪工作了，我朋友在南理工讀研究所，今天來找她玩。」

「……」

雲厘見對方十分熱情，自己也禁不住有些迷茫，只好呆呆地回應：「我也在這邊讀研究所。」

「走了。」

一旁站著的傅識則倏地開口，語罷，便直接往前走。

雲厘反應過來，連忙跟屈明欣說：「我們先走了。」

屈明欣笑道：「好咧！那改天一起吃頓飯吧！都這麼久沒見了。」然後擺了擺手，轉身回去找朋友。

雲厘跟上傅識則，又想起了屈明欣。

為什麼還一副很熟的樣子？

不是妳自己說的嗎？

討厭我這樣的人。

高一的時候，雲厘的性格還比較開朗。開學沒多久便和宿舍的人熟絡起來，其中數和鄧初琦關係最好。

鄧初琦性格開朗，兩人經常一起唱雙簧，在班級裡的人緣都不錯。

高二分組後，雲厘去了理組班，新班級裡幾乎沒有認識的人。

她就是這時候認識了屈明欣。

屈明欣對所有人都很熱情，包括雲厘在內。

她在路上見到雲厘時會和她打招呼，兩隻笑眼瞇成縫。

她很擅長活絡班級氣氛，是學校的優秀主持人，總是站在最顯眼的地方。班裡同學都喜歡屈明欣的活躍，雲厘也不例外。

雲厘一開始還挺喜歡這個新班級，雖然關係好的同學都不在這，但是她很願意和其他人培養新感情，羞赧地去結識新的同學。

但很奇怪，無論怎麼努力，班裡的同學總是和她保持一定距離。

午休有兩個小時。他們通常會回宿舍睡午覺，但也有部分人會回教室寫作業或者聊天玩遊戲。

那天中午雲厘不太睏，她知道平時屈明欣和班裡幾個同學午休都待在教室裡，她便想去湊個熱鬧。

還沒進教室，教室裡就傳來了聊天的聲音。

「週末打三國殺要不叫上雲厘？她課間操的時候說自己會玩。」雲厘聽聲音是課間操站在自己後面的那個女生。

另一個女聲說：「她也會玩啊？我看她文文靜靜的很可愛，以為她不會。」

屈明欣略遲疑地說：「我不想叫她欸，我不怎麼喜歡她。」

剛剛那個女生回道：「為什麼？她不是挺可愛的嗎？」

屈明欣說道：「她看起來就是裝乖的樣子啊。她之前的室友跟我說她在上一個班跟男生關係都很要好，感覺很綠茶。」

「不是吧……」

「我挺討厭這種綠茶的，你們喊她的話就別叫我了。」

雲厘突然有種看不懂別人的感覺。

她知道這世界上的人有很多種，有滿身刺青卻笑容滿面的燒烤大叔，也有長相漂亮卻冷血無情的劊子手。

但她以為這些離自己很遠，她理解中的表裡不一只有雲野每次離家出走後，偷偷問她爸媽有沒有在找他，亦或是鄧初琦每次早上借作業抄，在報訊員通知老師來了後一臉正經地拿著書自習……

剛剛在福利社買飲料的時候，屈明欣看見她手裡的橙汁，還笑著說要買跟自己一樣的。

雲厘很想衝進班裡去，告訴她們自己不是屈明欣說的那樣。

她嚮往熱鬧的氣氛，喜歡大家在一起時融洽的氣氛。

但她發現她的腳動不了。

不管她怎麼用力，都邁不開步伐。

如果可以再勇敢一點就好了。

還是回宿舍吧。

雲厘其實也不明白當初為什麼那樣輕易的就被打擊到了，她也不是沒見過在背後偷偷說別人壞話的人。

她突然覺得，可能是因為自己原本還挺喜歡她的。

也許是受不了這樣的反差。

正出神想著高中的事情，雲厘沒注意到迎面走來兩個南瓜頭的人形玩偶，玩偶服圓胖的肚子撞到她身上。

等她回過神，比她大一倍的玩偶張開雙手要抱她。

？？？

雲厘僵在原地，不知作何反應。

冰涼的手抓住她的手腕，將她往後拉，雲厘只感覺到有一陣風帶過，自己便到了傅識則的身後。

一陣失神，雲厘順著手上的溫度望過去，他的手還扣著她的手腕。

傅識則自己也沒回過神，剛才只是看見雲厘要被這個玩偶吞噬，下意識便把她拉到自己的身後。

玩偶像是呆住了一般，在原地停了兩秒。

才繼續剛才的動作，抱了抱他。

「……」

順帶從尾巴處摘了個兔子氣球遞給他。

「……」

見他沒接，玩偶又堅持地往他的方向推了推。

傅識則只好僵硬地接過。

氣球充滿了氣，兩隻兔子耳朵鼓起來，拿著這個東西，傅識則渾身不舒服。轉過身，放到雲厘面前。

「給妳。」

第九章　左耳

雲厘的思緒還停留在傅識則拉她手腕這件事情上，茫然然地接過氣球。

在她的印象中，這似乎是他們第一次有肢體接觸。

他好像沒什麼反應？

是不在意這個事情，還是……不介意拉她的手？

雲厘抬頭看著漂浮在半空中的氣球，兔子滑稽地拉大笑容，就如他大頭照的那彎月亮般。回憶裡的不悅煙消雲散。

明明是二十三的人了，牽著這個氣球顯得幼稚，雲厘卻不想鬆開。

繞了一圈後回到咖啡豆攤附近，此時有萬聖夜皮影戲演出，帷布掛得不高，前面水泄不通擠了一堆人。

兩人也去湊了個熱鬧，雲厘身高一百六十多，在黑壓壓的人群中看不見任何東西，傅識則站在她身後。

雲厘只能借助傅識則轉述：「裡面在演什麼？」

傅識則：「四個南瓜人。」

雲厘：「在做什麼？」

傅識則：「遛一隻南瓜狗。」

雲厘：「……」

聽起來沒什麼好看的，周遭的人卻連連叫好，雲厘本來已經退出來準備走了，前面的一對情侶卻有了動作，男生直接將女生架到脖子上。

見狀，靠後的另外幾對情侶也效仿，沒有男女朋友的人尷尬地杵在原處。在她身前的女生見到這個情況，拍了下自己身邊的男性朋友：「讓我騎一下脖子？」

「別吧，我還沒有女朋友……」

「這不是剛剛好，是男人就讓我騎一下！」

看到這個場景雲厘莫名尷尬，轉頭看傅識則，發覺他也在看自己。

傅識則：「妳很想看嗎？」

雲厘琢磨不透他的問話，想了想，還是自覺道：「沒有。不過，」心裡好奇他會怎麼做，她接著問：「如果我想看呢？」

傅識則：「那就在心裡想著。」

雲厘：「……」

回去的路上，雲厘想起傅正初的事情：「對了，今天我和傅正初聊了一下，之前是我誤會他了。」

「嗯。」

雲厘的朋友不多，和傅正初剛剛認識的時候她可能一整天都說不上幾句話，但對方從來沒覺得她不合群，雲厘由衷地感慨：「他人還蠻好的。」

傅識則：「妳在考慮和他一起？」

傅識則的問題過於直接，在雲厘的角度看來甚至有些荒誕詭異，以致於她半天沒反應過來，也不知道他哪裡來的這個想法，她無語：「傅正初比我小那麼多，而且他交過四五個女朋友了……」雲厘的話戛然而止，她斬釘截鐵：「總之，不可能。」

到家後，雲厘將氣球掛在床頭。打開電腦看課表，發現下週就是秋學期的考試週了。

『昨天回去太晚了，今天又匆匆忙忙，泡得怎麼樣了？』鄧初琦關心進度，下班後立刻打了電話給雲厘。

「妳別用『泡』這個字，是追求。」雲厘正色道，「我約他今晚去逛萬聖夜集市，剛回來，他還給了我一個氣球。」

『夏夏小舅同意和妳單獨出去了？還送了妳一個氣球？』

「不算送。」雲厘話裡藏不住的笑意，「但是，是他給我的。」

往一個方向拍了兩下，氣球旋轉了兩圈便反向轉回去，正好對準了她。

翌日，雲厘起了個大早，收拾好書包後，拿上麵包和巧克力牛奶便往學校走。

時值初冬，陽光斜照過來，穿過清晨的薄霧，塵埃起伏。氣溫不算太低，雲厘穿了件針織毛衣，但偶爾微風襲來，也會感到寒涼。

在教室裡寫了下題目後，雲厘像是回到了大學階段，因為課程太多，到期末考的時候都是熬夜準備考試，每兩天背一科。那時候還有室友可以討論題目。

上課結束後，雲厘自覺地拿出手機：『傅正初，如果付費諮詢你小舅功課，他會同意嗎？』

傅正初：『小舅很有錢，應該不會。』

雲厘：『噢，你最近有考試嗎？』

傅正初：『有的，下週有兩科考試。怎麼了厘厘姐？』

雲厘：『你複習得怎麼樣了？』

傅正初：『感覺複習得也——還好？』

「……」

傅正初好像想到了什麼，又傳了幾則訊息過來。

傅正初：『不不不，複習的不好，厘厘姐我們一起複習吧！』

傅正初：『我喊上小舅來輔導我們。』

傅正初：『一家人就要互相幫助。』

雲厘在心裡感嘆傅正初的上道，他轉瞬便將時間定在週六早上，在南理工附近的咖啡館。

到了週六這天，雲厘早早準備好，咖啡館剛營業，她就到了。咖啡店裝潢走工業風，地板是灰色的水泥地，挑高天花板布滿交叉管線。

雲厘找了一張靠角落的多人桌坐下，把電腦和課本拿出來，一邊看書一邊等傅識則。

傅識則比約定時間提前了五分鐘到，進店後看了一圈，便朝雲厘的方向走了過來，在她右邊坐下。

雲厘後知後覺，抬起頭對他笑：「你沒穿襯衫，看起來像年輕的學生。」

傅識則：「……也有可能我確實是個學生。」

雲厘被噎了一下，想了想，好像確實也是。

他坐下來後，雲厘拿起水壺幫他倒水，傅識則自然地按住水壺的蓋子，淡道：「我自己來。」

雲厘沒堅持，按了下服務鈴。服務生綁著高馬尾，看起來二十出頭，放下菜單時，掃了他們一眼，然後目光停留在傅識則身上。

他穿著黑色連帽衣，坐在窗邊，陽光打在身上。

雲厘隨便翻了幾頁菜單，「我要一杯摩卡和一份巧克力鬆餅。」然後把菜單遞給傅識則。

傅識則沒接過：「一杯美式。」

雲厘等了一下，沒見他點另一個東西，便提醒他，「不吃早餐很傷胃。」

雲厘：「要不然你再點一份抹茶鬆餅，我也想吃一些。」

傅識則道：「嗯。」

「一共需要這些，謝謝。」雲厘把菜單收起，遞回給女生。

餐點還需要一段時間才上，為了珍惜市狀元的時間，雲厘拿出了課本。

傅識則：「有往年試卷嗎？」

「有電子版。」雲厘又拿出電腦，操作了一下，打開一個文件。

「可以。」傅識則起身，坐到雲厘旁邊的椅子上。「筆和紙。」

傅識則身上飄來的氣息帶著淡淡的薄荷檸檬的味道，突然拉近的距離讓雲厘頭腦發熱。

雲厘聽話地都拿了出來。

傅識則：「做過嗎？」

雲厘搖了搖頭。

傅識則：「那現在開始吧，一題一題來。」

雲厘獨自看了一下題目，神色發窘。

「我現在要自己做嗎？」頓了一下，為難地說：「我不是不想做，我主要是擔心浪費你的時間。」

傅識則：「……」

「筆給我。」

傅識則在紙上一筆一劃地寫下解題過程，每寫一句，都會有相應的解讀。看著他的側臉，雲厘有些出神，從以前開始，任何認識他的人，都會心甘情願把他捧上神壇。這個人現在就坐在她的身邊，總覺得不可思議。

餐點上來的時候，傅識則已經講了兩題了。雲厘一邊寫題目，一邊走神：「我覺得我聽了課之後腦子記住的不是很多，你讀博士的時候也是每節課都去上嗎？」

「除了有外出的比賽，每節課都會去聽，畢竟他們都認識我。」傅識則回答道，「我不去的話，還會問我是不是他講得不好。」

「……」

雲厘突然想像出一個畫面。

老師站在臺上講課，傅識則坐在第一排審視。

老師講完一個小節後，笑著問傅識則：「傅同學，你覺得有什麼問題嗎？」

傅識則點頭示意：「沒問題。」

抑或是老師發現今天傅識則沒去，黯然神傷。

下課後去問別的老師傅識則有沒有去上他們的課，收到肯定的回答後，別的老師讓他好好反省反省，為什麼傅識則不去上他的課。

忽然傅識則用手指敲了敲桌面，問她：「在思考？」

雲厘連忙搖頭，表示自己走神了。

「看得出來。」傅識則拿出手機玩二〇四八。

「先吃點東西吧。」雲厘把電腦移開，小心翼翼地將傅識則用過的Ａ４紙放在Ｌ型資料夾裡。

傅識則接過面前的抹茶鬆餅，拿起刀叉，切成可以一口一個的方塊後，便推到雲厘面前。

雲厘戳了一塊，又把盤子推了回去：「我嚐嚐就好。」

傅識則叉起一塊鬆餅，他吃的很慢，每一口都要咀嚼半分多鐘，讓雲厘也禁不住慢了下來。

「你好。」是剛剛那個女生，大概是去化了個淡妝，模樣比剛剛精緻了些，「妳是閒雲滴答醬嗎？」

自從上次上傳了機器人影片後，除了大幅度漲粉之外，雲厘以前的影片點閱率也高了很多。現在在商場裡偶爾也會被認出來「閒雲滴答醬」的身分。

粉絲邀請她合照的時候，雲厘還會有些手足無措，不知道該跟粉絲怎麼交流。她向其他實況主諮詢面對這種情況的應對方法。不過還是不太習慣和粉絲合照。

「嗯，是的。」但雲厘覺得疑惑的是，剛剛這個女生的目光一直停留在傅識則身上，結果居然是來找她的，「有什麼事情嗎？」

女生突然扭捏起來，「是這樣的——」然後目光再次轉移到傅識則身上，說的話有點語無倫次，「我看了妳E站上次的影片，雖然和妳朋友沒什麼關係——但是，想問一下我可以和妳朋友合影嗎？」

「……」

雲厘：「要不然……妳自己問他？」不想摻和陌生人的事情，她又補了一句：「我和他不熟。」

傅識則：「……」

傅識則看起來沒聽她們的對話，視線在別處，依然慢慢地吃東西。

「先生你好，我可以加你的好友嗎？」

傅識則很冷淡：「我沒有。」

像是算到了他不會給，女生追問說：「我可以和你合影嗎？」

傅識則沒有立刻回覆，又淡淡地看了她一下，女生的臉瞬間紅了，才疏遠地回答道：「今天不太方便。」

雲厘也料到了傅識則的拒絕，畢竟自己也碰過不少灰，對傅識則本人的回應，她還是有些許的自信。這種自信又漸漸演變成了，與眼前女生的同病相憐。

雲厘：「妳別太難過。」

女生看向雲厘，她慢慢地吃著鬆餅，真誠地安慰她：「之前我和他要，他也沒給我。」

傅識則：「……」

雲厘：「但我們現在在同一張桌上，吃同一份鬆餅。」

傅識則：「……」

在女生看來，雲厘的話更像是在宣誓主權，語調如棉花柔軟，眉眼間卻暗含不容置疑的肯定。

女生走了後，雲厘抿了口摩卡咖啡，冷不防的，傅識則問：「妳還記著這事？」

雲厘回頭看他，男人眉目冷冽，卻不掩少年感，神態是與日常無二的平靜。

莫名的壓迫感襲來，雲厘故作鎮定：「也不算記得，我是想鼓勵一下她，畢竟她是我的粉絲。」

傅識則將刀叉放下：「鼓勵她什麼。」

「我們認識一段時間了，現在應該也算朋友了？朋友可以幫朋友物色對象。」

傅識則：「不是不熟嗎。」

「……」

傅識則只嗆了她一下，便繼續剛才的話題：「物色什麼樣的。」

語氣平淡如常，在雲厘看來，卻帶著引誘和蠱惑的味道。

那些向來壓在箱底不願透露的心思，在一瞬間全部湧現出來。

難以壓抑這種期待與緊張，她只是想要確定一下，傅識則有沒有可能喜歡自己這個類型的人。

雲厘咽了咽口水，盯著他，語氣帶了些試探：「好看又安靜，對著外人內向，對著你外向的，天天圍著你轉，你覺得可以嗎？」

她甚至，沒有給他更多的選擇。

她也不想知道其他的答案。

傅識則愣了下，往右邊靠著，拿起水杯喝了一口，隨後翻了翻她的課本。

「這個是重點。」

沒問到自己想要的答案，雲厘的注意力便回到那鬼畫符般的流程圖和公式上。

距離約定時間已經過了一刻鐘了，傅正初還沒有來，雲厘打開手機，一刻鐘前有他的訊息。

傅正初：『厘厘姐，我還要過去嗎？』

雲厘：『為什麼不來？』

傅正初：『感覺怪不好意思的，我過去不是煞風景嘛。』

雲厘：『你說的也對。』

傅正初：『……』

雲厘：『你還是來吧QAQ，不然我這用意太明顯了。』

傅正初：『來了。』

實際上，傅正初很早便到了咖啡屋附近，找了個角落貓著，邊看書邊觀察兩個人的動態。盯了一陣子，實在是太無趣了，才傳訊息給雲厘。

進門之後，傅正初坐到傅識則對面，翻開書自己看。全程都沒怎麼說話。

傅識則有點奇怪，用筆戳了戳傅正初的書。

傅正初沒吭聲。

傅識則又戳了戳書，問：「心情不好？」

傅正初搖搖頭：「小舅，我在複習，你別煩我。」

此刻，他只想當個透明人。

傅識則難得被傅正初嫌棄，便將重心挪到雲厘這邊。

講完每一類型題目核心的重點後，時間已經過了兩個小時。傅識則看了看往年試卷，抽了張難度適中的，放在雲厘面前。

指令只有簡單的一個字：「寫。」

雲厘寫的過程中，傅識則便托著臉，垂眼盯著她的試卷。

雲厘感覺像回到了小學三年級，數學老師站在她的旁邊虎視眈眈，還不停地拍打手中的戒尺以示警戒。

每有一點進展，她都要察言觀色一番。

傅識則幾乎不會掩藏自己的心事，每次雲厘選擇題和是非題了，或者計算紙上的公式寫錯了，他都會有細微的表情變化，比如皺眉或者瞇眼。

半小時後。

好不容易把二十題做完，雲厘已經出了一身冷汗。

傅識則幫她對了答案，全對，他眉頭一鬆，看起來非常滿意這個成績。

雲厘不理解，這就是學霸的快樂嗎？

不僅要自己全對，他盯著的人也要全對？

雲厘盯著他的臉，忍不住問：「你以前是不是經常幫別人作弊？」

傅識則：？

雲厘：「感覺你很熟練的樣子。」

傅識則一陣無語，雲厘又說道，「其實我覺得寫這些題目特別燒腦，如果不是因為要考試，我應該不會碰它們……」

傅識則盯著她，見雲厘一臉渴望認同的希冀，便皮笑容不笑地扯了下嘴角，敷衍道，「是啊。」

「我書可能讀得不太行。」雲厘開始為自己的不學無術辯解，「當影視創作者還是挺好的，上期影片現在已經有三百萬播放量了，而且，還是手工科技類的。」

她特別強調了手工科技這四個字，顯得這個影片或多或少有些技術含量。

「我重新組裝了一個機器人。」

傅識則：「看一看。」

雲厘把影片打開，放在桌面上，傅識則始終不發一言地看著螢幕，等到那顆小足球出現的時候，他的神色才有些變化。

想起來，雲厘順帶問了下：「我要幫ＥＡＷ拍一個新的動態，到時候你能幫我操作下儀器嗎？」

傅識則心不在焉地「嗯」了聲。

影片還沒放完，Ｅ站一連跳了幾十則通知。雲厘本來不打算操作，一不小心誤點，發現是一則動態，下面的留言都在＠她。動態內容是九張角度相同的照片。

第一張：傅識則雙手伏在桌上，偏頭和她講解題目，她側耳聽，視線落在他臉上。

第二張：傅識則拿著筆在計算紙上寫東西，她用手支著臉，視線落在他臉上。

第三張：傅識則叉了塊鬆餅移到唇旁，她趴在桌上寫題，視線落在他臉上。

粉絲們發現，這九張照片，無論裡面兩人在做什麼，雲厘的視線永遠落在傅識則臉上。

『@閒雲滴答醬，太般配了！我好嗑嗚嗚嗚！』

『@閒雲滴答醬，女人都是騙子，心碎了，老婆被人搶了，取關。』

『@閒雲滴答醬，嗚嗚嗚嗚我的老婆重婚了。』

這他媽的誰偷拍的。

雲厘處於茫然狀態，根據照片的角度看過去，是咖啡廳的洗手間方向，凌亂擺著幾盆乾花。

傅識則掃了一眼，雲厘見狀立馬蓋上手機。

也不知道是不是剛才被留言啟動了太多次。

雲厘脫口而出：「老婆，我們做題吧。」

傅識則的手一僵。

傅正初努力維持自己的透明人狀態，還是忍不住笑了出聲。

雲厘看著兩人，心中只有一個想法——

好尷尬。

太尷尬了。

怎麼會有，這麼尷尬，的事情。

不知道他是沒聽見，還是懶得理，傅識則沒講半句多餘的話。這種沉默，讓氣氛成百上千地疊加，無孔不入地鑽進她的每個細胞。

別開視線，雲厘捂了捂臉，試圖讓溫度降下來。

「我去下洗手間。」沒成功降溫的雲厘落荒而逃。

在原處，傅正初還在壓著聲音偷笑，傅識則用筆敲了敲他的腦袋。

傅正初也不在意，捂著肚子大笑：「哈哈哈老婆！」

傅識則：「……」

「問你件事。」他又用筆敲了敲傅正初。

見傅識則這樣，傅正初立馬安靜下來。

他張了張口，難以啟齒地吐出這幾個字：「我長得像女的？」

等雲厘回來的時候，兩人的神態自若。她鎮靜地坐回位子，心猿意馬地奮筆疾書。

「欸，雲厘。」

正當雲厘和往年考題混戰的時候，頭頂上冒出屈明欣的聲音，她抬頭，屈明欣穿著蕾絲白裙，妝容精緻，輕摟了摟雲厘的脖子。

「我剛才在外頭見到妳，就在想是不是妳。」

「我能坐這嗎？這是上次萬聖節那個同事嗎？」屈明欣自來熟地拉開椅子坐下，朝後面招招手，「李蔚然，妳過來呀。」

雲厘這才發現後方還有一個白白淨淨的女生，也拉開椅子坐下。

一有陌生人介入，雲厘瞬間毛孔緊閉，生硬地和兩人打了招呼。

「我們去別桌坐吧，我同學他們在複習考試。」

剛起身，卻發現咖啡廳已經坐滿了。

「就坐這吧，我也想認識一下妳的朋友。」屈明欣反客為主，自然地將雲厘拉回位子。

幾人瞬間安靜了。

雲厘心裡不喜歡屈明欣，但也清楚高中時代已經過去好多年了。

她作為受害者，這段記憶頗為鮮明無法抹去。

可她也不想因為對方性格還沒成形時做出的行為，對她下一輩子的定義。

屈明欣和她聊了聊自己工作的事情，又問了問他們幾人的情況，手機不停震動，雲厘拿出來看了一眼，發現是何佳夢的電話。她拿著手機示意了一下：「我出去接個電話。」

何佳夢想和她確定一下動態宣傳的主題，雲厘先前已經想過，便直接給了回覆。

「我想把ＥＡＷ這期動態宣傳做成一分鐘左右的短片，主題就是『嘗試』，怎麼樣？」

回想自己當影音創作者的整個階段，有過許多嘗試。從最開始在美食區，逐漸遷移到手工區和生活區，再到最近那個爆紅的機器人影片。

出於就業願景，大學與研究所階段她都選擇了自動化科系，到ＥＡＷ實習最初想去的也是技術部。

但被調到人事部門這件事打破了她的按部就班，卻也為她帶來新的嘗試和機遇——她嚮往過融入人群；她也想證明，內向並不意味著她無法勝任這份工作。

雲厘很喜歡這一期主題。

嘗試總是意味著，對於未來的期許。

她也有對於她和傅識則的未來的期許，比其餘事情更加強烈。

「剛才我在窗外看到雲厘和你們聊天，覺得她開朗了很多，還挺為她感到開心的。」屈明欣笑道，「我也想瞭解下雲厘的近況，要不要加個好友？」

她主動拿出手機，傅正初聞言，幫手機解了鎖，剛往她們那邊遞，一隻手指壓住他的手腕。

傅識則：「不必了。」

屈明欣第一次要好友被拒絕，而且對方看起來一副生人勿進的模樣。

傅正初朝她們兩人抱歉地笑笑：「妳們有什麼事直接問厘厘姐吧。」二人是雲厘的朋友，他不想表現得疏遠，便問：「妳們是厘厘姐的高中同學嗎？」

屈明欣：「嗯對啊，我們在高中時候關係很好，不過雲厘她和男生比較玩得來，女生好朋友就我和鄧初琦。」

「我幫妳們點一些喝的，替厘厘姐招待妳們。」傅正初沒想太多，按了服務鈴。

屈明欣先和傅正初隨意聊了下南理工的事情，話題便到雲厘高中階段：「雲厘高中時候挺可憐的，因為有一隻耳朵聽不見，所以上課的時候經常聽不清老師講話，點她回答問題，她連問題都不知道。我們老師就會說她走神，沒認真聽講。」

傅識則微微動了一下。

傅正初明顯沒反應過來。

她繼續惋惜道：「所以高中的時候她經常被罰站，成績也不太好，聽說後來讀大學保送研究所沒上，大概是大學上課也聽不清老師講話。可這明明不是她的錯，她好像從小就聽不見，因為這個原因受過很多歧視，和我們不太聯絡了。」

「好多人問她現在怎麼樣，她也沒回覆，不過看她和你們這麼開心，我們挺放心的。」

傅正初本來想說些什麼，餘光留意到傅識則的神情，他自動閉上嘴巴。

服務生恰好拿來菜單，屈明欣剛接過，傅識則卻直接拿過菜單的另一邊，遞回給服務生。

傅識則：「妳說過——妳大學畢業，在工作了。」

屈明欣點點頭：「對我現在在……」

傅識則很少打斷人說話，難得破了例，哂道：「聽妳揭雲厘的短，從上次我就很疑惑了。」

「不像受過教育的人。」

屈明欣臉上的笑有點維持不住，她辯解道：「我只是希望……」

傅識則：「希望我們發現她的缺點，是嗎？」

傅識則：「沒發現她的，妳的倒是挺明顯。」

雲厘回到咖啡廳的時候，幾人正處於僵持狀態。

一分鐘前，屈明欣急於重新見到雲厘。她鮮少有這種被人當面責難的經歷，也不能接受在這裡她不受到別人的喜愛。

傅識則：「她們要走了。」

雲厘覺得突然，但也能猜出在她離開的期間發生了些事情：「我去送一下她們。」

到店門口，屈明欣心有不甘地挽住雲厘的手臂：「雲厘，本來我不想說這個事情的，但妳的朋友好像不太歡迎我們。」

雲厘警覺道：「什麼意思？」

「我和他們聊了兩句，妳那個同事脾氣挺暴躁的。」

傅識則脾氣挺暴躁？

這還是雲厘第一次聽到這個評價。

「你們聊了什麼？」

「也沒什麼，就說到妳以前被罰站，我本來只是……」

罰站這兩個字激起雲厘高中階段最敏感的回憶，她打斷屈明欣的話，「妳和他們說了我左耳聽不見？」

屈明欣張了張嘴，見雲厘直接拉下了臉，也不再那麼理直氣壯：「我也沒想到他們不知道啊，況且，我們那麼多年同學了，只是想他們能對妳好一點。」

雲厘只覺得不可理喻。

小時候的她並不忌憚告訴別這件事情，她一直不知道自己有這個問題，在她的角度看來，還以為所有人都跟她一樣。

所有人的左耳都聽不見。

都只是裝飾品。

直到後來，稚嫩的孩子口裡吐出「聾子」、「殘疾」、「畸形」等詞彙的時候，她才意識到，她和別人確實是不同的。

她有意識地不再和任何人提起這件事情，但這個消息在高中時段還是不脛而走。

一開始，或者說，直至現在，她都因此有些自卑。

也情緒化過，忍不住問，為什麼是她。

但更困惑的是，為什麼一個本不是她的錯的事情，會被人來來回回地用來攻擊她。

埋藏記憶中的委屈與當下的怒火交織成團，原以為這麼多年過去了，她不會像從前那樣了。為什麼直到現在，還要再來影響她的生活。

「我不覺得，在我朋友面前說那些過去令我難堪的事是對我好。」雲厘看著她，「我以前膽子小不敢反駁妳，我以為將就將就，就能熬過去了。」

「現在看來不是這樣。」雲厘撥開她的手，冷淡道：「請妳以後都不要再聯絡我了。」

語畢，不顧屈明欣的神情直接將門帶上。

在門後，雲厘花了好一段時間才平復心情。總算是揚眉吐氣了一番，出乎意料的是，邁出這一步，並沒有她想像中那麼困難。

咖啡廳內，傅正初把書蓋上：「小舅，你剛才是生氣了嗎？」

傅識則：「沒有。」

剛才傅正初聽屈明欣講起雲厘過去的事情，只覺得她很可憐，直到傅識則說了那些話，他才反應過來。

好像確實是。

如果是他，是不會和別人說這些事情的。

「其實我一直沒發現厘厘姐有一隻耳朵聽不見……」傅正初絞盡腦汁去回憶和雲厘的日常相處，卻想起了其他事情：「小舅，你一開始就知道嗎？以前我們每次出門，你都是在厘厘姐的右邊。」

傅識則：「……」

傅正初：「包括現在，你也在右邊。」

他還想進一步深究傅識則的動機，卻見到雲厘往這邊走了，傅正初停止了對話，不會隱藏心事的他慌忙地從一旁拿了本書，裝作在翻看。

沒幾秒，她忍不住道：「傅正初，你的書拿反了。」

「啊，欸。」傅正初趕緊坐直：「我肯定是睡著了！」

雲厘：「……」

雲厘知道傅正初反常的原因，心裡覺得自己應該說些什麼，想來想去組織不好語言，只好接著安靜地看書。

幾人在咖啡廳裡隨意點了些輕食後，轉移到了有沙發椅的座位上。傅識則垂著眼，和傅正初要了頂鴨舌帽，戴上後便窩在沙發椅裡睡覺。

見狀，另外兩人安靜地翻著書。

就要考試了，雲厘卻心不在焉，想著屈明欣剛才說的話——傅識則暴躁。

知道這有誇張的成分在，但能想像，傅識則為她出面了。

這個想法冒出來後，雲厘滿腦子都在想像他為她動怒的模樣，但想了幾種可能性，都不太符合他的性格。

剛才如果在就好了。

試圖在計算紙上寫些公式集中注意，結果畫了半天，卻畫了滿紙的月亮。

往旁邊看去，傅識則窩在沙發的角落，薄唇緊抿，身上輕微發抖，背又繃得很緊，似乎是在做噩夢。

他的眉頭緊緊地皺著，呼吸變得很不規律，像是在努力掙扎。

好像不該任由他做噩夢。

雲厘伸手去搖他的肩膀，傅識則卻猛地抓住她的手腕，將她的手壓在他的腿側。

「……」

雲厘試圖把手縮回來，那隻抓住她的手卻紋絲不動，他的呼吸忽然平穩了許多，眉頭也舒展開，唯獨扣緊了她的手腕。

莫名想起了吮著奶嘴的嬰兒。

這個動作，她也看不了書，便直接拿出手機，打開和傅識則的聊天畫面，一字一字輸了幾句話，又一個個刪掉。

『你是在裝睡嗎？』

『我們的動作有一些些曖昧。』

『你拉了我的手。』

『你主動的。』

『可以負責任嗎？』

『拉了五分鐘了。』

傅識則快醒的時候鬆開了她。將手縮回來，雲厘才發現手腕上已經被他扣得發紫。

傅正初用很古怪的語氣問：「小舅，你睡得好嗎？」

不知道他這語氣怎麼回事，傅識則只是抬了抬惺忪的睡眼，沒理。

三人複習到晚飯前便結束了，雲厘回到家癱軟在沙發上，透過指縫看著燈光，再往下，手腕還有淺淺的勒痕。

因為拉了手，她單方面有種感情飛速進展的感覺。

他媽的怎麼整天吃她豆腐。

又不負責任。

雲厘鬱悶地傳訊息給鄧初琦。

雲厘：『今天也是求而不得的一天。』

鄧初琦秒回：『妳告白了嗎？』

雲厘忍住告知被吃豆腐的衝動：『沒有。那樣不會把人嚇跑嗎？』

鄧初琦：『那妳怎麼求的？』

雲厘：『我在心裡默默地求。』

雲厘拿著手機等了一下，也沒見鄧初琦回訊息。滑滑E站，白天那則偷拍動態已經有二十萬讚了，她簡單地回覆了下，便切換到和傅識則的聊天窗口。

內容還停留在上次萬聖夜。

她問：『我現在去科技城了！』

他應：『嗯。』

雲厘：『今天說幫EAW動態宣傳的那個，週一晚上你有空嗎？』

兩科考試都在週一的白天，恰好冬學期課程有調整，便順帶著改了實習時間。

傅識則回了，依舊只有簡單的一個『嗯』字。

往前翻，也幾乎都是她傳幾則，他回一則，訊息加起來不超過二十則。來回翻看，雲厘將備註改成了「老婆」，才覺得順眼了許多。

她翻回到最初的訊息，刪了中間的兩則。

雲厘：『（當我老婆.jpg）』

老婆：『嗯』。

考試前一個夜晚，雲厘通宵了，不僅連寫了幾張練習卷，還連夜做了份抹茶毛巾捲，小心地裝到盒子裡，用藍絲帶打了個蝴蝶結。

考完試回去補了個覺，出發赴約前，天卻下起淅淅瀝瀝的雨。雲厘換了身防水的風衣，將相機放到防水包裡，撐著傘到ＥＡＷ。

員工已經下班了，雲厘在門口等了一下，幾分鐘後小雨轉成瓢潑大雨。

低頭看了眼時間，距離他們約定好像還有十分鐘，杵在窗前，鞋子在原地畫了一陣子圈圈，雲厘又打開傘，往進入公司的消防通道口走去。

大粒雨水拍打傘面，雲厘透過雨簾看到站在消防通道門口的傅識則，和她預想的相同，他沒有帶傘。

一進到有遮雨篷的地方，她立即收了傘，用手拍拍身上的雨水，她身上已經淋濕了一大片，髮尾也沾滿水跡。

他眸色一暗，低頭掃了她手裡拿的東西一眼：「來接我的？」

雲厘不好意思直接承認，輕輕唔了聲：「我在那邊等了一陣子，你沒來。」

「傘給我吧。」傅識則沒多問，接過傘打開。

單人傘的空間逼仄，勉強能容下兩人，雲厘把相機包揹到胸前。

雨聲在她的右耳多次放大，雨簾擋住了視線，所有的觸感中，只有另一個人的存在。

雨水順著傘骨往下滴，打在傅識則的另外半邊的身子上，雲厘有些愧疚：「我的傘太小了，要不然你一個人撐吧。」

傅識則沒把這個不切實際的主意放心上，但還是低頭問她：「那妳呢？」

小巧得幾乎像縮在他懷裡的女生爽快地將帽子一套：「我這個衣服是防水的。」

傅識則：「……」

她的笑容不像平時羞赧，爽朗而自然。兩人往前走的時候，她瞄了傅識則的袖子幾眼，隨後，小心地抵著傘柄，往他的方向推了推。

她不想他淋雨。

傅識則留意到她的小動作，眼眸下垂，雲厘察覺到他的視線，又不動聲色地將手縮回去，還故作無事發生般望向別的方向。

「不用。」他淡道，雨聲淹沒他吐出的兩個字，雲厘懵懵地抬起頭：「啊？你剛才有說話嗎？」

她的臉白淨，為今晚的拍攝化了妝，根根分明的睫毛顫了幾下。

從未有過的情緒在他心底滋生，寬鬆的帽子擋住了大部分範圍，反而讓她瓜子般的小臉在這嘈雜紛擾的環境中突出。

世界彷若瞬間安靜。

傅識則微握住傘柄，移開視線：「沒有。走吧。」

路程不遠，到體驗館後傅識則刷卡開門打開電閘，走到儲物室裡翻出毛巾。

窗外雨聲滴滴重合，他想起剛才的感覺，她的身影逐漸清晰，深呼吸一口氣，他皺皺眉，並沒有把這種特殊的情緒放在心上。

隨手從櫃子中拿出條一次性毛巾遞給雲厘。

雲厘不太好意思在他面前擦身子，側身用毛巾輕輕貼著頭髮淋濕的部分。傅識則隨性地擦了擦自己的髮，罅隙中，瞥見雲厘的側臉，神情帶點靦腆。

他的動作慢了點，將毛巾扔進垃圾桶裡。

雲厘將相機和反光板架好，便根據一開始設定的流程逐個使用設施。

最後一個設施是用ＶＲ眼鏡玩恐怖遊戲，為了節目效果雲厘決定自己上陣。傅識則幫她戴好眼鏡後便指導她打開那款《夢醒時見鬼》。

一進入遊戲便是血紅燈光下的浴室，雲厘全身繃緊，在裡面緩慢地移動，裡面有好幾個房間，一個個摸索過去後，她耳邊驟然響起淒慘的鬼叫聲。

雲厘左耳聽不見，因此不像常人一樣能定位聲音來源。

對她而言，所有的聲音都來自右邊。

她下意識覺得鬼在右邊，驚恐地往左邊退了一步，卻直接撞進一個懷裡，一抬頭，是一張慘白的臉。

在雲厘尖叫前傅識則直接摘掉她的ＶＲ眼鏡。

她驚魂未定，視野回到真實世界，身後軟綿綿的觸感卻讓她回憶起剛才的畫面，心有餘悸地回頭，發現——

她在傅識則懷裡。

他單手拎著VR眼鏡，另一隻手輕抵著她的後肩，避免她摔倒。

「……」

「我不是故意的。」

她忽然反應過來，硬著頭皮往前走了兩步，從身後的懷抱脫離。

雲厘臉上發熱，自己又占了傅識則的便宜，她用手背觸碰雙頰，確認溫度降下來了才轉身。

但眸中無法掩飾的情緒還是出賣了她。

那直接，而極為強烈的情緒。

傅識則垂眸，將手裡的VR眼鏡關掉，伸縮繩調整成正常大小，上上下下檢查。

他將這個動作重複了好幾次。

才抬眼看向雲厘。

「妳喜歡我？」

他的目光乾淨。

雲厘怔在原處。

第一個反應是否認，但話到喉嚨口，卻發不出聲。

有好多個夜晚，睡眠不佳的她睜眼，總能模模糊糊看見另一個人的身影。

雲厘未曾躲避過這種感覺，這種帶著絲絲甜、絲絲苦、絲絲澀的體驗，從最初的愛慕到最後的傾心。

想要參與他的過去。

想要參與他的現在。

想要參與他的將來。

密密麻麻的情愫在心中滋生，萌芽早已破土而出，怯懦的她曾嘗試壓抑忘卻，卻反撲似的，在這人間愈發生長。

原來，一個人的眼中，可以真的完完全全只有另一個人的身影。

雲厘捏緊手心，和他對視：「我追你，不可以嗎？」

傅識則沉默了很久。

也可能只有幾秒。

雲厘覺得此刻度秒如年，她的手心出了很多汗，抑制不住地輕顫。

他垂眸。

就和那個拒絕的夜晚，一樣的語氣。

「抱歉。」

隨著他的每一個清晰的吐字落下，雲厘緊促的情緒，隨之消卻了。

雲厘聽到雨停了。

也聽清楚他說的每一個字。

——「可能是我的行為讓妳產生了錯覺。」

——「我沒有談戀愛的打算。」

第十章　拒絕

一切來得太過突然。

突然到，她剛破殼的情感、她耽溺的獨處、她短暫的勇氣、她自以為的隱藏，都在毫釐間褪色成了蒼白。

從羞赧、驚愕、無措、難堪、難過到不甘，雲厘才知道短短的一分鐘內，一個人可以有這麼多種情緒。

那平日裡讓她心跳加速的注視，此刻卻像沖刷暗礁的深海潮水，強烈而冰冷。

雲厘紅著眼睛往後退了一步：「我考慮一下，再決定要不要放棄。」

她故作鎮定，動作卻處處透著狼狽。

不用他說，她便知道他早就發現了。

他發現了，他不想繼續，甚至沒有一點發展的念頭。

只是找個獨處的機會告訴她。

將相機收拾好，她才看見那個毛巾捲，波紋袋子沾滿水珠，折射出無聲的嘲弄。

她抿抿唇，低著頭將毛巾捲放桌上，控制聲音的顫抖：「這是給你的，我先走了。」

此刻，她連對視的勇氣都沒有。

也許她應該再大膽一些，選擇爭取而非退讓，選擇勇敢而非怯懦。

原諒她，今日的勇氣，已經在承認的一刻全部消耗殆盡了。

傅識則全程無言，站在原處，低頭看著手裡的VR眼鏡，直到砰的關門聲，在隱祕潮冷的夜中迴盪。

一夜無眠，雨聲沙沙，卻沒有催眠的效果。傅識則掀開被子，起身拿起杯子喝了口水。

噠、噠。

他低頭，深紅的血液順著掌心滴落。

用了十幾年的玻璃杯磕了一角，他沒有丟。過去一年有餘，除非醉酒，他都有意識地避開磕破的地方，剛才不知緣由地走神，忘了這件事。

從小到大，東西壞了，傅識則的字典裡沒有「丟」這個字，而是選擇修理。

在其他人看來，是令人髮指的念舊。

隨便拿紙巾纏了纏手掌，傅識則拉了張椅子到陽臺。一如往常地往外看，橫橫豎豎的結構，是他過去一年半常見的情景。

傅識則拿出根菸點燃，一點橙紅的燈火在黑暗中搖晃，微風中彌漫著灰濛濛的煙霧，將他包圍。

像是將他鎖在了安全圈內。

傅識則出神地抽著菸，察覺到涼意了，才發覺他手裡的菸盒已經空空如也。

他偏頭想了想晚上發生的事情。

打開手機，下載了E站的APP，輸入閒雲滴答醬，很快便彈出了近期最紅的兩則動態，一則是前段時間衝上熱榜的九宮格圖片，傅識則一張張滑過去，都是雲厘在偷看他。

指尖停留在留言區。

點讚數最高的第一則是雲厘當天晚上在動態的回覆。

閒雲滴答醬：『老婆們不要造謠！！別汙了她的清白！！』

點讚數最高的第二則也是她的。

閒雲滴答醬：『打錯字了，是他！！！』

無論誰看到，都會覺得是個可愛的女生。

另一則動態是她自己標榜為手工科技類的機器人修復影片，傅識則又打開，從頭到尾仔仔細細地看了一遍。

女生嚴肅地對著鏡頭講解自己修復機器人的過程，和呆子般挪動的小機器人以及滿螢幕的「哈哈哈哈哈」留言格格不入。

他揚起唇角，覺得有些搞笑，又莫名苦澀。

影片到三十七秒的時候，畫面中的一角出現了個藍色燙金的信封。

那還是江淵放的。

追溯起來，應該是雲厘升學考結束的時候，那大半個月，他和江淵兩人每天都能見到雲厘騎著輛小單車到西科大，停在學校裡的南溪廣場。

中間有兩次還載著個小男孩。

認出雲厘不難，一兩年間她的長相沒什麼變化，和紅色跑道上那時如出一轍。

她大概並不知情，機器人足球賽的比賽當天，他們兩個偷偷地去看了她的比賽。

那時候，少女專心地伏在小型足球場前，專心致志地操控著，完全沒注意到他們就在身後。

她獲勝的時候，江淵將此事歸功於他讓他帶過去的那顆訓練用的小足球。

南溪廣場就在學院隔壁。

六月份的那大半個月，也許是出於好奇，他和江淵每天都會去瞄幾眼，也蠻奇怪這個小女生剛升學考結束，為什麼每天跑到西科大。

總不可能為了在西科大找棵樹待著吧。

兩人為此還打了好幾個賭。

當時雲厘就坐在廣場前一棵常青樹下，綁著馬尾，每天抱著兩本書乖巧地在樹下坐一整天。他們彷若看見那個在操場上訓了一整天機器人的小女生。

直到那天，Unique 在南溪廣場進行無人機展示。

他原本和江淵搭在二樓露天陽臺的欄杆上，兩人在樓上操作無人機，卻見到雲厘忽地跳了起來，跑到 Unique 帳篷排隊領紀念品，四處張望，像是在找人。

輪到她領紀念品的時候，帳篷的同學讓她出示校園卡。

她不是西科大的學生，按照規定領不了紀念品的。她還在帳篷前爭取了一下，發放紀念品的同學沒同意，隨後便是轉身，走了兩步，然後開始擦眼淚，回到了樹下。

江淵問他：「好像是我們的小粉絲欸，去給她一個？」

他推推江淵：「你去。」

「你去。」

「你去。」

「你去。」

後來江淵猜拳輸了，便朝他擺擺手，趁雲厘不注意的時候往她的腳踏車籃子裡放了一份Unique的紀念品。

兩人晚上吃飯的時候發現她還沒走，纖細的身影守在自行車那，手裡拿著那份紀念品。

江淵笑了：「她該不會覺得是別人的東西，不敢拿吧。」

這可能性蠻高。

當時兩人都覺得小女生乖乖的，長相和神態很稚嫩，拿著紀念品的模樣滿是不安。

江淵推了推他說：「阿則，我放紀念品，現在輪到你去了。」

「行。」他也笑著推了江淵一把，正打算下樓和她說話，卻看見她如獲至寶般把那份紀念品用手帕包起來，然後放到書包的夾層裡。

後來，他們都沒再見到她。

很容易便能推斷出來，大半個月，她都在等「Unique」的出現。只不過沒有見到想見的人。

傅識則理所當然地認為她是去找江淵的，畢竟在操場上，他自己一直坐在觀眾席上，和雲厘沒有碰面。

他打趣江淵：「在操場上看到隊服了，來找你的。」

江淵：「少來，你讓我去給的。」

這件事兩個人並沒有放在心上。

腹部絞痛，傅識則才想起自己又很久沒吃東西了，具體時間他也不記得。回到房間裡，想起冰箱裡那個抹茶毛巾捲，他拿出來，上面的水還沒乾透。

能看出製作者的用心，在包裝盒外用保鮮膜嚴嚴實實封了好幾層，唯恐滲水。有褶印的緞帶也能看出她反反覆覆綁了這藍色蝴蝶結好幾次。

用勺子挖了一口。

入口甜甜的、苦苦的。

想起今晚她通紅的眼睛。

進食並沒有停止腹部的絞痛，傅識則隨便翻了兩顆藥吞下。

從抽屜裡拿了包新的菸，摩挲兩下打火機，卻沒有點燃。

他凝視著陽臺遍地的菸頭和酒瓶，凌亂不堪。垂眸看著自己消瘦的手腕，掌心的血漬已經乾了。

算了吧。

公寓內，雲厘拆了包冷凍餃子，扔了幾個到煮開的水內，蜂巢般的白泡沫向外滾出，她出神地看了好一陣子。

她慢慢地摸到旁邊的手機，點開和傅識則的聊天的記錄，暱稱還是她情動之際修改的。

從那天晚上到現在，他們再也沒有說過話。

她想問他，他是什麼時候發現的。

她想問他，他問了她，卻又拒絕她，是不是因為不想和她再有接觸。

傅正初不知道他們兩個已經捅破了這層紙，還拉了個小群組，問她和傅識則打不打羽毛球。

她原本想等傅識則先回覆。

但對方似乎也是同樣的想法。

過了一個下午，群組裡也沒新訊息。雲厘盯著傅正初孤零零的兩則訊息，嘆了口氣：『最近比較忙，沒時間去。』

不到一刻鐘，傅識則也回覆：『感冒了。不去。』

看到這則訊息的時候，雲厘想問他是不是真的感冒了，要不要送藥給他。

鼻尖一酸。

他肯定會拒絕的。他是那麼有教養的一個人，從發現那一刻起必然就想把她的想法扼殺在搖籃中。

她好不容易，戰戰兢兢，勇往直前。

她不想放棄。

不想。

她無法保持著喜歡著傅識則的心跟他當一輩子朋友。

雲厘打開好友列表數了數。

這個關係還可以。

這個也還行。

這個人應該也算是朋友。

她好像也沒那麼缺朋友。

她知道，只要傅識則再出現，無論何時何地，她都會再度喜歡上他。

她想像不到，和他除了戀人以外的關係。

心情悶悶的，雲厘打開了E站，看一下粉絲留言。

跟粉絲說說話好了。

沒有任何預兆地，雲厘打開了直播。

也許是因為現在接近晚上十一點，觀看人數漲得飛快，很快便破了萬。

雲厘擺好鏡頭，對著攝影機打了聲招呼。她沒看留言，自顧自地說：「好久不見。」

「大家晚上好，今天先來讀幾份粉絲來信。」

「不行不行，今天不做口語練習。」

「先讀幾個誇我的信件。」雲厘掃了留言一眼，「嗯？怎麼還挑？我不挑著讀，十封有九封以上都在誇我。」

「好了，主播要拍自己馬屁了。」

讀了兩個，雲厘覺得有些不好意思了，就關掉了信箱，「讀完了，大家覺得怎麼樣。」

留言一片唏噓。

「怎麼這麼久不更新——主播還在上學，要複習考試。」

留言滾動得飛快，大部分都在問上次偷拍的照片，雲厘本想忽視，但卻越來越多，甚至還問雲厘怎麼刻意無視他們。

「咖啡廳的小哥哥是誰？不太熟悉，你們問本人。」

「為什麼一直偷看小哥哥？怎麼就叫偷看了……」她頓了下，「我是——明著看。」

「老婆要成為別人的老婆了嗎？只能別人來當主播的老婆，記住了。」

「鹹魚今天眼睛紅紅的，是不是心情不好？沒有紅，心情很好。」

留言忽然間換了個方向。

『感覺確實比較紅。』

『是不是跟咖啡廳小哥哥吵架了？』

「……」

「弟弟和小哥哥什麼時候出場？小哥哥是指咖啡廳的小哥哥嗎？」雲厘不自然地匆匆帶過，「那應該是不會再出場了。」

「但是弟弟的話——」雲厘拿出手機，直接撥通了雲野的電話。

另一旁，晚上到家沒多久的雲野看見通知欄提示雲厘的直播，便打開網頁，恰好看到了這一幕。

「……」

電話那邊響起了雲野的聲音，雲野明知故問：『幹什麼？』語氣帶著少年獨有的透亮。

「直播間的家人們想聽聽你的聲音。」

「……」

留言十分熱情，內容突然變得十分統一，大片大片地跟雲野告白。

『我愛弟弟！！！！！』

『主播給你們，弟弟歸我！！！』

『弟弟露個臉吧嗚嗚嗚嗚！』

雲厘一時語塞：「所以是我的粉絲多還是弟弟的粉絲多？」

「難怪我的帳號女粉比較多？」

留言又更新了一大片，雲厘一字一句地讀了出來。

「性別不要限制的這麼死。」

「我是男的，但我也喜歡弟弟。」

「……」

「讓他開直播間去吧，我要下了。」

緊接著，雲厘毫無留戀地關了鏡頭。

和雲野的通話還在繼續。

看見雲厘關了直播，雲野也沒關掉網頁，把電腦晾在一旁，單腳蹬了一下地面，電腦椅原地轉了個圈。一隻腿輕鬆地搭在另一條腿上，少年靠著椅背，『姐。』

雲厘：「幹什麼？」

『妳什麼時候回家？』

「……」

想起還有回家這個選擇，雲厘默了許久：「週四吧。」

有了回家的念頭，又適逢考試週和冬學期實習時間調整，雲厘乾脆和方語寧調整了下週的上班時間，湊出一週的假期。告知了何佳夢後，便訂了週四回西伏的機票。

還未從這次情傷中重振旗鼓，雲厘迫切地想回到一個充滿安全感的地方。

大學離家不遠，這是她第一次離家這麼久。

想家的情緒忽然就上來了。

雲厘對著行李箱發了下呆，吸了吸鼻子。

次日，雲厘是被雲野的電話叫醒的，迷迷糊糊地接了電話，裡頭傳來雲野吵鬧的聲音：

『姐！還不起來就來不及啦！』

雲厘被嚇得渾身一激靈。

她趕忙從床上爬起來，跌跌撞撞地跑去洗漱。在五分鐘內，手忙腳亂地完成了刷牙到穿衣的一連串流程。

拿上手機和充電器，雲厘拉著行李箱就出門了。

出了電梯，雲厘看著藏青色的天空，後知後覺地看一眼時間。

六點十六分。

很好。

雲厘站在原地沒動，撥通了雲野的電話。『嘟、嘟』、兩聲後，雲野接了起來。

「你有病吧雲野。」

「你一大早跟我說來不及了。」

電話那頭的雲野停頓了好一陣子，茫然地回了句：『什麼？』然後接著說，『姐，妳趕緊起來收拾東西。』

「我收個——」雲厘覺得一拳打在了棉花上，嘆了口氣「算了。」

「回去再收拾你。」

雲厘原封不動地又回到公寓裡。

她打開和傅識則的聊天畫面，盯著「老婆」兩個字出了神。

雲厘斟酌著用詞，來來回回輸入句子又一字字刪掉。

『我回西伏了，帶一些特產給你？』

肯定會被拒絕。

『我回西伏了，下週回來。』

他可能並不想知道。

『我不會放棄的。』

噩夢。

想了許久，剛被拒絕，死纏爛打怕是要和林晚音一樣的下場，雲厘關上手機。還是找機會傳一些他會回的訊息吧。

雲厘下飛機時，雲永昌已經在機場外等候了。

父女倆自覺地不提之前的矛盾，雲永昌板著臉幫她拿行李，聲音硬邦邦的：「又穿這麼少，凍著膝蓋了以後要和妳老爸一樣得風濕的。」

平日裡雲厘必然要和他拌兩句，此刻心裡卻難得很懷念雲永昌的聲音。

坐在家裡的車上，雲厘才有種真實的回家了的感覺。

雲厘靠在窗邊，看著沿途經過的建築物。

西伏的人流較南蕪少，鮮少有熱鬧的氣氛，但建築物較新，鱗次櫛比，道路平坦寬敞。

西伏科技大學主樓的輪廓逐漸出現在眼前。

「欸，爸爸。」雲厘敏感地坐直身體，「我記得回家這段路不會經過西科大的啊？」

「暑假的時候就開始修路了。」雲永昌單手開車，往右側看了一眼，「上個月就修好了。」

「早該修了。」雲永昌不滿道，「每次經過都繞一個大圈子，現在修好了。」

「正好方便妳弟弟以後讀大學回家。」

經過西科大，車子再開個十分鐘就到家了。

去EAW探店的時間是八月底，到現在，有三個月沒有回家了。楊芳提前收拾過她的房間，一塵不染。

進了家門，雲厘把行李丟在一旁，直接回到房間，重重地倒在床上。

家裡的狗聞見熟悉的氣味，啪嗒啪嗒地跑了過來，跟著跳上雲厘的床。

雲厘揉了揉狗頭，喚了聲：「堆堆。」

堆堆是一隻不那麼胖的柴犬。雲野國中考完後，雲永昌問他有沒有想要的東西，他便說想要一隻狗，恰好雲厘也愛狗。

雲永昌一直不同意，卻在某一天自己帶回來一隻小柴犬。

外面傳來雲永昌的斥責聲：「一回家就知道躺床上，像什麼樣。」

楊芳拉著他：「厘厘一回家你就開始罵，坐多久飛機了，還不能讓她休息一下了。」

雲厘放開狗，將手臂舉起，蓋住了眼睛。被鬆開後，堆堆默認敘舊結束，翻身跳下床。好吵。

自從被拒後，雲厘一直失眠，突然放鬆下來，陣陣睏意襲來。

等醒來的時候，已經晚上十一點了。

雲厘揉著眼睛，睡眼惺忪地走到客廳。

往沙發上看了一眼，少年正躺著玩手機，下巴枕著枕頭，對她的出現沒什麼反應。

雲厘：「吃宵夜嗎？」

雲野頭也不抬：「吃。」

雲厘也是有點無語，她不在家的時候，每次打電話雲野都要問她什麼時候回家。現在她到了，他又一副事不關己的模樣。

走到廚房，雲厘從冰箱裡拿出兩塊抓餅，在平底鍋裡倒了點油，放了一塊進去。等待的過程中，她拿起手機看訊息。

何佳夢：『雲厘——妳家在西伏哪裡啊？』

雲厘看到訊息，就直接回覆了：『在新光街這邊。怎麼了？』

何佳夢：『是不是離西伏科技大學不遠啊？公司安排人下週去西伏科技大學出差，老闆讓我安排個助手陪同。』

何佳夢：『我就想起妳剛好回西伏了，要不要考慮考慮？算出勤！不夠三天也算三天！』

雲厘想了一下，下週工作日雲野不在，爸媽都去工作，自己一個人待著也沒意思，就應了下來。

『我太愛妳了！！！！』

『我找了好幾個人，他們一聽到負責人是誰，都不願意去。』

『但是妳應該不討厭的！』

『應該會很喜歡！！！』

『巨帥！！！』

「……」

有種被欺騙的感覺。

看到巨帥這兩個字，雲厘已經能猜到來的人。

從被拒絕那天至今，也過了好幾天。雲厘垂下眼瞼，出了神。

鍋裡的油「啪」地一聲炸開，她這才想起鍋裡還沒完成的食物。

急忙幫抓餅翻了個面，翻過來後，可以看見原先煎的那面已經變成了咖啡色。

不愧是她挑的不沾鍋，焦也焦得這麼均勻。

雲厘用鏟子戳了戳，自言自語道：「應該還能給雲野吃。」

正好出來裝水的雲野：「……」

「雲厘。」雲野幽幽道。

雲厘嚇了一跳，心虛起來：「不能浪費糧食。」

雲野面無表情。

她只好服軟，慢吞吞說：「這應該也不能吃了，這是迫於無奈的糧食浪費，老天爺會理解我的。」

重新做了兩份後，雲厘端著兩個盤子去雲野房間，用腳踢了踢門，「雲野，開門。」

把雲野那份放在他書桌上，雲厘坐在床邊端著吃：「我實習的公司有人過來出差。讓我去幫忙。」

雲野側頭：「什麼時候？」

「下週一到週二。」雲厘吃著東西，含糊地說。

「過來的那個人妳認識嗎？知道去哪嗎？」

「就在西科大——」

雲野又喊了她幾聲：「妳怎麼說到一半不說了。」

雲厘支支吾吾地，勉強開口：「過來的人應該也認識。」

雲野看她的反應不常見，忽地開口：「妳男朋友？」

雲厘搖搖頭。

「妳喜歡的人？」

雲厘又搖搖頭，推了一下雲野：「你別亂猜了，成年人的事你哪懂。」

何佳夢很快把相關資料傳了過來，前些日子西科大新成立了個研究中心，考慮訂購一些虛擬實境產品用於研究。如果事成，也算是筆不小的訂單。

研究中心由傳識則在的控制學院成立，徐青宋便派了他過來，訂的是週六下午的飛機，宣講時間定在下週一和週二。

何佳夢傳了幾個文件給她，讓她在去西科大之前列印一百份，宣傳手冊要用品質好一些的銅版紙，家附近的沒有合適的影印店。

週六中午，雲厘換好衣服，拿上車鑰匙就出門了。

雲永昌承包了一個小型駕訓班，日常出門都開教練車。楊芳的公司又離家比較近，平時出去上班是騎電動車。這時雲厘回來了，他們便乾脆把車放家裡讓她開，方便她出門。

雲厘駕車到西科大對面的影印店，宣傳冊第二天才能取，她回到車上，想起何佳夢說的話。

傅識則是今天下午的飛機。

也不知道幾點到。

開了個訂機票的ＡＰＰ，雲厘查到下午時段從南蕪到西伏的飛機有五六班。在車上發了下呆，她直接點開了去西伏機場的導航。

導航的女聲響起：『正在前往西伏機場，全程三十公里，預計時長五十九分鐘。』

雲厘完全是腦袋一熱，就驅車前往。

她沒有告訴傅識則這件事情，畢竟她也只是去碰碰運氣。

一路上，心裡忐忑不安，有好幾次都差點違規。

西伏機場的到達入口只有一個，不少接機的人在出口處等待。怕錯過傅識則，雲厘找了個正對著出口的位置站著。

但凡顯示螢幕上出現南蕪到港的航班，雲厘都會打起十二分精神尋找那個身影。

好在等了兩三個小時後，她看見傅識則拖著行李箱走了出來，幾日不見，他似乎消瘦了些，深邃的眼窩滿是疲倦，透漏著疏離，與人群格格不入。

傅識則見到她，腳步一頓，隨後走到她面前。

雲厘故作自然地講出先前安排好的理由：「佳夢姐和你說了嗎，宣傳演講會我當你的助手。今天我過來接你。」

傅識則「嗯」了聲。

「走吧。」

他拉著行李箱跟在她身旁。

這次見面並沒有雲厘想像中的尷尬。

傅識則一如既往的淡漠，走在她身邊不發一言，直到兩人到了停車場門口，他忽然說：「我沒有告訴何助理航班號碼。」

雲厘：「……」

撒了謊，還被對方發現，雲厘面上發熱。

好在傅識則沒有進一步深究的意思，放好行李後便打開副駕駛的車門。

開了門他卻沒有上車，直接繞到了駕駛座上：「妳坐副駕駛座，我開車。」

兩人上車後，雲厘注意到他手上纏著紗布。

「你的手怎麼了？」

傅識則垂頭看了中控臺一眼，打開空調，「擦到，不礙事。」

他直接導航到了西科大。

雲厘：「不去酒店嗎？」

傅識則握方向盤的手一滯。

「不去。」

雲厘本想再和他說話，汽車啟動後進入一段長隧道，重複的燈光和路段頗具催眠效果，等她再睜眼，車已經停下來了。

車停在僻靜的角落，窗外暗沉。

熄火後空調自動關閉，車裡的溫度降了不少，應該已經停了有一段時間。雲厘轉過頭，傅識則靠著駕駛座玩手機，螢幕的亮度調得很低，再加上停車的區域光線很暗，在這環境中，她睡了很久。

「醒了？」

她還在偷看的時候，傅識則冷不防開口。

他的視線還停留在手機螢幕上，雲厘無暇猜測他怎麼發現她醒了的，坐直了身體：「到西科大了嗎？」

「嗯。」

雲厘看了手機一眼，距離他們離開機場已經過了兩個多小時了，她眨眨眼睛，以為自己看錯了時間：「到西科大後，我在你旁邊還睡了一個多小時嗎？你怎麼沒喊我？」

傅識則瞥她一眼：「路上塞車。」

語畢，他啟動了車子。開出這個角落，再過兩三百公尺便是大路，在校園內開了幾分鐘，車停在控制學院前。

「妳直接回家吧。」

傅識則解開安全帶，從後車廂拿出行李，便直接走向控制學院大樓。

聞言，原本跟著他的雲厘停下腳步，回到車上，駕駛座上多了個卡片夾，裡面第一張便是傅識則的身分證。

雲厘看著這張身分證，照片裡的少年對著鏡頭恣意地笑。她猶豫了一下，摸了摸證件上的臉。

感覺自己有點變態，心底又有些滿足感。

19940209。

他只比她大一個月。雲厘打開手機日曆，發現傅識則的出生日是那年的除夕。

他是在煙花中出生的人。

也應該有如煙花般絢爛的人生。

沒再翻看其他卡片，她找了個停車位把車停好，拿上卡片夾朝著剛才傅識則消失的方向進了門。

打了幾通電話和傳訊息給傅識則，他都沒有回。

雲厘不熟悉大樓內的格局，便順著大廳和長廊走。

走了一陣子，她發現，傅識則曾在這裡，留下了很深的印記。

無論是進門的海報，還是大廳播放的宣傳影片，都有他的影子。

雲厘在一樓兜了幾圈，便杵在學院的門口等他，恰好她面前貼著傅識則的海報，她盯著也能打發時間。

西伏晝夜溫差大，雲厘出門的時候只穿了件薄外套，學院門口涼風穿堂，她把釦子全部扣好，抱著雙臂在原處走動取暖。

「同學，請問妳是哪個學校的？」突然被人叫住，雲厘頓了一下。

聞聲看去，迎面走過來一個男生，戴著眼鏡，看起來文質彬彬。

雲厘沒正面回答問題：「你怎麼知道我是別的學校的。」

眼鏡男輕笑一聲，說道：「我在這裡讀了八年了，從大一到博五，沒有一個好看的女生是我不認識的。」語氣帶著滿滿的自信。

「……」

他強勢地朝雲厘的方向展示自己的好友條碼：「同學，可以加個好友嗎？日後好相見。」

雲厘有點尷尬，退了一步道：「不了，我有男朋友了。」見男生一副不信的表情，她指著宣傳欄裡模範學生的照片，說道：「這個人。」

「傅識則？」眼鏡男子的表情帶著懷疑。

沒想到對方居然認識，雲厘頓時心虛：「怎麼了嗎？」

她有些後悔自己一時興起的胡言亂語。

「不太信。」眼鏡男子直白道。

「……」

「而且他都休學一年多了，拒絕也找個好點的理由。」

「……」

雲厘一愣，沒反應過來他說傅識則休學的事情。

眼鏡男的視線令她不舒服，她無言，轉身想直接離開，卻剛好看見傅識則從樓上下來，她像看見了救星，連忙小跑過去。

眼鏡男原不死心，想再喊住雲厘，看見樓梯上那個漠然注視他的人，便頓住了，不可置信地嘟囔了句：「我靠，居然是真的。」

傅識則看起來有些恍惚，雙眸不太聚焦。他在原地站了好一陣子，才將視線放到雲厘身上。

和剛才離別時見到的相同，雲厘穿著駝色長款外套，此刻將釦子全扣上了。微捲的頭髮垂下來，散落在肩膀上。下身穿著內搭褲，兩條筆直的腿纖細。

她的頭髮長長了。

雲厘抬眼見到傅識則，眸子眨得明亮，似有點點星光。臉頰被冷風吹得泛紅，耳尖也凍得通紅。

「你的卡片夾落在車上了，我怕你入住不了酒店，所以在這裡等你。」

雲厘拿起手機晃了晃，「我打了幾通電話給你，但是你可能沒注意到……」

冷冽的風從領口竄進去，傅識則看著她，語氣中帶點自己未察覺到的艱澀：「妳一直在這等嗎？」

雲厘被盯得有些不好意思，手指蹭了蹭耳尖，說道：「嗯，因為我不知道你在哪……但也沒有等很久，你出來得不晚。」

她從包裡拿出卡片夾，「給你。」

傅識則無聲地接過卡片夾，收到口袋裡。他提起行李，走到路旁。

「都這麼晚了，天氣還這麼冷。如果你沒約人的話——」雲厘跟在他身後，直到他停下了，才小聲道：「我們一起吃晚飯吧？」

「……」

傅識則側頭看她，碎髮隨風浮動，他穿著深色風衣，搭了件白襯衫，冷然得出眾，又與藍調的路燈融為一體，彷彿從一開始便屬於夜幕。

雲厘惴惴不安地等待著。

傅識則薄唇輕啟，只吐出兩個字：「不了。」

「噢好……」被直接地拒絕，雲厘在原地有侷促：「那我開車送你到酒店吧。你拿著行李也不方便。」

「謝謝。不用了。」他依舊疏遠的語氣，拿出手機叫車。

雲厘盯著他垂眸的模樣，墨黑的瞳仁冷淡疏離，渾身上下透露著隔絕的意味。如果說，之前她還曾錯誤地感受過冷漠的消融，此刻她只覺得自己的存在是徹底多餘的。

被拒絕得太多了。

不意外，卻多到不知所措。

傅識則看了她一眼，忽然說：「站過來。後面有車。」

「噢……」

他的話打斷了雲厘的思緒。

雲厘站到他旁邊，路燈光線較暗，能看見他臉上被手機螢幕的光線打亮的一角，神態寡淡。

他一直盯著螢幕上等待司機接單的倒數計時。雲厘在一旁多餘得尷尬，也拿出手機，瞄了他的螢幕一眼，看清地址後，叫了一輛到他所住酒店的車。

傅識則：「……」

傅識則：「妳要跟著？」

雲厘擺了擺手，乾巴巴地解釋：「你不是叫不到車嗎，我幫你一起叫……」

見他沒吭聲，雲厘懊惱道：「你別覺得我有其他企圖。」

聽她的話，傅識則才注意到，已經晚上八點半了。

看向雲厘，她化了淡妝，身形高挑，凍得泛紅的臉頰削弱了眉眼的英氣，像個未畢業的大學生。想起剛才在大樓裡見到她被男人搭訕，也是合情合理。

手機震了一下，傅識則低頭，程式顯示已經有司機接單，距離他兩公里，預計五分鐘後到達。

瞥了雲厘的手機螢幕一眼，還顯示著「召喚司機中」。

注意到他的目光，雲厘朝他抬了抬螢幕：「可能現在車比較少，還沒叫到。你那邊叫到了嗎？」

分鐘的事。」

「……」

傅識則盯著手機螢幕，隨意點了幾下。

他抬頭，把手機塞回口袋：「叫不到車。」

雲厘低頭看了眼時間：「要不然……還是我送你過去？我開了車，送你回去只需要十幾分鐘的事。」

「現在很晚了，於公於私我都希望你早點回去。」雲厘的聲音不大，怕再次被拒絕，說這話的時候她沒直視傅識則。

傅識則安靜地看了她一眼，沒再拒絕：「嗯。」

原先做好了被拒絕的心理準備，他卻鬆了口，雲厘心情瞬間好了許多，她走在前面：「車在這。」

雲厘開車，酒店離西科大二十分鐘車程，上高速公路後出了匝道再過三公里便到了。

想起他此行的目的，雲厘問：「你這次有帶VR設備嗎？」

傅識則用鼻音輕應了聲。

雲厘公事公辦道：「我幫EAW做的那個宣傳短片，我想讓我弟弟入鏡，他的人氣還蠻高的。明天我可以借用那個設備嗎？」

她語氣輕鬆地補充：「等一下我放你下車的時候，你給我就行，後天我帶到西科大。明天你不用過來的。」

傅識則：「只帶了全身追蹤的設備，妳不會操作。」

恰好到了酒店附近，雲厘的注意力集中在兩側的停車位上，匆匆應道：「那算了，週一見。」

「……」

解了車鎖，她轉頭看傅識則。他安靜地靠著座椅，路側燈杆的陰影落在臉上。

「明天幾點？」

「啊？」雲厘有些沒反應過來，而後連忙改口道：「十點可以嗎？在新光社區，我可以過來接你，或者你到了和我說。」

傅識則偏頭，沒怎麼思考：「我自己過去。」

剛進家門，雲厘便聽到堆堆在雲野房間內瘋狂地抓門。她敲敲門，雲野沒應，門上著鎖。

雲厘趴到床上，回想今天的事情。

私底下約他見面，他不會同意；但如果和工作有關，他應該不排斥和她見面。

還有那個眼鏡男說的，傅識則休學了。

這個詞對於雲厘而言十分遙遠，總覺得屬於那些學業不佳或身體不佳需要居家休息的人，可傅識則也找了份ＥＡＷ的工作。

不知道他之前發生了什麼事情，才變得如此孤僻寡言。

雲厘的思緒沒被這件事占據太久，她理所當然地認為，只要他願意，他可以重新獲得所有的榮耀。

聽到電視聲，雲厘到客廳倒水。雲野躺在沙發上，撐著臉目不轉睛地盯著電視：「我在家待了一整天。」

雲厘：「哦。」

雲野沒說話。

雲厘自顧自地回了房間，過了一陣子，她又走了出來，像想起了什麼，難以置信地開口道：「你不會是在說我沒陪你吧。」

雲野：「……」

雲野臭著臉：「沒有。」

「哦，那就好。」

「……」

雲厘走到沙發旁坐下，「今天我找同事借了VR，明天他帶過來，給你玩。」

「什麼樣的？」雲野的表情稍微好看了點，「特地借給我的？」

雲厘懶得跟他解釋：「反正挺好玩的。」

隔日楊芳和雲永昌都不在家。雲厘七點起床收拾屋子，順便到外頭買了些新鮮草莓。

週日雲野通常起得比較晚，雲厘敲著他的房門：「雲野、雲野。」

咚咚咚。

沒有回應。

咚咚咚。

雲厘繼續敲：「雲野、雲野。」

聽見裡面應了一聲，她才開門進去。

雲野瞇著眼側躺著，被子夾在腿間，柔順的頭髮因為靜電蓬了起來，一臉茫然地看著雲厘：「妳幹什麼？」

「……」

雲厘拿起掃把就開始掃地，回道：「你起得還挺早，現在才七點多。」

雲野皺眉：「剛剛誰敲在我門？」

雲厘很理直氣壯：「我啊！」同樣也皺了皺眉，「你問這個幹什麼？」

「……」

雲野倒頭繼續睡，喊了一句：「求求妳。」

「下次直接進來殺了我。」

雲厘彎彎唇角，扯扯雲野的被子：「我同事等一下來了，你起來收拾一下自己，等等記得禮貌一點。」

雲野用枕頭蓋住頭，悶悶不樂：「雲厘，妳同事是男的還是女的。」

雲厘掃地的動作一頓：「問這個幹什麼？」

「如果是男的，求求他趕緊把妳收了。」雲野被吵醒，心情暴躁，「真的不行女的也行。」

吃完早餐，雲厘套了件厚外套，下樓去扔垃圾。把垃圾丟進垃圾桶，雲厘在旁邊的洗手池洗洗手，遠遠地瞧見亭子裡坐了個人。

雲厘一眼就認了出來，拖著腳步走了過去。她把手插在外套口袋裡：「傅識則。」

傅識則抬頭看向她。

「你怎麼不上樓，外面這麼冷。」雲厘開口：「還有，你不是剛感冒過嗎？」

傅識則：「還沒到十點。」

「……」

「可以抽一下菸。」

「……」

雲厘：「你先跟我上去吧，沒關係的。」

進門後，雲厘拿了雙拖鞋給傅識則換上，和他溝通了下等一下玩遊戲的場所。

聽到動靜，雲野打開房門，堆堆搖著尾巴直衝向傅識則，在他面前打轉，傅識則原本在拿設備，見狀用手拍了拍堆堆的頭。

看著客廳多出來的一人一狗，雲厘看了看堆堆，看了看雲野，說道：「你們反應還挺一致。」

雲野：「……」

雲野穿著居家的針織長袖和休閒褲，有些不好意思，「哥哥你好，我是雲野。」

傅識則起身回應：「你好，我是傅識則。」

「姐——」雲野忽地一愣，呆站在原地，手舉在空中喊道：「這不是妳高中牆上貼的照片上的人嗎？」

「妳怎麼追了人家這麼多——」

與此同時，雲厘的聲音驟然放大：「雲野！」

雲野也意識到自己有些口不擇言了，撓了撓頭，走到沙發旁邊坐下了，堆堆也從傅識則腳邊轉移到了雲野處。

氣氛一度凝重。

「你認錯人了。」傅識則先開的口，「我和她只認識了三個月。」

注意到雲厘不善的眼神，雲野縮了縮肩膀，為了彌補自己的過錯，他憋了口氣，主動解釋道：「不好意思，我好像認錯人了，仔細一看又完全不一樣。」

雲厘的視線像刀片一樣掠過。

「而且我姐也沒有追過人。」雲野信誓旦旦。

「……」

見雲厘始終不悅，雲野不敢多待，在沙發上坐了一下，又起身道：「我去幫你裝杯水。」

覺得雲野是個廢物，雲厘跟著他進了廚房，想把他趕走。

雲厘：「給我吧，你快回房間去吧，這裡沒你的事。」

雲野壓低聲音問道：「這我未來姐夫？」

雲厘怒火中燒，給了雲野一掌：「瞎說什麼呢？快點滾。」

雲野只好作罷，灰溜溜地走出廚房，回了房間。

經過客廳，他朝傅識則擺了擺手：「哥哥，我先回房看書了。」

傅識則點了點頭。

雲野回房後，傅識則才將紅外線記錄器取出架起來，將兩臺VR設備取出，剛打算問雲厘wifi和密碼，第二個彈出來的就是「雲野別連」。

「……」

「wifi密碼。」

雲厘：「密碼是wifi名字的拼音，全小寫。」

雲厘見他偶爾會將手放在腹部，遲疑道：「你吃早飯了嗎？」

傅識則應付地「嗯」了聲。

過了十幾分鐘，傅識則把設備安裝好，坐回沙發上。留意到電視桌上有張合照，他走過去看了一眼，應該是高中階段的雲厘，笑容青澀地摟著雲野。

等雲厘喊他的時候，他才回過神，坐回沙發上。

茶几上多了份吐司和杯咖啡，他也沒客氣，慢慢地吃了兩口。

見他沒拒絕，雲厘暗自鬆了口氣，他抬眼看她，語氣隨意：「什麼照片？」

「……」

雲厘此刻只想按著雲野揍一頓。

「你別知道了。」雲厘低聲說了句，連忙衝到冰箱前拿出草莓，滿腦子亂七八糟的。

雲厘鬱悶地摘掉草莓上的草，當做是雲野一個個扔到垃圾桶裡。洗淨後裝好盤放到傅識則面前。

傅識則說不出心中的滋味，將盤子推開：「不吃了。」

「剛剛洗的，你吃一些。」

「……」

他的表情與平日無二，平靜無瀾的眸子卻有些冷漠。

明明剛才還願意吃她準備的早飯。

見狀，雲厘拿了張小板凳坐他對面，低垂著眼，自己拿了一個吃。拿第二個的時候，她在盤子裡瞅了瞅，找到今早她在小攤上特地挑的形狀。

墊了張紙，不動聲色地將這個草莓放在傅識則面前。

愛心形的。

雲厘自己又從盤子裡拿了個慢慢地吃著，宛若此事沒有發生。

「……」

傅識則視線落在草莓上，草莓顏色深紅，散發著勾人的光澤。

室內沒有開空調，他卻覺得室內比室外悶熱許多，他往後靠，將外套的釦子解開。

空氣彷彿僵滯了。

雲厘聽見自己的心臟越跳越快，醞釀了許久，才低聲喃喃道：「其實那是你的照片，我高一的時候看見的。」

「如果你沒有出現的話，我已經忘記你了。」

「誰讓你又出現了。」

她說這話的時候看著別的方向，耳尖發紅，似是很難為情。

傅識則原本在脫外套，聞言，動作一滯。

雲厘還想說些什麼，突然聽到雲野打開了門，她像做賊般，本能性地倏然起身，不自然地說道，「雲野，可以玩了，這個哥哥已經裝好設備了。」

她低著頭把錄影打開。

也許是因為緊張，雲厘語速飛快：「我們先連線玩一下，等等我再單獨玩。」

雲野沒反應過來：「姐，妳說慢點。」

雲厘深吸一口氣，放慢了語速重複一遍。

傅識則在沙發上坐了一下才起身，幫他們戴上設備，按照和雲厘事先說好的開了個恐怖遊戲，兩個人的遊戲畫面會投到雲厘的筆電上。

他靠著牆，看著兩個人緊繃著身體進入遊戲。一開始兩人間隔了一兩公尺，沒過多久雲野就靠到了雲厘旁邊。

雲野：「我靠，雲厘，這個有點可怕。」

雲厘：「雲野你去前面。」

雲野：「我不要。妳是姐姐，妳去前面。」

雲厘：「求你了雲野。」

雲野：「求妳了雲厘。」

「……」

傅識則坐回到沙發上，視線中又出現那顆愛心形狀的草莓，似禁忌之物發出召喚。

他轉身看了雲厘和雲野一眼，兩人還沉浸在遊戲中。

心裡滋生一種令人疑惑的渴望，試圖打破此刻的平衡。

他拿起草莓，慢慢地咬了一口。

兩人玩完第一關的時候只過去了十分鐘，傅識則先幫雲野摘了設備，口頭上指引雲厘打開第二個遊戲，再錄一小段今天的任務就大功告成。

等雲厘開始遊戲後，傅識則朝雲野招了招手，示意他過去。

「吃點草莓。」

家裡的沙發是L型的，雲野坐到傅識則旁邊的沙發上，啃著他給的草莓，偷瞟了他幾眼。看似平靜無瀾，對外界漠不關心，墨黑的瞳仁透著冷峻銳利。他沒有借力，整個人靠著沙發，支著臉盯著雲厘的方向。

欸，當自己姐夫也不錯。

雲野還在偷看和偷吃之間切換，傅識則忽然問他：「偷看什麼？」

「……」

「沒有。」他一急直接吃了幾個草莓，怕被雲厘打又往她那邊瞅了幾眼，才小心問道：

「哥哥，你是西科大的嗎？」

「嗯。」

傅識則若有所思地看向他：「你怎麼知道？」

「哦我姐提過。」雲野找了個理由，他確定傅識則就是高中時候雲厘貼牆上的人，想了想又繼續道，「哥哥，你剛才別聽我亂說，我姐她沒追過人，不然按照她的性格，那人到火星了她也會追過去。」

「……」

「去過西科大嗎？」傅識則遞了個草莓給雲野。

「謝謝哥哥。」雲野乖巧道，傅識則看起來比剛才溫潤了許多，他把草莓吃掉，想了想，「我姐載我去過幾次。」

「去參觀？」傅識則又遞了個草莓。

「不是……謝謝哥哥。」雲野再次接過，「我姐說那有她朋友，說她去找人，我就和她在那看書。」

傅識則沒再繼續這個話題，和他聊了聊報考西科大和科系方向的事情

雲厘那邊的遊戲進入尾聲，傅識則往雲野的方向又推了推草莓盤，「再吃一點。」

眼見雲厘要過來了，兩人不再有獨處的時間，雲野連忙道：「哥哥，我姐是一個很好的人。」

「嗯。」

「她真的很好。」

「嗯。」

「你覺得她好不好？」

「……」

雲野不會藏心事，這時感覺自己用意太明顯，吃了個草莓掩飾自己的窘迫。

傅識則沒說什麼，兩姐弟容貌有幾分相似，發窘時神態近乎一樣。

雲厘摘下眼鏡的時候，見到傅識則和雲野坐在沙發上聊天，他的神態看起來比平時溫和平靜許多，像個大哥哥，而雲野的神情就像個未開化的少年懵懵然。

想起傅正初喝醉酒時說的話，雲厘心裡閃過四個字——

不！可！能！吧！

我靠。

家賊難防。

「雲野，你不是說作業很多嗎。」雲厘一把拉住雲野的手腕，將他往房間拽。

關上門後，雲野見到雲厘的表情，一陣害怕：「我什麼都沒說！我都在幫妳說好話！」

雲厘不吱聲。

雲野怕了：「真的，我向天發誓。」

雲厘瞅他：「雲野，你喜歡女的吧？」

「……」

雲野理解了她的含義，惱火道：「雲厘妳有病。」

雲匣回到客廳的時候，傅識則已經在收拾設備了。她看了茶几一眼，紙張上空空如也。

雲匣愣了下：「你吃草莓了嗎？」

傅識則將眼鏡關機，支架全部收回袋子，才緩緩應道：「沒有。」

雲匣衝回到雲野的房間，小聲道：「你把我的草莓吃了？」

「我不能吃嗎？」雲野一臉茫然。

雲匣：「不是！我還放了個在桌上。」

雲野：「我也不知道是哪個，那個哥哥遞了好多給我。」

「……」

雲匣瞪了他一眼：「我要被你氣死了，剩下的你都別吃了。」

雲野無語：「第一次見面的陌生人都知道讓妳弟吃草莓，雲匣妳都當了十六年姐姐了怎麼沒點自覺。」

想起自己那個愛心草莓，雲匣只覺得心痛到不行。籌畫了一晚上的計畫就這麼泡湯了，她原本還想讓傅識則帶盒草莓回去，最上方就擺著這個愛心狀的。

不再理雲野，她回到客廳，傅識則已經收拾妥當，換好鞋站在門口處。沒預計他這麼快離開，雲匣帶上房間的門，一時間沒反應過來。

「你要走了嗎？」

「嗯。」

雲野在房間裡聽到雲匣的問話，打開房門，探出個腦袋：「姐，妳送一下哥哥吧。」他歪歪腦袋：「不然不禮貌。」

雲厘拿上了車鑰匙，將鞋子一提，拿了件外套便跟上傅識則。兩人進電梯後，她按了地下一樓，想起在客廳那被雲野打破的旖旎，雲厘頓時有些緊張，不自覺地捏著袖子。

家裡的車位就在電梯附近，雲厘上車後便扣緊安全帶，降下車窗透氣。

傅識則站在副駕駛座外，遲遲沒有上車。

他單手撐著車門，從雲厘的角度只能隱約看見他弓起身子，蒼白的下巴抵在車窗前。

雲厘以為是車門沒解鎖，探過去幫他開了門。

門一開傅識則便彎身進來，踉蹌地撞到座位上，雲厘探出的身體還未收回，菸草氣息迎面而來，觸碰到他的一剎，雲厘觸電般往後一靠，屏著氣不敢說話。

她握緊方向盤，只敢將視線放在停車場內兩側路況上。

身側，過了片刻，傅識則才低聲道：「抱歉。」

察覺到他的聲音不太對勁，雲厘轉頭，見到傅識則皺著眉，手呈抓握狀按著腹部，身體緊繃地弓起來。

「你很難受嗎？」雲厘還在開車，不知所措，剛出車庫便靠邊停下車。

傅識則背靠著座椅，額上出了密密的汗，身體已經蜷起來，手上的青筋明顯，緊抓著腹部那一塊。他本身面色就蒼白，此刻更是毫無血色。

「是胃不舒服嗎？」雲厘慌亂地去拿手機，卻沒拿穩掉到傅識則身上，「我打電話，我、我有車，我現在帶你去醫院。」

「不用。」傅識則握住她探過來摸手機的手，「習慣了，過一下就好。」

語落，他卻沒鬆開雲厘的手。

雲厘不敢輕舉妄動，屏住呼吸，等待傅識則的動作。

分秒無邊際般的漫長。

慢慢地，他眉頭逐漸舒展，繃緊的肌肉也跟著放鬆下來。

他睜開雙眼，眼神中滿是疲倦。

雲厘見狀：「你好點了嗎？」

「嗯。」

「那我現在送你去醫院可以嗎？」雲厘小心翼翼問道。

「回酒店。我睡一下。」

傅識則沒再多言。

將他送到酒店之後，雲厘滿腹心事地開車回家，才發現自己的手在發抖。她按住自己發顫的手，憂心忡忡地走到廚房。

楊芳和雲永昌已經到家了，正在準備午餐。

雲野見她回來了，湊到她面前：「今天那個哥哥還挺帥的。」

雲厘思緒都在傅識則胃疼的事情上，心不在焉地應道：「嗯，然後呢。」

「長得也高，氣質也好。」

雲厘：「你想說什麼？」

「雲厘，妳怎麼突然帶了個男生回家？」雲野雙眸明澈，挑釁地盯著雲厘。

「……」

雲厘不想理他。

雲野八卦地湊到她邊上：「我肯定沒認錯人，這個哥哥就是妳牆上貼的那個。而且他也告訴我他是西科大的。」

「……」

「今天妳洗草莓的時候，那個哥哥一直在看妳，我房門開著，他沒注意到我。」

「妳追了這麼多年了，終於守得雲開了？」

雲厘忍不了了：「你怎麼這麼多廢話。」

不理雲野成堆的問題，雲厘將菜端到餐桌上。雲永昌已經坐下，看起來心情不佳，先埋怨了下駕訓班的事情，隨即重心轉移到雲野的學業上。

雲厘想著剛才雲野說的話，心不在焉地應著。

「妳今天讓雲野幫妳拍影片了？」

雲厘沒否認：「嗯。」

雲野趕緊用腳踢了她一下。

「妳弟剛分到資優班，」雲永昌沉聲道：「妳自己成績不好就算了，別來禍害妳弟。」

楊芳不滿道：「厘厘難得回來一趟，能不能少說兩句。」

雲永昌：「讓妳別去南蕪讀研究所，妳來個先斬後奏，現在回來拍影片也要找弟弟幫忙，真當是靠自己養活自己了？」

雲厘默默地扒了兩口飯。

雲野忍不住反駁：「爸，我只是入了個鏡，什麼也沒做，而且也沒耽誤我念書。」

雲永昌瞪了他一眼：「你閉嘴。」

「啪。」

雲厘用力把筷子放下。

「我吃飽了，出去散步。」

她起身拎起外套就往外走。

和雲厘想的一樣，家裡的和平時光總是非常短暫。她開始後悔在家裡待一週的決定，想像接下來幾天在餐桌上的僵局，她只覺得窒息得想要逃離。

漫無目的地將車駛上街頭，開到市中心後，周圍都是熟悉的街道和商鋪，在紅綠燈前發呆的時候，雲厘甚至能記得大概的時長。

不知不覺紅了眼睛。

雲永昌總以自己認為正確的方式愛著孩子。他無非是在埋怨雲厘擅自到南蕪讀研究所的事情，卻要進一步將她貶低得一無是處，以為透過這種方式對她施予壓力，她便會認錯和退讓。

雲厘捏緊了方向盤，才發現自己不知不覺開到了傅識則住的酒店附近。

找了個路口停下，她傳訊息給傅識則：『你吃晚飯了嗎？』

雲厘腦袋放空，繼續打字：『你那附近有家魚粥很出名，比較養胃，要不然我們一起去吃？』

不用等到回覆，雲厘也猜得到他的拒絕，直接開車到店打包了一份招牌。

手機震了。

老婆：『不了。』

果然。

開車回到酒店附近，雲厘找了個路旁的位置停著，拎著魚粥到酒店大廳坐著，手機來回打了好幾則訊息，她都沒發傳送出去。

怕又被拒絕。

雲厘盯著手上這份粥，嘀咕道：「拿你怎麼辦呢？」

猶豫了許久，她走到前檯，讓前檯幫忙送到傅識則的房間。前檯上樓後，她坐回到大堂的公共沙發上，心裡抱著他會下來見一面的僥倖。

他不在。

前檯將保溫袋遞還給雲厘，她失魂落魄地拎著回到車裡，說不清是什麼心情。

盯著手上那個保溫袋，上面印著花花綠綠的海鮮圖案，能感受到裡面傳來的溫度。

沒有見到他。

雲厘意識到，自己此行也並非因為她覺得傅識則沒吃完飯，傷了胃。她受了傷，所以想見到他，想要他在身邊。

一想到回去就要面對雲永昌那張臉，雲厘寧可在車裡過一夜。

在車裡刷了好一陣子手機，雲野傳來訊息：『（紅包）別不開心。』

雲厘：『我只收兩百元的紅包。』

雲野：『（紅包）別不開心。』

雲厘笑了聲，打開兩個紅包，雲野一開始送的是五十二塊錢，下面還附著表情，一隻小貓睜大眼睛乖巧地瞧了她一眼。第二次送的是兩百塊錢，其他內容和第一個紅包的相同。

雲野：『第一個還我。』

雲厘：『哦。』

十分鐘後。

雲野：『妳還沒還我。』

雲厘：『哦。』

雲野：『……』

原本糟糕的心情一下子好了許多，雲厘打開相簿，裡面裝滿了她和雲野的照片，翻了許久。

她去摸了下，副駕駛座上的那份粥已經涼了。她想到，她還有雲野，從小陪伴著長大的弟弟。

那傅識則呢。

她回想起上次看見他的聊天畫面，除了林晚音未讀的一百多則訊息以外，其他人的訊息幾乎都是一週以前的。

雲厘意識到，傅識則可能一直都是一個人。

在車裡待了快一個小時，有人輕叩車窗，雲厘回過神，側頭看去。傅識則拿著罐裝啤酒，輕輕敲著車窗。

雲厘急忙搖下車窗：「你怎麼在這？」

傅識則晃了晃易開罐：「買東西。」

他邁步走到副駕駛座，拉開車門鑽了進來，隨手將座位上的保溫袋拎到一旁。見上面顯眼地印著「魚粥坊」三個大字，他思索了下，問：「給我的？」

進門的時候塑膠袋裡的幾罐啤酒磕著作響。

「嗯……應該涼了，不吃了。」雲厘慢慢道：「不過你中午胃疼，晚上還買了……」她垂眸瞟了他那塑膠袋裡的啤酒一眼，「五罐啤酒，應該也用不著喝粥。」

雲厘平日裡和傅識則說話都是溫吞柔軟的，此刻卻帶了點賭氣狀的嘲諷。

她不懂得怎麼朝傅識則發脾氣，也不知道自己有沒有這個權力，乾脆將臉別開，看著窗外。

「我現在心情不好。不想追你，你下車吧。」

傅識則剛坐下，旁邊的人驀地就要趕他下車，他怔了怔，看了雲厘幾眼，她甚至連頭都沒扭過來，像是在生悶氣。

也不知道是不是被雲厘惡劣的語氣嚇到，傅識則自覺地把手上的啤酒收回袋子裡，開了車門直接扔到旁邊的垃圾桶裡，隨後將保溫袋拿過來拆開。

雲厘聽到保溫袋的密封袋撕開的聲音，然後是他揭開蓋子和拆開塑膠勺外包裝，片刻，她沒聽到其他聲音，便轉過身來。

這時雲厘已經控制好自己的的情緒了，傅識則慢條斯理地喝著粥，見雲厘願意理他了，平靜地看了她一眼。

——《折月亮》未完待續——

高寶書版集團
gobooks.com.tw

YH 123
折月亮（上）
作　　者　竹 已
責任編輯　吳培禎
封面設計　虫羊氏
內頁排版　賴姵均
企　　劃　何嘉雯

發 行 人　朱凱蕾
出　　版　英屬維京群島商高寶國際有限公司台灣分公司
Global Group Holdings, Ltd.
地　　址　台北市內湖區洲子街88號3樓
網　　址　gobooks.com.tw
電　　話　(02) 27992788
電　　郵　readers@gobooks.com.tw（讀者服務部）
傳　　真　出版部(02) 27990909　行銷部 (02) 27993088
郵政劃撥　19394552
戶　　名　英屬維京群島商高寶國際有限公司台灣分公司
發　　行　英屬維京群島商高寶國際有限公司台灣分公司
初　　版　2023年02月

本著作物《折月亮》，作者：竹已，由北京晉江原創網絡科技有限公司授權出版。

國家圖書館出版品預行編目(CIP)資料

折月亮/竹已著. -- 初版. -- 臺北市：英屬維京群島商高寶國際有限公司臺灣分公司, 2023.02
冊；　公分. --

ISBN 978-986-506-654-3(上冊：平裝). --
ISBN 978-986-506-655-0(中冊：平裝). --
ISBN 978-986-506-656-7(下冊：平裝). --
ISBN 978-986-506-657-4(全套：平裝)

857.7　　112000638

GOBOOKS & SITAK GROUP ©